BLUTDÜNE

BLUTDÜNE

SYLT-THRILLER

DANIELA ARNOLD

Bei diesem Buch handelt es sich um meinen 20. Thriller. Wenn mir vor fünf Jahren jemand gesagt hätte, dass ich 20! Thriller schreibe, die alle zu Bestsellern würden – ich hätte herzhaft gelacht. Doch nun ist es tatsächlich passiert und ich blicke auf eine stattliche Anzahl meiner geschriebenen Werke zurück. Doch anstatt zu denken: WOW, sitze ich hier und danke demütig jedem einzelnen meiner Leser da draußen. Ohne euch wäre all das niemals möglich gewesen. Deswegen widme ich dieses besondere Buch euch.

DANKE! DANKE! DANKE!

www.daniela-arnold.com

autorin@daniela-arnold.com

Covergestaltung: © ZERO Werbeagentur GmbH, München

Covermotiv: © FinePic / shutterstock.com

Lektorat/Korrektur:

http://www.sks-heinen.de

Buchsatz: https://selfpublishingberatung.de

ISBN: 9781674756677

Imprint: Independently published

PROLOG

Ein Heulen riss Adelheid aus dem Schlaf. Sie schreckte hoch, stöhnte leise, als der Schmerz von ihrer Halswirbelsäule abwärts bis ins Steißbein schoss. Seit Jahren litt sie an einer Versteifung der Wirbelkörper ihres Rückgrats, doch gerade bei einem Wetter wie heute, wenn der Wind um die Häuser pfiff, das Meer tobte und der Nebel durch die Dünen waberte, spürte sie ihr stattliches Alter von 86 Jahren ganz besonders. Sie rutschte ächzend in ihrem Sessel nach vorn, bis sie mit ihrem Gesäß ganz an der Kante des Polsters saß, stemmte sich hoch.

Ihre Beine zitterten wegen der Anstrengung und am liebsten hätte sie sich wieder hingesetzt und ihr Nickerchen fortgeführt, doch sie musste sich um den kleinen Sammy kümmern, ihren Liebling, der sie in seiner Art so sehr an ihren verstorbenen Klaus erinnerte. Sie schleppte ihre müden Knochen in die Küche, wo der kleine Kerl – ein Zwergspitz-Mischling – bereits schwanzwedelnd auf sie wartete. Adelheid sah auf die Uhr oberhalb der Küchentür und stellte fest, dass es schon fast zwanzig Uhr war. Sie verzog das Gesicht, spürte den Anflug eines schlechten Gewissens, denn sie hatte Sammys Abendessenszeit total verschlafen. Eigentlich bekam der Hund gegen achtzehn Uhr seine letzte Mahlzeit des Tages und diese hatte sie in den vergangenen Tagen schon oft verpasst, was sein Heulen und den beleidigten Blick erklärte, den er ihr zuwarf.

»Tut mir wirklich leid, mein Kleiner«, murmelte Adelheid mehr zu sich selbst als zu dem Hund, doch Sammy schienen ihre Worte tatsächlich zu besänftigen. Er kam auf sie zu, stupste mit der Nase gegen ihr Schienbein, jaulte leise.

»Ja, ja«, murrte Adelheid und wollte eigentlich streng klingen, stattdessen klang ihre Stimme weich und liebevoll, was Sammy veranlasste, an ihr hochzuspringen.

Das winzige Fellknäuel hatte in der letzten Zeit sowieso Abstriche betreffend seines Auslaufs machen müssen, denn während sie noch vor einem halben Jahr zumindest eine halbe Stunde mit dem Hund hatte laufen können, war es ihr in den letzten Wochen nahezu unmöglich gewesen, mehr als zehn Minuten mit Sammy Gassi zu gehen. Deswegen hatte sich Ernst, ein alter Freund ihres Mannes angeboten, an vier Tagen der Woche mit Sammy spazieren zu gehen. Als Dankeschön hatte sie Ernst erlaubt, das kleine Gästehaus auf dem Grundstück zu beziehen, weil er wegen seiner überstandenen Krebserkrankung seit Jahren nicht arbeiten konnte und fast immer pleite war.

Im Gegenzug kümmerte sich Ernst nicht nur um Sammy, sondern hielt auch den Garten in Schuss und ging sogar für sie einkaufen.

Hin und wieder leistete er ihr abends Gesellschaft, dann saßen sie wie ein altes Ehepaar vor dem Fernseher, sahen Quizsendungen oder unterhielten sich über alte Zeiten.

Nachdem Adelheid Sammys Futter vorbereitet hatte, stellte sie es ihm an seinen gewohnten Platz neben der Tür und machte sich auf den Weg zurück ins Wohnzimmer. Sie wollte sich die Nachrichten ansehen und anschließend im Bett verschwinden, in der Hoffnung, dass es ihr nach einem ausgiebigen und erholsamen Nachtschlaf morgen etwas besser gehen würde.

Seufzend ließ sie sich in ihren Sessel sinken, als sie in der rechten Tasche ihrer Kittelschürze einen Gegenstand spürte, der gegen ihren Oberschenkel drückte. Sie griff hinein, zog einen schweren Eisenschlüssel hervor, runzelte die Stirn. Wie kam der denn in ihre Tasche?

Ihr fiel ein, dass sie ihn heute Vormittag auf dem Fußboden im Gang hatte liegen sehen. Er musste irgendwie vom Board gefallen sein, vielleicht weil sie ihn beim Vorbeigehen gestreift hatte?

Sie legte ihn auf das Beistelltischchen neben sich, nahm sich vor, ihn vor dem Zubettgehen an seinen Platz zurückzuhängen. Danach suchte sie auf der Fernbedienung den Knopf für den Sender NDR und wartete, bis die Nachrichten endlich losgingen.

Als der Sprecher auf dem Bildschirm erschien, fiel Adelheid sofort der gespielt überbesorgte Gesichtsausdruck des Mannes auf, kurz darauf wurde das Foto eines jungen Mädchens seitlich neben seinem Kopf eingeblendet.

Adelheid stellte den Ton lauter, rutschte neugierig nach vorne.

Der Nachrichtensprecher verkündete, dass eine 12-Jährige auf Sylt vermisst wurde und die Inselbewohner dazu aufgefordert wurden, die Augen offen zu halten und die Polizei anzurufen, falls ihnen etwas auffiele. Adelheid sah sich das Foto genauer an. Sie kannte das Mädchen nicht, doch was hieß das schon?

Es war gut möglich, dass die Familie des Kindes ganz in ihrer Nähe lebte und sie nur noch nicht die Gelegenheit bekommen hatte, sie kennenzulernen, nachdem sie sich kaum weiter als ein paar Meter von ihrem Grundstück weg bewegte.

Auf dem Bildschirm erschien eine Frau mit rot umrandeten Augen – die Mutter des Mädchens. Sie hielt eine bewegende Rede, bei der sich Adelheids Hals verengte. Sie selbst hatte keine Kinder – das war Klaus und ihr leider niemals vergönnt gewesen –, dennoch konnte sie den Kummer der Frau durchaus nachempfinden, ihre Angst spüren, die sie um ihr kleines Mädchen haben musste.

Danach erschien der Vater auf dem Bildschirm. Er wirkte gefasster als seine Frau, resoluter, doch auch ihm merkte man die Anspannung an, seine Sorge, die Panik, dass seiner kleinen Prinzessin etwas passiert sein könnte.

Zu guter Letzt wandte sich ein Arzt an die Bevölkerung, der erklärte, dass das Mädchen an einer schlimmen Krankheit litt, die eine ständige ärztliche Überwachung erforderlich machte, und dass es zudem auf Medikamente angewiesen sei. Für Adelheid hörte sich diese Ansprache ein wenig danach an, als gingen diese Leute davon aus, dass die Kleine entführt worden war. Laut Angabe der Polizei sei sie auf dem Weg zu einer Freundin gewesen, dort aber niemals angekommen.

Adelheid stemmte sich hoch, schaltete den Fernseher aus. Die Lust auf Neuigkeiten war ihr gehörig vergangen. Alles, wonach sie sich jetzt noch sehnte, war ihr kuschelweiches Bett, in dem sich ihr Körper so leicht und schwerelos anfühlte, dass sie fast vergaß, wie alt sie eigentlich war. Der Schlüssel fiel ihr ein. Sie drehte sich um, nahm ihn von dem Tischchen, ging in den Gang hinaus. Doch gerade als sie ihn zurück an den dafür vorgesehenen Haken hängen wollte, hielt sie inne. Sie fragte sich, wie es sein konnte, dass sie das Board im Vorbeigehen gestreift hatte, ohne das laute Klirren des Schlüssels zu hören, nachdem er auf den Boden aufgeprallt war. Das Geräusch musste an ein lautes Scheppern erinnern – also absolut unmöglich, es zu überhören. Doch Fakt war, dass sie den Schlüssel auf dem Boden gefunden und eingesteckt hatte. Zwar war sie wegen ihres Alters in letzter Zeit etwas vergesslich, doch genauso war es gewesen, da war sie ganz sicher.

Nachdenklich wog sie das schwere Teil auf ihrer Handfläche, dann ließ sie es absichtlich zu Boden gleiten, zuckte zusammen, als es laut scheppernd unten aufkam. Es dauerte eine kleine Ewigkeit, ehe sie den Schlüssel aufgehoben hatte, doch als sie ihn schließlich wieder in ihrer Hand hielt, traf sie eine Entscheidung. Sie nahm ihren Anorak vom Garderobenständer, schlüpfte hinein, ging zur Haustür. Auf dem Weg durch den Garten, an dessen Ende ein kleiner Schotterweg zu einem alten Bunker führte, der auf ihrem Grundstück lag und daher ihrer Verantwortung unterlag, hatte sie plötzlich das Gesicht des Kindes auf dem Foto in den Nachrichten vor Augen. Es kam immer wieder vor, dass junge Leute bei ihr klingelten und sie baten, den Bunker besichtigen zu dürfen, doch Klaus hatte ihr zu Lebzeiten eingebläut, dass es gefährlich war, das alte Bauwerk zu betreten, und dass sie deshalb ein Auge darauf haben und den Schlüssel gut verwahren musste.

Ihr Herz schlug heftig gegen ihre Rippen, als sie den steil abfallenden Weg zu der schweren Eisentür hinunterschritt und schließlich mit zitternden Fingern den Schlüssel ins Schloss gleiten ließ. Sie drehte einmal herum, stellte erleichtert fest, dass abgeschlossen war. Trotzdem zog sie anschließend aus aller Kraft an der Tür und warf einen Blick ins Innere des Bunkers. Es war dunkel dort drinnen, deswegen dauerte es eine Weile, ehe ihre Augen sich daran gewöhnt hatten. Sie wünschte, an eine Taschenlampe gedacht zu haben, und wollte gerade umdrehen, um diese zu holen, als sie in etwa zwei Metern Entfernung etwas auf dem Boden liegen sah. Entsetzt schrie sie auf, wich ein Stück zurück. Ihre Hand tastete automatisch zu dem Lichtschalter rechts neben sich an der Wand, doch natürlich funktionierte er nicht, weil ihr Mann bereits vor Jahren die Stromzufuhr gekappt hatte. Deswegen stemmte sie sich mit aller Kraft gegen die Tür, bis diese so weit geöffnet war, dass sie durch die schwache Gartenbeleuchtung etwas besser erkennen konnte, was da vor ihr auf dem Boden lag.

Ihre Knie zitterten, als sie erkannte, dass es sich um einen Menschen handelte. Ein Mädchen, wenn man die halb langen blonden Haare in Betracht zog, die pinkfarbene Jacke, die hellen Ballerina-Schühchen. Doch was war das? Um den Kopf des Mädchens herum hatte sich eine kleine Blutlache gebildet, die Finger waren ebenfalls blutverkrustet.

Adelheid spürte einen Stich in ihrer Körpermitte. Und noch einen. Sie sackte auf die Knie, den Handrücken ihrer rechten Hand fest gegen ihre Lippen gepresst.

Ihr wurde schwindelig, als ihr Blick die linke Wange des Mädchens streifte, sie registrierte, dass das Gesicht des Kindes dunkelblau angelaufen war. Hieß das nicht, dass es erstickt war? Doch warum? Was war hier geschehen?

Wieder jagte eine Welle des Schmerzes durch Adelheids Körper. Sie stöhnte, sackte nach vorn.

Hatte der Nachrichtensprecher nicht etwas davon gesagt, dass die Kleine schwer krank war?

Handelte es sich hierbei um die Vermisste?

War sie, Adelheid, womöglich schuld dran, was ihr widerfahren war?

Hatte sie das Mädchen versehentlich hier eingeschlossen und erinnerte sich nicht mehr daran? Doch wenn dem so war, woher stammte all das Blut? Konnte es eventuell sein, dass jemand ihr den Schlüssel des Bunkers gestohlen, das Mädchen hier eingesperrt und ihm wehgetan hatte? Und falls es so gewesen war, traf sie eine Mitschuld? Weil sie nicht gut genug aufgepasst hatte?

Ihr Hals verengte sich, dann spürte sie, wie ein noch heftigerer Schmerz von ihr Besitz ergriff, sich wie ein Gürtel um ihre Brust schlang und fest zuzog. Röchelnd sank sie nach vorn, spürte, wie sie mit dem Gesicht auf den kalten Beton aufschlug, ihr das Blut aus der Nase sickerte.

Ihre Gedanken wirbelten wild in ihrem Kopf herum, blieben bei den Eltern des Kindes stehen. Plötzlich hatte Adelheid das Gesicht der Mutter vor Augen.

Ihr wurde speiübel.

Wenn tatsächlich sie hierfür verantwortlich war, würde sie sich das niemals verzeihen können.

Eine unnatürliche Kälte kroch von ihren Füßen die Beine hinauf, bis sie ihren alten und verschlissenen Körper vollkommen verschlungen zu haben schien. Danach wurde es dunkel um Adelheid.

1

AUGSBURG

DEZEMBER 2017

Als Annika auf die Straße trat, riss der Wind an ihrem Mantel. Für Dezember war es zwar noch ungewöhnlich mild, trotzdem fror sie, was wohl nicht zuletzt auch daran lag, dass Leon, ihr Verlobter, sie den gesamten heutigen Tag links liegen gelassen hatte. Sie beide hatten sich vor etwas mehr als zwei Jahren auf einem Volksfest kennengelernt, wo sie als Aushilfe gearbeitet hatte, um sich ein paar Euro dazu zu verdienen. Eine Bekannte, die unter chronischem Geldmangel litt, hatte ihr diese Stelle verschafft und ihr versichert, dass man an den wenigen Tagen des Festes so viel verdienen könne, dass es für ein halbes Jahr zum Leben reiche. Doch am Ende hatte Annika nicht einmal zwei Tage geschafft. Alles an dem Job hatte sie genervt. Das knallenge Oberteil ihres Dirndls, das ihren Busen so extrem nach oben drückte, dass man hätte meinen können, bei der kleinsten Anstrengung würde das Kleidungsstück auseinanderreißen. Hinzu kam, dass Annika es verabscheute, wenn wildfremde, besoffene Kerle ihr in den Ausschnitt gierten und ab Erreichen eines gewissen Alkoholpegels meinten, sich an ihr vergreifen zu können. Letztendlich hatte eins zum anderen geführt. Einer dieser Kreaturen – als Mann mochte sie ihn nicht bezeichnen – hatte ihr immer wieder ungeniert den Hintern getätschelt, sich auch dann nicht davon abhalten lassen, als sie ihn mehrmals freundlich, aber bestimmt darauf aufmerksam gemacht hatte, dass er das zu unterlassen habe. Schließlich hatte dieser Idiot sie auf seinen Schoß gezogen, ihr einfach an die Brust gegrapscht, woraufhin Annika ihm einen Bierkrug über dem Kopf ausgeschüttet und daraufhin ihren Job sowie eine Bekannte verloren hatte.

Der Wirt des Festzelts hatte sich sogar geweigert, ihr ihren Lohn zu bezahlen, und behauptet, er würde die Kohle dafür verwenden, die Klamotten des geschädigten Gastes reinigen zu lassen. Doch Annika war klar gewesen, dass das nur blödes Gerede war. Und genau in dem Augenblick, als sie am wütendsten gewesen war, trat Leon in ihr Leben. Dunkelhaarig, groß und gut aussehend hatte er geschmunzelt und ihr gesagt, dass ihr Verhalten ihn beeindruckt habe. Normalerweise war Annika keine Frau, die auf solches Geschwafel hereinfiel, doch irgendwas an Leon hatte sie vom ersten Moment an überwältigt. Und so war es dazu gekommen, dass sie sich erst einmal verabredet hatten, dann noch einmal, bis es letztendlich gefunkt hatte. Bei ihrem zweiten Treffen hatte Leon Annika erzählt, dass er als Geschäftsführer in der Firma seiner Eltern arbeite – einer Spedition – und diese irgendwann übernehmen würde. Es war ihm egal, dass sie sich ihr Geld als Aushilfe verdiente – mal da, mal dort –, es schien ihm sogar zu gefallen, dass sie ganz anders als er selbst so eine Art Freigeist war. Ein Vögelchen, das sich nicht festhalten oder gar einsperren ließ, eine flatterhafte Seele, die seinen Ehrgeiz weckte, sie zu bändigen.

Annika hatte Angst gehabt, ihm den wahren Grund zu gestehen, dass sie keine anständigen Jobs fand, nichts Festes zumindest. Doch anstatt sie fallen zu lassen wie eine heiße Kartoffel, hatte er sie angehört und ihr gesagt, dass ihre Vergangenheit an seinen Gefühlen nicht das Geringste änderte. Alles war perfekt – bis Annika Leons Mutter kennenlernte.

Gisela Binswanger – oder wie Annika sie gerne nannte: Satan in Perfektion.

Leons Mutter hatte von Anfang an keinen Hehl daraus gemacht, dass sie Annika nicht mochte.

Vor ihrem Sohn gab sie die liebevolle und verständnisvolle zukünftige Schwiegermutter, die es nur gut meinte, doch wann immer sie allein waren, fuhr sie gegenüber Annika ihren Giftstachel aus.

»In deinem Alter hatte ich einen festen Job und ein geregeltes monatliches Einkommen, musste mich nicht von Monat zu Monat hangeln«, hatte sie Annika an dem Kopf geknallt, als Leon sie einander vorgestellt hatte und kurz aus dem Zimmer gegangen war.

»Das hat sie ganz bestimmt nicht so gemeint«, verteidigte er seine Mutter am Abend des selben Tages, nachdem Annika ihm davon erzählte, doch sie wusste natürlich, dass er, was seine Mutter anging, blind war.

Von jenem Tag an hatte Gisela nichts unversucht gelassen, einen Keil zwischen ihren Sohn und sie zu treiben, und Annika, die dieses Spiel selbstverständlich durchschaute, machte es einen Heidenspaß, jeden Versuch zu boykottieren. Egal, wie schlimm die Sticheleien der Frau auch waren, gegenüber Leon verlor sie kein schlechtes Wort mehr über seine Mutter, weil sie wusste, dass sie Gisela so am meisten traf.

Als sie vor sechs Monaten zusammenzogen und erstmals sogar von Hochzeit die Rede gewesen war, hatte Gisela die Schrauben fester gezogen und noch eins draufgesetzt. Eines Tages hatte sie Annika von oben bis unten angesehen und gesagt, dass sie nicht verstehen könne, was ihr Sohn an einer Frau fand, die man körperlich nicht von einem Kind unterscheiden könne, vor allem, wenn man bedenke, dass ihre Vorgängerin Modelmaße gehabt habe. Annika, die tatsächlich fast knabenhaft schlank war, hatte diese Bemerkung nach außen hin weggesteckt, doch innerlich nagte es seither an ihr, so sehr, dass sie angefangen hatte, nachzuforschen, mit wem Leon vor ihr zusammen gewesen war. Sie war noch nie sonderlich eifersüchtig gewesen, aber Gisela hatte es irgendwie geschafft, diese Seite an ihr hervorzukitzeln. Und seit sie Michelle zum ersten Mal gesehen hatte, bekam sie deren perfekten Körper nicht mehr aus dem Kopf und das Schlimme daran war, dass Gisela ganz genau wusste, was sie mit ihrer Bemerkung angerichtet hatte.

Bis zum Sommer hatte Leons Vater die Attacken seiner Frau gegen die Schwiegertochter in spe abgefedert, Annika sogar hin und wieder ein bisschen geholfen, doch seit er nach einem Schlaganfall plötzlich und unvorhergesehen gestorben war und Gisela nun nur noch Leon in ihrem Leben hatte, war alles noch viel unerträglicher geworden. Vor allem seit er Annika gebeten hatte, im Familienunternehmen mitzuarbeiten, was bedeutete, dass sie Gisela nicht nur beim Sonntagsessen begegnete, sondern auch wochentags in der Firma, wo sie die Buchhaltung erledigte. Und so kam am Ende, was schon lange überfällig gewesen war – ein Riesenstreit zwischen Annika und ihr, der so extrem ausuferte, dass es keinen Weg zurück mehr gab. Grund für die jüngste Auseinandersetzung war Giselas Vorwurf heute Morgen, Annika hätte es nur auf

Leons Geld abgesehen. Annika hatte rot gesehen und sich vergessen, ihre Schwiegermutter angebrüllt und beiseitegestoßen, sodass diese sich blöderweise den Kopf an einer Ecke des Schranks in der Firmenküche angehauen hatte. Sie traute Gisela zu, Leon gegenüber zu behaupten, Annika sei grundlos auf sie losgegangen.

Deswegen hatte sie Leon beiseitenehmen und ihm erzählen wollen, was wirklich passiert war, doch er hatte es irgendwie geschafft, ihr den ganzen Tag aus dem Weg zu gehen. Sie hoffte, dass das kein schlechtes Zeichen war, biss sich auf die Unterlippe und während sie sich auf den Weg zur Bushaltestelle machte, überlegte sie, was sie machen konnte, um diese blöde Situation rückwirkend zu bereinigen. Der Bus kam und Annika stellte erleichtert fest, dass ganz hinten noch ein Platz frei war. Sie setzte sich, schloss die Augen. Eine Entschuldigung gegenüber Gisela kam nicht infrage – so viel stand fest.

Aber sie musste es irgendwie schaffen, Leon davon zu überzeugen, dass es nicht ihre Schuld war, dass die Situation zwischen Gisela und ihr immer mehr eskalierte. Was nicht einfach werden würde, denn seit seinem Statement damals hatte sie nie wieder ein böses Wort Gisela gegenüber zu Leon gesagt. Er musste denken, dass seine beiden Mädels – wie er sie nannte – sich nach der ersten Beschnupperung zusammengerauft hatten und jetzt super verstanden, was ihr Verhalten von heute Morgen nur noch unverständlicher für ihn machte.

In Annikas Innern zog sich alles zusammen, als der Bus hielt und sie ausstieg.

Sie ging auf das Haus zu, in dem Leon sein Appartement hatte, und wünschte zum ersten Mal seit ihrem Einzug, ihre winzige Bruchbude in der Innenstadt behalten zu haben. Rein rechnerisch hätte sie sich diese noch leisten können, vor allem, weil Leon von ihr keine Miete verlangte, doch es waren Giselas Spitzen gewesen, wegen denen Annika darauf bestanden hatte, wenigstens einen kleinen Teil beizusteuern. Deswegen hatte sie anfangs einen Teil ihres Lohns aus den Jobs, die sie annahm, dazu benutzt, einige Nebenkosten zu finanzieren. Doch seit Leon sie eingestellt hatte, bestand sie darauf, mehr zu bezahlen, was er widerwillig angenommen hatte. Eigentlich sollte sie sich sicher fühlen, denn dadurch, dass sie finanziell zu ihrer beider Leben in Leons Wohnung beitrug, hatte sie natürlich auch gewisse Rechte, doch irgendwas, das spürte sie einfach, kam da auf sie zu. Als sie das Haus von Weitem sah, fielen ihr die Lichter in der Wohnung auf. Alles war hell erleuchtet, obwohl Leon es hasste, unnütz Strom zu vergeuden. Sie schloss die Tür auf, fuhr mit dem Aufzug bis ganz nach oben in den sechsten Stock und wollte gerade den Schlüssel ins Schloss stecken, als die Tür aufging und Gisela sie anfunkelte.

»Du kommst gerade recht«, rief sie laut und wie auf Befehl kam Leon den Gang hinuntergelaufen. Er sah müde aus, irgendwie traurig, doch da war auch noch etwas anderes. Er blieb vor ihr stehen, strich sich fahrig durch seine dunklen Locken, sah von seiner Mutter zu ihr.

»Das war es jetzt mit dir«, kam es schließlich anstatt von ihm von Gisela, was der Frau einen wütenden Blick ihres Sohnes einbrachte. »Ich wollte sowieso nach Hause. Leon soll das mit dir klären …« Sie hob die Hände, warf Annika einen bedeutungsschwangeren Blick zu, weil Leon das nicht sehen konnte, und machte sich auf den Weg in Richtung Aufzug.

Als sie allein in der Wohnung waren, seufzte Leon tief, senkte den Blick. »Ich weiß nicht, was ich sagen soll«, erklärte er schließlich und sah sie an. Jetzt fiel Annika ein, was das da im Blick ihres Verlobten war: bittere und tief sitzende Enttäuschung.

Sie schluckte. »Deine Mutter hat mir keine Wahl gelassen«, erklärte sie. »Sie hat mir an den Kopf geworfen, dass ich es nur auf dein Geld abgesehen hätte. Dabei wusste ich, als wir uns kennenlernten, gar nicht, dass deine Familie steinreich ist. Das hast du mir erst viel später gesagt.«

Leon senkte den Blick. »Und warum hast du dich am Geld aus dem Safe bedient? Du hättest fragen können, dann hätte ich dir gegeben, was du brauchst. Und dann tust du noch meiner Mutter weh, nachdem sie dir auf die Schliche gekommen ist … Ich weiß nicht.« Er hob die Schultern. »Ich kann dir einfach nicht mehr vertrauen. Und meine Mutter auch nicht. Dabei hat sie sich solche Mühe gegeben.«

Annika war wie vor den Kopf gestoßen. Es fühlte sich an, als habe jemand allen Sauerstoff aus dem Raum gesaugt. Ihr war schwindelig und ihre Schläfen begannen zu tuckern, als stünde eine ihrer furchtbaren Migräne-Attacken unmittelbar bevor.

Schließlich schluckte sie, schüttelte den Kopf.

»Von welchem Geld redest du verdammt? Und was soll das heißen, deine Mutter hätte sich solche Mühe gegeben?«

»Das bedeutet, dass sie es wirklich versucht hat. Sie wollte dir eine Chance geben, wollte wirklich, dass es funktioniert, doch gerade als sie anfing, dich wirklich zu mögen, ziehst du so was ab …!« Er brach ab, musterte sie.

»Für was brauchst du die Kohle eigentlich? Ich dachte, dir reicht das Gehalt, das wir dir bezahlen. Nimmst du etwa Drogen oder so was?«

Annika schluckte. Ihre Zunge pappte trocken am

Gaumen, was ihre Stimme brüchig klingen ließ. »Ich habe kein Geld genommen. Wer behauptet das denn?«

Er senkte den Blick, straffte die Schultern. »Das behauptet keiner. Ich weiß, dass du es warst, weil ich das Geld hier in deinem Schrank gefunden habe.« Er drehte sich um, ging ihr voraus ins Schlafzimmer, zog eine der Schubladen auf, deutete auf ein Bündel Geldscheine, das aus einem ihrer Sockenknäuel herausragte. »Meine Mutter hat gesehen, wie du heute Morgen in mein Büro gegangen bist, obwohl ich nicht da war.«

Annika riss die Augen auf. Dann seufzte sie erleichtert auf. »Ich hab dir etwas in die Schublade gelegt und nichts herausgenommen – deine Lieblingsschokolade, die musst du doch gesehen haben.«

Leon nickte. »Nur blöderweise fehlt schon wieder eine beträchtliche Summe aus dem kleinen Safe in meinem Schrank – genau wie neulich, als die Sekretärin dich in mein Büro hat gehen sehen.«

Annika gefror das Blut in den Adern. »Ihr beobachtet mich schon länger? Das war bestimmt IHRE Idee!«

»Meine Mutter hat anfangs sogar zu dir gehalten. Sie sagte, dass es eine andere Erklärung geben müsse, dass Geld fehlt, nachdem du in meinem Büro warst. Sie hat zu dir gehalten und nicht gegen dich gewettert.«

Annika seufzte. »Das ist ihre Masche. Sie hat mich noch nie gemocht und war von Anfang an gegen mich. Und nachdem klar war, dass wir zusammenbleiben, wurde alles noch viel schlimmer. Sie will uns auseinanderbringen und du merkst es noch nicht einmal!«

Leons Gesichtsausdruck veränderte sich. Er sah sie kalt an, schüttelte den Kopf. »Dann erklär mir doch mal, wie diese zweitausend Euro in deinen Schrank kommen.«

Annika nahm das Geldbündel aus der Socke, sah Leon

an. »Ich schwöre, dass ich das Geld jetzt zum ersten Mal sehe.«

Er wandte den Blick ab.

Als er sie wieder ansah, musterte er sie abschätzig. »Und warum hast du meine Mutter angegriffen, nachdem sie dich auf das fehlende Geld angesprochen hat?«

Annika sah kleine rote Punkte vor Augen. Sie atmete tief durch. »Sie hat mich nicht auf irgendwelches fehlendes Geld angesprochen, sondern mir vorgeworfen, ich würde dich nur ausnutzen, es allgemein auf dein Vermögen abgesehen haben.«

Er stöhnte. »Das ergibt keinen Sinn, Annika. Sie hat mir das ganz anders erzählt. Sie sagte, du seist aus meinem Büro gekommen und ihr direkt in die Arme gelaufen. Und als sie dich gefragt hat, was du da drin wolltest, wärst du grundlos auf sie losgegangen.«

In ihr stieg Übelkeit auf. Dann schoss ihr ein Gedankenblitz durch den Kopf. Sie sah auf das Geldbündel in ihrer Hand. »Wenn ich das alles heute aus deinem Schrank geklaut hätte, wie kommt es dann hierher, in unsere Wohnung? Ich hab das Büro den ganzen Tag nicht verlassen.«

Er schluckte. »Heute fehlen auch nur sechshundert Euro«, sagte er dann. »Die zweitausend in deiner Hand sind das, was mir innerhalb der letzten Wochen aufgefallen ist.«

Annika sah ihn ungläubig an. Schließlich warf sie ihm ihre Handtasche entgegen. »Da kannst du reingucken. Wenn ich heute etwas hätte mitgehen lassen, müsste es dort drin sein.« Sie stülpte demonstrativ zuerst ihre Hosentaschen nach außen, dann die Taschen ihres Mantels, sah ihn spöttisch an. »Zufrieden?«

Er sah auf die Tasche, wagte es tatsächlich, sie zu

öffnen und hineinzusehen. Er sog die Luft scharf ein, zog schließlich mit spitzen Fingern ein Bündel Scheine hervor, sah sie bestürzt an.

»Das darf nicht wahr sein«, rutschte es Annika heraus, bevor sie auf ihn zustürzte, ihm die Tasche entriss und weitere Geldscheine hervorzog.

»Das war ich nicht«, brachte sie kleinlaut über die Lippen, den Tränen nahe. »Ich schwöre, dass ich nicht weiß, wie dieses Geld in meine Tasche kommt.«

In ihrem Kopf dröhnte es. Dann fiel ihr ein, dass sie heute Nachmittag kurz aus dem Büro gegangen war und sich mit Sandra, der Praktikantin, unterhalten hatte. Gisela konnte diese Zeit genutzt und ihr das Geld untergeschoben haben. Sie wollte gerade den Mund aufklappen und Leon erklären, was sie vermutete, als ihr auffiel, dass zwei aufgeklappte leere Koffer, die sie noch nie zuvor gesehen hatte, auf dem Bett lagen. Ungläubig starrte sie ihn an. »Du wirfst mich raus?«

Er nickte. »Meine Mutter und ich haben vereinbart, dass wir die Polizei außen vor lassen, wenn du keine Probleme machst.« Er deutete auf das Geld in ihrer Hand und den Rest der Scheine in ihrer Tasche. »Das müsste reichen, um die nächsten Nächte in einem Hotel übernachten zu können. Was deine Arbeit in der Firma angeht, wirst du sicherlich Verständnis dafür haben, dass dort kein Platz mehr für dich ist.« Er holte tief Luft. »Ich bin aber bereit, dir großzügigerweise noch für drei weitere Monate dein Gehalt zu bezahlen, bis du auf eigenen Füßen stehst und eine Wohnung sowie einen neuen Job gefunden hast.«

Annika spürte, wie sich um sie herum alles drehte. Dann schoss die Wut wie ein Tsunami aus ihr hervor. Sie knallte ihm das Geldbündel an den Kopf und zerrte die Scheine aus ihrer Tasche, warf sie ihm vor die Füße. »Wenn du so über mich denkst, bin ich fertig mit dir«, schrie sie. »Und ich brauche weder dich noch dein Scheißgeld, um auf die Füße zu kommen.« Sie stürmte auf ihren Schrank zu, riss wahllos ein paar Klamotten daraus hervor, stopfte sie in einen der Koffer. Dann ging sie ins Badezimmer, holte ihre persönlichen Schmink- und Hygieneartikel, warf sie zu ihrer Kleidung. Sie schloss den Koffer, zerrte ihn vom Bett, stürmte zur Tür. Sie war schon fast auf dem Gang draußen, als sie sich noch einmal zu Leon umdrehte, ihm ihren Schlüssel zuwarf. Sie legte alle Kraft in den Versuch, weder weinerlich noch verletzt zu klingen. »Ich hatte nie eine Chance bei deiner Mutter«, stieß sie aus und wunderte sich, wie emotionslos ihre Stimme klang. »Und wie es aussieht, bei dir ebenso wenig.« Sie schluckte, suchte nach Worten. »Dabei war ich von Anfang an ehrlich, was meine Vergangenheit angeht.« Sie sah Leon in die Augen, erhoffte sich irgendeine Reaktion von ihm, doch er sah sie nur kühl an, wirkte so distanziert, als sei sie irgendeine dahergelaufene Fremde und nicht die Frau, mit der er bis heute Morgen sein Bett geteilt hatte. »Schade, dass sie dich am Ende doch noch eingeholt zu haben scheint.« Annika bemerkte, dass selbst seine Stimme kalt und unnachgiebig klang. Sie starrte ihn an, konnte nicht fassen, was er da gerade gesagt hatte. Schließlich gewann ihr Stolz die Oberhand, wofür sie unendlich dankbar war. »Ich schicke innerhalb der nächsten Tage jemanden vorbei, der mein restliches Zeug abholt«, sagte sie und verfluchte sich dafür, wie zittrig ihre Stimme klang. Sie wich seinem anklagenden Blick aus, trat in den Aufzug und wartete, bis die Türen zuglitten. Erst dann ließ sie ihren Tränen freien Lauf.

2

SYLT

DEZEMBER 2017

Die Frau vor ihm in dem BMW starrte ihn durch ihren Rückspiegel an, grinste. Normalerweise würde er freundlich zurücklächeln, doch heute war ihm einfach nicht danach. Deswegen verschränkte er demonstrativ seine Arme vor dem Körper, sah aus der Seitenscheibe hinaus, beobachtete, wie es draußen immer noch dunkler und noch ungemütlicher wurde, der Regen kraftvoll gegen die Scheibe klatschte. Die Meteorologen hatten für das kommende Wochenende ein heftiges Unwetter samt Sturm- und Überflutungswarnung rausgegeben, was bedeutete, dass, wenn es so weiterging, die Insel verbarrikadiert wurde. Im Klartext hieß das: Im Fall der Fälle konnte niemand Sylt verlassen, bis die Warnung aufgehoben wurde. Durch den tagelangen Regen und Wind in Orkanstärke drückte das Wasser immer mehr aufs Ufer zu, sodass, wenn der Regen nicht bald nachließ, selbst der Fahrbetrieb des Autozugs gestoppt werden musste. Die Fähren hatten ihren Dienst bereits gestern eingestellt, warteten auf grünes Licht, doch wenn es so weiterging …

Nicolas fragte sich, ob dieses Wetter eine Art Warnung für ihn darstellte. Ein Wachrütteln, dass er es sich noch einmal in Ruhe überlegen sollte, ehe es gänzlich zu spät dafür war. Er seufzte, als er bemerkte, dass ihn die Frau im Auto vor sich immer noch angaffte. Er schloss die Augen, hoffte, dass das deutlicher wäre. Er wäre fast eingedöst, als der Zug schließlich mit einem Ruckeln stehen blieb und eine blecherne Stimme verkündete, dass sie Westerland erreicht hatten. Nicolas riss die Augen auf, sah nach draußen, seufzte. Er war noch nie zuvor auf Sylt gewesen und trotzdem hasste er schon jetzt alles an dieser Insel. Das hatte er schon immer. Tina, seine Ex, hatte immer davon geträumt, eines Tages hier Urlaub zu machen, doch er hatte sich stets geweigert. Stattdessen waren sie immer nur nach Usedom gefahren, seine Insel, wie er sie nannte, weil er von dort stammte, die Beschaulichkeit und Einfachheit dieser Insel liebte, die im krassen Gegensatz zum prunkvollen und noblen Sylt stand. Wenn ihn jetzt jemand fragen würde, weshalb er sich freiwillig auf diese Stelle beworben habe, wenn er Sylt doch so sehr verabscheute – er hätte keine Antwort geben können. Vielleicht war die Entscheidung seinem Wunsch geschuldet, dass er sich soweit wie nur irgend möglich von seinem bisherigen Lebensumfeld entfernen wollte. Er mochte in Zukunft weder jemanden sehen noch hören, geschweige denn wissen, was aus all denen in Zukunft wurde, die er über die Jahre zu hassen gelernt hatte.

Okay, seine Eltern lebten noch in München und die waren ihm natürlich nicht gerade wurscht, genauso wenig wie sein Bruder, doch ansonsten würde er wohl kaum jemanden vermissen. Als er endlich an der Reihe war, den Autozug zu verlassen, sog er die Luft scharf ein, als würde er erwarten, dass Sylt, sobald die Reifen seines Autos den Boden der Insel berührten, ihm einen weiteren Dämpfer verpassen würde. Am Ende passierte gar nichts. Er reihte sich in die Schlange der wartenden Wagen ein, blinkte in Richtung Westerland Innenstadt und machte sich auf die Suche nach der Straße, in der er sich bereits von München aus eine winzig kleine Bude gemietet hatte. Sein Vermieter hatte es gar nicht verstehen können, dass er nicht wenigstens einmal gekommen war, um das Appartement zu besichtigen, doch nachdem er ihm, ohne zu zögern, die Kaution samt der ersten Miete überwiesen hatte, schien er sich wohl damit abgefunden zu haben, dass sein neuer Mieter aus Bayern etwas seltsam drauf war. Nicolas hatte diese Wohnung mit Bedacht ausgewählt. Sie war nicht weit vom Strand entfernt, denn so sehr er seine neue Wahlheimat bereits jetzt verabscheute, liebte er doch das Meer. Er mochte alles daran. Die salzige Luft, die Kraft und Naturgewalten, die davon ausgingen, das Rauschen der Wellen. Deswegen hatte er darauf geachtet, dass das Appartement in Strandnähe war, sodass er jeden Morgen vor der Arbeit seine tägliche Joggingrunde am Strand absolvieren konnte. Ein Luxus, von dem er seit Jahren träumte. Außerdem war seine Bleibe keine fünf Fahrminuten von seiner Dienststelle entfernt. Nicolas gehörte nicht gerade zu den Morgenmenschen. In München war er meistens auf den letzten Drücker aufgestanden, hatte sich nach einer Runde auf dem Laufband, einer schnellen Dusche und einem Espresso in letzter Minute auf den Weg zur Arbeit gemacht. Hier auf Sylt wollte er zumindest versuchen, es ein klein wenig gemütlicher anzugehen.

Als er den Wagen vor dem Appartementhaus anhielt, schluckte er. Erst jetzt wurde ihm so richtig bewusst, dass er ganz auf sich allein gestellt war. Hier hatte er niemanden. Seine Eltern nicht, die ihn an den Wochenenden immer genötigt hatten, zu ihnen zum Essen zu kommen. Seinen Bruder nicht, mit dem er hin und wieder nach Feierabend auf ein Bier gegangen war. Seine Kumpels nicht. Er war allein und damit musste er jetzt erst mal klarkommen, vor allem auch deswegen, weil er selbst es sich so ausgesucht hatte. Sein Vorgesetzter in München hatte auf sein Versetzungsgesuch mit Bedauern reagiert und ihm Regensburg vorgeschlagen, doch das war Nic viel zu nah gewesen. Deswegen hatte er erfreut eine Bewerbung nach Sylt geschickt, nachdem er mitbekommen hatte, dass eine Kollegin aus Schleswig-Holstein der Liebe wegen nach Bayern wollte. So hatten sie am Ende quasi ihre Posten getauscht, was gut gewesen war, denn bereits kurz nach Vertragsunterzeichnung war es zum Eklat gekommen. Sein Vorgesetzter in München hatte gesagt, dass ihm zusätzlich zum Disziplinarverfahren eine dreimonatige Beurlaubung drohe, stünde nicht sein Umzug nach Sylt unmittelbar vor der Tür. So war er letztendlich mit einem blauen Auge davongekommen, wenngleich ihm klar war, dass die Sylter Kollegen sicherlich über sein Fehlverhalten informiert waren. So was machte in seinen beruflichen Kreisen immer schnell die Runde. Er hievte sein Gepäck aus dem Kofferraum, dann zog er sein Handy aus der Gesäßtasche seiner Jeans, wählte die Nummer seines Vermieters. Er hatte den Mann bereits vom Autozug aus kontaktiert, damit dieser ihn vor dem Appartement zur Schlüsselübergabe traf, doch wie es aussah, war er noch nicht da. Der Mann ging nach dem ersten Klingeln dran, erklärte Nic, dass er wegen des Wetters schon oben sei und im Trockenen auf ihn wartete. Er öffnete ihm mit dem Türöffner die Haustür, erklärte, dass er mit dem Aufzug bis ganz nach oben müsse, begrüßte ihn mit freundlichem

Handschlag und plapperte munter drauflos, wollte wissen, wie seine Anreise gewesen sei, wie es ihm gehe und ob er die alte Heimat bereits vermisse. Nic ignorierte die Fragen des Mannes weitgehend, was dieser gar nicht zu bemerken schien, weil er einfach immer weiterredete.

Sein Vermieter hieß Udo Kretschmann. Er besaß außer dieser Wohnung noch vier andere auf der Insel und eine weitere hier im Haus, was ihm einen sorgenfreien Lebensabend ermöglichte. Er erzählte Nic, dass er weit über siebzig war und früher ein großes Unternehmen in Hamburg geleitet hatte und sich für sein Alter noch erstaunlich fit fühlte, sogar regelmäßig ins Fitnessstudio ging. Nic konnte sich gut vorstellen, dass dies an dem guten Inselklima lag, doch beschwören würde er das nicht. Er sah den Mann freundlich an, bemerkte erst jetzt, dass dieser eine Reaktion vom ihm zu erwarten schien.

»Entschuldigung«, murmelte Nic daher, »ich war mit meinen Gedanken gerade ganz woanders.« Der Mann grinste.

»Ich sagte, es fühlt sich gut an, einen Polizisten im Haus zu haben.«

Nic lachte und fragte sich, was der Mann damit meinte. Sollte er etwa ab sofort dafür sorgen, dass in diesem Objekt Zucht und Ordnung herrschte?

»Im Sommer vermieten die anderen ihre Wohnung an Studenten. Da kann es schon mal hin und wieder ganz schön laut werden. Aber jetzt, wo Sie hier wohnen, mache ich mir da keine Gedanken mehr.« Der Mann lächelte, wies mit der Hand in Richtung Balkon. »Ist zwar nicht das richtige Wetter, aber ich schlage vor, dass Sie trotzdem einen Blick auf das Prachtstück dieser Wohnung riskieren.«

Nic runzelte die Stirn, folgte dem Mann aber, sog erstaunt die Luft ein, als er sah, dass er von seinem Balkon aus über den Damm aufs Meer sehen konnte. Dieser Ausblick entschädigte ihn augenblicklich für die nervige Redseligkeit des Mannes, für die schier endlose Anreise und für das Gefühl der Einsamkeit, das sich langsam einen Weg zu seinem Innern bahnte. Er lächelte, atmete tief ein, sah den Mann an. »Sehen Sie – deswegen wollte ich unbedingt diese Wohnung haben.«

Der Mann sah ihn verwirrt an. »Aber das konnten Sie nicht wissen. Sie haben das Appartement nur auf Bildern gesehen.«

Nic lachte. »In der Beschreibung stand aber, dass die Wohnung keine hundert Meter vom Strand entfernt liegt. Ich wusste also, dass ich das Meer zumindest hören kann, wenn es mal etwas unruhiger ist. Aber der Blick hier …« Er deutete auf den Horizont. »Der haut mich echt um.«

Nachdem sein Vermieter gegangen und Nic allein in seinen neuen vier Wänden war, nutzte er die nächsten Minuten, sich alles noch mal ganz in Ruhe anzusehen und auf sich wirken zu lassen. Er hatte sich bewusst dazu entschieden, eine möglichst komplett möblierte Wohnung zu mieten, denn allein die Vorstellung, sein neues Zuhause mit seinem alten Krempel zu entweihen, fühlte sich falsch an. Hinzu kam, dass fast alle seine Möbel in der alten Wohnung in München mit irgendwelchen Erinnerungen behaftet waren, die er eigentlich am liebsten vergessen würde. Allen voran seine Ex-Verlobte Bettina.

Allein beim Gedanken an sie drehte sich Nic der Magen um. Mittlerweile waren sie seit Monaten getrennt, doch er bekam noch immer feuchte Hände und einen nervösen Darm, wenn er öfters an sie dachte, sich zu lange mit ihrer beider Vergangenheit beschäftigte. Entschlossen schob er jeden Gedanken an Tina beiseite, konzentrierte sich auf das Hier und Jetzt. Er ging von Raum zu Raum seines 60-Quadratmeter-Appartements, fragte sich beim Anblick der hübschen Küche im Landhausstil, ob er es wohl jetzt endlich fertigbrächte, sich das Kochen anzueignen, oder ob er hier auf der Insel damit weitermachte, sich von Fertigessen zu ernähren.

Das Wohnzimmer war sehr hell und freundlich eingerichtet, mit einem beigen Ledersofa vor dem Fenster, einem hübschen Tisch aus Mangoholz davor sowie zwei Sesseln, die mit hellbraunen Stoffhussen bezogen waren. Die Schränke waren aus hellem Holz, passten super zur wohnlich modernen Gesamtatmosphäre der Wohnung und boten genügend Platz für den Rest seiner Besitztümer, die – wie er hoffte – inzwischen auf dem Weg hierher waren. Er hatte das ganze Zeug in Kartons gestopft und per Post auf den Weg geschickt, weil er gewusst hatte, dass er nicht alles in seinen Wagen bekäme, und nun musste er eben warten, bis es nacheinander hier eintrudelte. Im Grunde sah das Wohnzimmer ein klein wenig feminin aus, doch das störte Nic nicht, denn er würde dem Ganzen über kurz oder lang sowieso eine persönlichere Note geben. Einzig der Anblick des Schlafzimmers stimmte ihn ein bisschen wehmütig, denn das breite Bett mit der bunt geblümten Tagesdecke erinnerte ihn unweigerlich an jenen Tag vor zwei Jahren, als seine Ex ein solches Monster mit nach Hause geschleppt und damit einen Streit vom Zaun gebrochen hatte. Entschlossen riss er das Teil vom Bett, stopfte es in den gegenüberstehenden großen Spiegeltürenschrank, verschloss ihn wieder, atmete erleichtert auf, als er sah, dass die Bettwäsche, die sein Vermieter extra für ihn aufgezogen haben musste, einigermaßen annehmbar aussah. Er ließ sich aufs Bett fallen, atmete tief durch. Plötzlich fiel ihm auf, dass er nirgendwo einen Fernseher gesehen hatte. Jetzt bereute er, dass er seinen in Tinas Wohnung gelassen hatte. Er stand auf, ging zurück ins Wohnzimmer, seufzte erleichtert, als er die Anschlussdose an der Wand sah. Neben der Schrankwand stand eine Kommode, auf der ohne große Probleme ein besonders wuchtiges Exemplar Platz hätte, und er würde sich noch heute Nachmittag darum kümmern. Kurz überlegte er, ob er seine Klamotten in die Schränke verräumen sollte, beschloss aber, dass seine Anschaffung Vorrang hatte. Er ging in die Küche, sah in den Schränken nach, stellte fest, dass es zwar einen Kühlschrank samt Gefrierfach, einen Toaster und Geschirr zur Genüge, aber keine Kaffeemaschine gab. In Gedanken setzte er eines dieser teuren Luxusgeräte auf seine Liste, ging zurück ins Wohnzimmer, starrte durch die Balkontür nach draußen, nahm sich vor, ein paar neue Sitzauflagen für die Balkonmöbel zu besorgen und das gemusterte Zeug im Müll zu entsorgen. Er wollte sich gerade auf den Weg nach draußen machen, als sein Handy klingelte. Die Nummer auf dem Display sagte ihm nichts, trotzdem nahm er das Gespräch an.

»Mein Name ist Hanna«, sagte eine nette melodisch klingende Stimme zu ihm. »Wir werden ab Montag öfters miteinander zu tun haben, deswegen dachte ich, vielleicht haben Sie heute etwas Zeit auf einen Kaffee, damit wir uns schon mal persönlich beschnuppern können.«

Nic runzelte die Stirn, wusste nicht, was das sollte.

Er wollte gerade sagen, dass er keine Hanna kannte, als ihm der Name seiner zukünftigen Kollegin und Chefin einfiel, mit der er vor ein paar Wochen mal geskypt hatte. Hanna Siegel, hieß die Frau und als er sie damals gesehen hatte, war ihm sofort die Ähnlichkeit zu dieser rothaarigen

Schauspielerin aufgefallen, die in diesen blödsinnigen Fack-Ju-Filmen mitspielte.

Plötzlich fühlte er sich in die Enge gedrängt.

Aber ihr vor den Koffer scheißen ging nun mal auch nicht, schließlich würde er ab nächster Woche tagtäglich mit ihr zu tun haben. »Ich wollte eigentlich noch ein paar Sachen besorgen«, rutschte es ihm raus, ehe er sich bremsen konnte.

»Verstehe«, kam es von Hanna. »So ein Umzug ist immer total stressig, das kann ich nachvollziehen. Was brauchen Sie denn noch?«

Nic runzelte die Stirn. Seine neue Kollegin war neugierig und das gefiel ihm überhaupt nicht. »Einen Fernseher«, sagte er schließlich. »Und eine Kaffeemaschine. Beides ist lebensnotwendig für mich, deswegen fürchte ich, wird das mit unserem Kaffee nichts. Außerdem habe ich keinerlei Lebensmittel im Haus und stehe überhaupt nicht auf abendliches Hungern.«

Sie lachte. »Ach, kommen Sie schon! Ich kenne mich hier auf der Insel super aus, kann Ihnen zeigen, wo Sie finden, was Sie suchen. Und zur Belohnung spendieren Sie mir anschließend Tee und Kuchen in der Kupferkanne oder ein Abendessen bei Gosch.«

Nic zögerte, dann wurde ihm klar, dass er tatsächlich keine Ahnung hatte, wo man hier am besten einkaufen konnte, geschweige denn einen Fernseher samt Kaffeemaschine bekam, ohne drei Monatsgehälter dafür auf den Kopf hauen zu müssen.

Er seufzte.

»Und sich schlafen zu stellen, wird kein zweites Mal bei mir funktionieren, das kann ich Ihnen jetzt schon versichern.«

»Bitte?« Nic wusste nicht, was das zu bedeuten hatte,

dann wurde ihm alles klar. Die Frau vor ihm im Wagen auf dem Autozug. Er hatte ihr Grinsen für Interesse an seiner Person gehalten, was nicht selten vorkam, denn wenn er nicht gerade einen auf Mister Unnahbar machte, hatte er beim anderen Geschlecht doch ziemlichen Schlag. Plötzlich kam er sich vollkommen bescheuert vor. »Sie waren das?«, brachte er mühsam hervor und spürte, wie seine Hände feucht wurden.

»Ja, ich hatte auf dem Festland zu tun und da hab ich Sie zufälligerweise auf dem Rückweg im Wagen hinter mir erkannt.«

»Ich war müde von der Fahrt«, wandte Nic ein, bemerkte aber selbst, wie schwach sich diese Ausrede anhörte. Seine Kollegin war nicht blöd, sicherlich konnte sie sich denken, dass er einfach nur keinen Bock auf eine weibliche Bekanntschaft gehabt hatte. Vor allem nicht, nachdem … Er sog die Luft scharf ein und war drauf und dran zu fragen, ob sie wisse, was in München vorgefallen war und weshalb es ihn tatsächlich hier auf die Insel verschlagen hatte, doch dann bremste er sich gerade noch rechtzeitig. Das war definitiv kein Thema für ein Telefonat. Wenn er mit seiner neuen Chefin darüber reden würde, dann brauchte er verdammt noch mal einen fetten Drink. Oder am besten gleich zwei.

»Tut mir echt leid«, sagte er schließlich nur und schluckte den Kloß im Hals hinunter.

»Kein Problem«, gab Hanna leichthin zurück. »Wie gesagt, ich hab dasselbe durch und so ein Umzug kann einen ganz schön schlauchen. Was sagen Sie nun zu meinem Vorschlag? Ich helfe Ihnen, damit Sie die nächsten Tage nicht ohne Kaffee, Essen und Fernsehen aushalten müssen, und im Gegenzug geben Sie mir einen aus? Was meinen Sie, soll ich Sie abholen?«

»Sie wissen, wo ich wohne?«

Hanna lachte. »Ihre neue Adresse steht selbstverständlich in Ihrer Personalakte.«

»Ach … logisch«, rief Nic und verfluchte sich in Gedanken für seine Blödheit.

Er dachte kurz nach, stieß ergeben die Luft aus. »Alles klar«, sagte er. »Ich warte hier auf Sie.«

3

AUGSBURG/SYLT

DEZEMBER 2017

Als Annika auf die Straße trat, fühlte sie sich so leer wie noch niemals zuvor in ihrem Leben. Von einem Augenblick auf den anderen hatte sie alles verloren. Ihre Bleibe, ihren Job und den Mann, den sie liebte.

Sie hätte gerne Gisela die Schuld für alles gegeben, doch je länger sie darüber nachdachte, desto bewusster wurde ihr, dass es im Grunde ihre eigene Schuld war. Sie hatte darauf vertraut, dass Leons Mutter und sie eines Tages doch noch zueinanderfinden und sich vertragen, vielleicht sogar anfreunden würden, nur deswegen hatte sie die Kapriolen der Frau so stillschweigend ertragen. Doch wenn sie ganz ehrlich war, kam sie nun nicht mehr umhin, zuzugeben, dass auch ein wenig Feigheit hinter ihrem Schweigen gesteckt hatte. Sie wusste von Leons enger Verbundenheit zu seinen Eltern und hatte nichts riskieren wollen. Vielleicht weil sie all die Zeit über geahnt hatte, dass er sich im Zweifel niemals für sie entschieden hätte, sondern für seine Familie?

Konnte sie ihm das denn überhaupt vorwerfen?

Nur weil ihre Familie total kaputt war, sie niemanden von ihnen an ihrer Seite hatte, bedeutete das doch nicht, dass andere Menschen diese Art von Zugehörigkeitsgefühl nicht brauchten.

Sie seufzte, zerrte den Koffer wütend hinter sich her. Dann blieb sie stehen, sah sich um, betrachtete das Gepäckstück. Ihr fiel der kleine Zettel am Griff auf, ein Preisschild über knappe dreißig Euro von Karstadt. Dann fiel ihr ein, dass Gisela heute Nachmittag gesagt hatte, dass sie weg müsse und auch nicht mehr wiederkomme. Annika wurde klar, was das bedeutete. Satan selbst hatte die Koffer gekauft und Leon so vor vollendete Tatsachen gestellt. Und er hatte nichts Besseres zu tun gehabt, als genau das zu tun, was seine Mutter von ihm erwartete. Sicherlich hatte Gisela nachgeholfen, ihr das Geld untergejubelt, um ihre Behauptung, es ginge Annika nur ums Geld, zu untermauern. Doch am Ende lief alles auf eines hinaus – Gisela hatte sie aus Leons Leben radiert und all die Zeit genau darauf hingearbeitet.

Annika seufzte. Ihr wurde klar, dass das ein Punkt war, den sie an ihrem zukünftigen Ehemann sowieso niemals toleriert hätte. Sie wollte einen Mann, der zu sich selbst stand, zu seinen Gefühlen, zu der Frau, die an seiner Seite lebte. Einen Mann, der stark genug war, sich gegen seine Mutter zu behaupten, auch wenn das bedeutete, ihr Grenzen aufzeigen zu müssen. Und Leon hatte ihr mit dieser Aktion klargemacht, dass er niemals imstande wäre, so ein Mann für sie zu sein. Entschlossen drehte sie sich wieder um, ging zum Haus zurück, blieb vor den Briefkästen stehen. Dann zog sie den Verlobungsring von ihrem Finger, warf ihn in den Briefkastenschlitz. Sie hoffte, dass diese Geste eindeutig für Leon wäre und fühlte sich augenblicklich ein wenig besser.

Dann überlegte sie, was sie nun tun konnte. Sie hatte Leon das Geld vor die Füße geworfen, doch ihr Bankkonto war keineswegs leer. Sie hatte knappe viertausend Euro zusammengespart und mit dem ihr zustehenden letzten Gehalt würden es sogar etwas über sechstausend Euro sein. Außerdem war sie der Meinung, dass ihr angesichts der falschen Beschuldigung seitens Gisela und Leon die zwei Monate Abfindung durchaus zustanden. Also hatte sie zumindest knapp über zehntausend Euro zur Verfügung, damit ließ sich durchaus etwas anfangen. Im Prinzip konnte sie also die nächsten Tage in einem günstigen Hotel unterkommen und hätte trotzdem noch genügend Geld übrig für ihren Neustart. Ihr Innerstes zog sich zusammen. Allerdings nicht wegen des Kummers über das Scheitern ihrer Beziehung, sondern vielmehr deswegen, weil ihr bewusst wurde, dass sie auch ihren Freundeskreis verloren hatte. In den letzten beiden Jahren hatte sie viel Zeit mit Leons Bekannten verbracht, sich auf diese Menschen eingeschossen und ihre eigenen Freunde aus früheren Zeiten mehr oder weniger aufs Abstellgleis gestellt. Andererseits war das auch besser so gewesen, denn ihre beste Freundin aus Jugendtagen hatte noch immer keinen Boden unter den Füßen gefunden und lebte heute wie damals von der Hand in den Mund. Was sie jetzt brauchte, das wurde Annika ganz deutlich bewusst, war nicht nur ein Neustart, sondern auch eine Luftveränderung. Bei ihrer Mutter in München brauchte sie es gar nicht erst versuchen, unterzukriechen, denn die hatte ihr damals ziemlich direkt gesagt, dass sie mit ihr fertig war.

Und ihr Vater … Annika seufzte. Sie war immer ein Papakind gewesen, von klein auf, doch als er die Familie damals, als sie gerade erst acht Jahre alt gewesen war, wegen einer anderen Frau verlassen hatte, verlor er für sie von einem Augenblick auf den anderen an Bedeutung.

Sie wusste noch immer nicht, weshalb er ihre Mutter damals einfach aufgegeben und sich seither auch bei ihr kaum mehr gemeldet hatte, doch das Gefühl der Verletztheit, das sein Verhalten und seine Distanziertheit ihr gegenüber ausgelöst hatten, konnte sie bis heute spüren.

Vielleicht war jetzt die Zeit gekommen, sich endlich Klarheit darüber zu verschaffen? Mit ihm zu sprechen und somit alte Wunden zu verarzten. Denn war es nicht so, dass ein neuer Anfang eine abgeschlossene Vergangenheit voraussetzte?

Fakt war außerdem, dass alles, was in ihrem Leben bisher schiefgelaufen war, damit zusammenhing, dass sie als Kind ihre wichtigste Bezugsperson verloren hatte. Er es vorgezogen hatte, sich beruflich selbst zu verwirklichen, sich den Traum vom eigenen Hotel auf Sylt zu erfüllen.

Sie straffte die Schultern, atmete tief durch. Die Vorstellung, nach all den Jahren ihrem Vater gegenüberzustehen, ihm zu sagen, wie sehr sie sein Weggang auch heute noch schmerzte, fühlte sich richtiger an als alles, was sie in den letzten Jahren getan hatte.

Sie sah ein Taxi auf sich zukommen, hob die Hand, verfrachtete ihr Gepäck im Kofferraum, setzte sich auf die Rückbank. Der Fahrer sah sie durch den Rückspiegel fragend an. Sie atmete tief durch, lächelte. »Zum Hauptbahnhof bitte.«

Die Lautsprecherdurchsage des Zugbegleiters weckte sie. Benommen sah Annika auf, bemerkte, dass eine ältere Dame ihr gegenüber Platz genommen hatte, sie freundlich anlächelte.

Sie lächelte zurück, zog ihr Handy hervor, sah auf die Uhr. Inzwischen war es nach Mitternacht und bis Hamburg waren es noch knappe zwei Stunden. Sie hatte sich am Hauptbahnhof kurz entschlossen eine Fahrkarte bis nach Sylt gekauft und auch keinen Rückzieher gemacht, als der Bahnmitarbeiter ihr erklärte, dass sie zwar mitten in der Nacht in Hamburg ankäme, aber erst gegen sechs Uhr morgens von Altona weiterfahren konnte.

Sie würde die drei Stunden schon irgendwie herumbekommen, sich notfalls in eine der Kneipen setzen, etwas essen oder Tee trinken.

Auf Sylt angekommen, würde sie sich mit dem Taxi zum Hotel ihres Vaters bringen lassen und darauf hoffen, dass er sie nicht gleich wieder wegschickte. Das Hotel »Möwenblick« galt auf der Insel als Perle unter den nobleren Unterkünften, was sicherlich damit zusammenhing, dass das Haus direkt in den Dünen stand und man von den meisten Zimmern einen fabelhaften Blick aufs Meer hatte. Außerdem gab es laut Internet einen schicken Spa-Bereich, wunderschöne Suiten mit eigener Sauna im Badezimmer sowie ein edles Restaurant, in dem ein Sternekoch seine Kunst ausübte und die gut situierte Klientel verwöhnte.

Annika erinnerte sich noch gut an die Zeit, als ihr Vater noch bei ihr gewesen war, und konnte ihn sich irgendwie überhaupt nicht als so einen Bonzen-Typen mit dickem Portemonnaie vorstellen. Sie fragte sich, wie er es überhaupt geschafft hatte, sich aus dem Nichts heraus etwas aufzubauen, doch dann fiel ihr ein, dass seine Mutter einige Jahre nach seinem Verschwinden gestorben war und ihm sicherlich eine schöne Stange Geld hinterlassen hatte.

Sie schluckte, als sie sich vorstellte, was ihr Vater

denken könnte, wenn sie plötzlich mit Sack und Pack vor ihm stand.

Sie fragte sich, ob er wusste, dass sie in ihrem Leben schon des Öfteren versagt, es einmal sogar regelrecht verkackt hatte. Andererseits war sie beileibe nicht die einzige Person auf der Welt, die in ihrer Jugend Scheiße baute und noch heute mit den Konsequenzen des damaligen Handelns zu kämpfen hatte.

Und war es nicht so, dass nur das zählte, was und wer sie heute war?

Sie hoffte, dass ihr Vater dies genauso sah, denn falls nicht, bestand zumindest die Möglichkeit, dass er es wie ihre Mutter machte und schlichtweg vergaß, dass er ein Kind hatte.

Es war fast neun Uhr, als Annika aus dem Taxi stieg und ihren Koffer erschöpft hinter sich her in die Lobby des Möwenblicks zerrte. Als sie in Westerland aus dem Zug gestiegen war, hatte sie sich kurz gefragt, was ihr Vater an diesen Ort gezogen hatte, doch hier, in Rantum, konnte sie seine Beweggründe durchaus nachvollziehen. Von dem derzeitigen beschissenen Wetter einmal abgesehen, war es im Sommer bestimmt wunderschön. Das Hotel war ein großer mit Reetdächern gedeckter Gebäudekomplex, in dessen Haupthaus sich die Rezeption befand. Allein die im gemütlichen Alpinstil eingerichtete Lobby strahlte Behaglichkeit, Luxus und Wellness aus. Es roch intensiv nach irgendeinem besonderen Holz und Rosmarin, eine Mischung, die sich beruhigend auf die Sinne auswirkte und klärend auf den Geist. Sie drehte sich um, sah eine gut aussehende Frau Mitte vierzig an der Rezeption stehen. Das musste die neue Frau ihres Vaters sein. Annika zog ihren Koffer hinter sich her, trat näher. Die Frau sah sie freundlich, aber distanziert an, so als wisse sie genau, dass Annika nicht hierher gehörte.

»Kann ich Ihnen helfen?«

Annika schluckte, wusste auf einmal nicht, was sie sagen sollte. »Ich«, stammelte sie leise, »ich suche …«

Die Frau seufzte erleichtert. »Sie sind wegen der Stellenausschreibung als Frühstücksbedienung hier, nehme ich an?«

Sie sah Annika prüfend an, bis ihr Blick den Koffer streifte. Fragend hob sie die Augenbrauen. »Sie wollen eins der Personalzimmer beziehen? Da muss ich erst gucken, ob das momentan machbar ist.« Sie sah Annika unschlüssig an. »Haben Sie irgendwelche Unterlagen dabei? Referenzen vielleicht?«

Annika fühlte sich derart überrumpelt, dass sie nur mit dem Kopf schütteln konnte. Die Frau verzog mitleidig das Gesicht. »Ich fürchte, dass ich ohne Bewerbungsunterlagen nichts für Sie tun kann.«

Plötzlich fühlte Annika sich noch kleiner und noch weniger an diesen Ort passend. Nach der letzten Nacht und den Erlebnissen des vergangenen Tages musste sie mitgenommen und vollkommen verhärmt aussehen. Verletzlich und hilflos auf die Frau wirken. Kein Wunder, dass sie sie für jemanden hielt, der quasi auf dem Zahnfleisch hierhergekrochen kam. Doch ganz so war es nun auch wieder nicht. Ein Ruck ging durch Annikas schmächtigen Körper. Sie sah die Frau fest an. »Ich suche weder Arbeit noch eine Notunterkunft … oder vielleicht doch … aber nicht, wie Sie denken …« Annika holte tief Luft. »Ich bin hier, weil ich meinen Vater sprechen will. Sein Name ist Johannes Wunderlich und ich glaube, das hier ist sein Hotel.«

Nachdem die Frau an der Rezeption ihren Schock überwunden zu haben schien und sie sich gefühlte hundert Mal bei Annika entschuldigt hatte, bat sie sie, an der Bar Platz zu nehmen und sich einen Kaffee und Kuchen aufs Haus zu bestellen.

Annika tat, wie ihr geheißen, und warf einen Blick in die Karte. Bei den Preisen wurde ihr speiübel. Tee und Kuchen für über zehn Euro? Wer zur Hölle hatte so viel Asche, um sie auf diese Weise auf den Kopf zu hauen? Doch dann fiel ihr ein, dass die Frau gesagt hatte, die Rechnung ginge aufs Haus, deswegen bestellte sie sich eine Kanne Ostfriesen-Mischung und Bienenstich.

Sie war gerade dabei, sich etwas Sahne in den Tee zu gießen, als sie jemanden aus dem Augenwinkel auf sich zukommen sah. Ganz langsam, fast wie in Zeitlupe, drehte sie sich um, sah ihren Vater an, der anders als früher heute Anzug und Krawatte trug und sich trotzdem kein bisschen verändert zu haben schien.

Ihr schossen die Tränen in die Augen und auch er starrte sie mit einer Mischung aus Erstaunen, Neugier und unverhohlener Freude an.

Als er schließlich vor ihr stehen blieb und sie unsicher anlächelte, brach etwas in ihr. Ein Teil ihres Selbst wollte in seine Arme fallen, ihm sagen, wie sehr sie ihn vermisst hatte und nie mehr loslassen wollte, doch da war etwas in ihrem Innern, das den Mann dafür hasste, dass sie seinetwegen all die Jahre so gelitten hatte. Deswegen schluckte sie ihre Rührung hinunter, sah ihn so kühl wie nur irgend möglich an.

»Nur falls du vergessen haben solltest, dass du ein Kind hast – hier eine kurze Auffrischung für dein Gedächtnis. Mein Name ist Annika Wunderlich. Ich bin fünfundzwanzig Jahre alt und wenn ich mich richtig erinnere, warst du bis zu meinem 8. Lebensjahr so was wie ein Vater für mich.« Sie räusperte sich, bemerkte mit einem Gefühl der Genugtuung, wie er unter ihren Worten zusammenzuckte. Sie lächelte breit. »Keine Angst, ich bin nicht hier, weil ich der Meinung bin, dass du mir was schuldig bist.« Sie schüttelte den Kopf. »Es ist nur so, ich brauche dringend einen neuen Anfang und dafür muss ich zuerst mit dem wichtigsten Teil meiner Vergangenheit abschließen und da du der Auslöser dafür warst, dachte ich, fange ich hier damit an, bei dir.«

Ihr Vater schluckte, sah zu Boden, schwieg sekundenlang. Als er wieder aufsah, befürchtete Annika zuerst, dass er ihre Worte in den falschen Hals gekriegt hatte und sie hinauswerfen würde, stattdessen schluckte er schwer, schien Mühe zu haben, die Fassung zu wahren.

»Wie lange planst du, hierzubleiben?«, brachte er mühsam hervor.

Annika hob betont lässig die Schultern. »Ich hab momentan nichts anderes vor, also würde ich sagen, so lange wie es eben dauert.«

Ihr Vater warf einen Blick auf ihren Koffer, sah sie fragend an.

Annika seufzte. »Wie ich schon sagte, ich brauche dringend einen neuen Anfang.«

Ihr Vater nickte, sah sie nachdenklich an. »Du siehst müde aus.«

Annika wich seinem Blick aus.

»Wenn du willst, kannst du eines der nicht ausgebuchten Zimmer haben. Schlaf dich erst mal aus, dann reden wir, okay?«

Annika nickte, folgte ihm zögernd. »Die Frau an der Rezeption … ist das …?« Sie brach ab.

Ihr Vater blieb wie vom Donner gerührt stehen, sah sie

mit einer Mischung aus Trauer und Bestürzung an. Erst jetzt fielen ihr die dunklen Ringe unter seinen sonst so strahlenden grünen Augen und die schütteren Stellen zwischen seinem einst so dichten dunklen Haar auf. Plötzlich hatte Annika das dringende Bedürfnis, ihn zu umarmen. Irgendetwas an seiner Haltung verwirrte sie. Und dann sah sie es ganz deutlich. Der Mann vor ihr war unweigerlich ihr Vater – Johannes Wunderlich. Aber er sah nicht wie jemand aus, dem es gelungen war, seine Träume wahr werden zu lassen. Er wirkte weder glücklich noch zufrieden, sondern stattdessen irgendwie … gebrochen.

»Du weißt es nicht?«, stieß er schließlich aus.

Annika runzelte die Stirn. »Was meinst du? Das letzte Mal, als ich dich gegoogelt habe, stand deine Hochzeit mit dieser … dieser«, sie brach schulterzuckend ab. »Tut mir leid, ich hab den Namen vergessen.«

»Heike«, sagte ihr Vater leise. »Ihr Name war Heike.«

Etwas in Annika zog sich schmerzhaft zusammen. »War?«

Ihr Vater nickte, seine Lippen zitterten.

»Es war zwei Tage vor der Hochzeit«, setzte er zur Erklärung an und seine Stimme schien beinahe zu kippen. »Sie hat sich so gefreut, doch dann …« Er rang nach Luft, sah Annika direkt in die Augen. »Seither hab ich mich gefragt, ob das, was passiert ist, nicht so eine Art Strafe für mich darstellen soll. Eine Strafe, weil ich dich damals verlassen habe.«

Annika schluckte schwer. »Was ist mit Heike, Papa? Was ist mit ihr passiert?«

Er hob die Schultern, das Gesicht schmerzverzerrt. »Das weiß ich nicht. Keiner weiß es. Sie ist einfach weg. Verschwunden und niemand weiß wohin oder warum oder ob sie überhaupt noch am Leben ist.«

. . .

Lautes Gelächter riss sie aus dem Schlaf. Es dauerte eine Weile, ehe Annika wieder wusste, wo sie sich befand. Sie schwang ihre Beine aus dem Bett, sah auf den Wecker auf dem Nachtschrank neben sich und erschrak. Es war fast fünfzehn Uhr, was bedeutete, dass sie vier Stunden geschlafen hatte. Nach dem Gespräch mit ihrem Vater hatte er sie auf ihr Zimmer begleitet und gesagt, dass sie so lange bleiben könne, wie sie wolle, und dass er froh sei, dass sie hier war. Er hatte sie nicht gefragt, was in ihrem Leben schiefgelaufen war, doch an seinem Blick hatte sie erkannt, dass er sich wirklich dafür zu interessieren schien. Schließlich hatte er leise gesagt, dass er da sein würde, wann immer sie bereit war, ihm davon zu erzählen und dass es gutgetan habe, ihr seinen Kummer anvertraut zu haben.

Sie hatten sich schließlich in stillschweigendem Einvernehmen verabschiedet und ausgemacht, dass sie am Nachmittag besprechen würden, wie es jetzt weiterginge. Annika hatte ihm gesagt, dass sie nichts geschenkt wolle und auch nichts von ihm erwarte, jedoch bereit sei, für Kost und Unterkunft zu arbeiten, was er nickend zur Kenntnis genommen hatte. Sie ging ins angrenzende Badezimmer, starrte ihr Spiegelbild an und erschrak. Ihre dunkelgrünen Augen waren von violetten Schatten unterlegt, ihre brünetten Haare hingen ihr strähnig über die Schultern. Kurz erwog sie, sich zu duschen und ein wenig zurechtzumachen, doch dann sagte sie sich, dass er ihr Vater war und es verdammt noch mal keinen Grund gab, sich vor ihm zu verstellen. Sie sah an sich herab, registrierte ihre zerknitterte Hose, die nicht mehr ganz taufrische Bluse und beschloss, wenigstens in andere Klamotten zu schlüpfen. Als sie ihren Koffer öffnete und sah, dass sie ausschließlich die Kleidung eingepackt hatte, die sie vor Leon getragen hatte, stieß sie einen leisen Fluch aus. Alles in diesem Koffer war schwarz wie die Nacht. Jedes Shirt, jede Bluse, sogar ihre zerschlissene alte Jeans. Wütend auf sich selbst zog Annika einen Wildlederrock hervor, dazu eine undurchsichtige Leggings und ein Shirt mit dem Logo ihrer Lieblingsband The Cure.

Nachdem sie umgezogen war, stellte sie sich vor den Spiegel und seufzte. Sie sah aus wie ein rebellischer Teenager und nicht wie eine erwachsene Frau, die hergekommen war, um ein wichtiges Detail ihrer Vergangenheit zu klären und neu durchzustarten. Sie machte sich einen Zopf, weil man so wenigstens nicht sah, wie fettig ihr dünnes Haar war, und verließ das Zimmer. In der Lobby angekommen, sah sie sich um, fragte den jungen Mann, der jetzt am Empfang stand, nach ihrem Vater. Er lächelte sie an. »Joe hat schon gesagt, dass du hier bei uns bist. Er hat allen Angestellten gesagt, dass du dich wie zu Hause fühlen sollst und wir dir jeden Wunsch von den Augen ablesen sollen.«

»Wo ist er denn?«, wollte Annika wissen.

Der junge Mann, der laut seines Namensschilds Torsten hieß, hob bedauernd die Schultern. »Ich glaube, dass er noch beim Einkaufen ist. Aber wenn du willst, kannst du dich an die Bar setzen und irgendwas trinken, bis er kommt.«

Annika sah sich um, bemerkte, dass die Bar gut besucht war. Überhaupt schien das Hotel gut besucht zu sein, denn im angrenzenden Café war die Hölle los.

Sie zögerte kurz, gab sich dann einen Ruck.

»Ich will hier nicht mit Samthandschuhen angefasst

werden«, erklärte sie. »Ich kann helfen, hab schon öfters bedient, das ist nicht neu für mich.«

Torsten sah sie unschlüssig an, dann winkte er eine der Kellnerinnen – eine pummelige Mittvierzigerin – zu sich heran. »Das ist Annika«, stellte er sie der Frau vor. »Hast du etwas zu tun für sie?«

Die Frau musterte Annika erstaunt, lächelte dann. »Du willst mithelfen? Ich darf doch Du sagen oder?«

»Klar.« Annika nickte. »Warum nicht?« Sie deutete auf die Bar, an der es mittlerweile keinen freien Platz mehr gab, dann auf das Café im Wintergarten. »Hier geht's ziemlich zu und ich hab zwei gesunde Hände.«

Die Frau lachte und bat Annika, mit ihr zu kommen. Im Hinterzimmer überreichte sie ihr eine Schürze und grinste. »Du hast schon mal bedient?«

Annika verzog das Gesicht. »Im Bierzelt in München und Augsburg.«

Die Frau lachte. »Übrigens, ich bin Rosalie, du kannst mich aber auch einfach Rosi nennen.« Sie zwinkerte Annika zu. »Und was deine Qualifikation angeht, würde ich sagen, du bist eingestellt. Wer es zwischen all den Säufern auf dem Oktoberfest packt, der schafft das hier mit links.«

Eine knappe Stunde später hatte Annika das System durchschaut. Es gab zwei Kassenbereiche – die Bar und das Restaurant, zu dem auch das Café gehörte. Rosi hatte sie gebeten, im Café auszuhelfen, weil dort am meisten los war, und tatsächlich war Annika inzwischen schon ziemlich verschwitzt und hatte ihre liebe Mühe, nicht den Überblick zu verlieren. Sie fragte sich, wann ihr Vater endlich wiederkam und wie er es finden würde, wenn er sah, dass sie Torsten und Rosi dazu gebracht hatte, sie aushelfen zu lassen, obwohl sie sich gar nicht auskannte. Sie sah einen Mann am Tisch neben dem Fenster nach ihr winken und wollte sich schon auf den Weg zu ihm machen, um seine Bestellung aufzunehmen, als sie über den Fuß eines Mannes stolperte. Das Tablett in ihren Händen begann zu wanken und kippte vornüber. Annika wollte noch versuchen, die vom Tablett rutschende Flut an benutzten Tassen, Gläsern und Tellern aufzuhalten, doch es war zu spät. Nacheinander purzelte das Geschirr klirrend zu Boden, doch das Schlimmste war, dass eines der Gläser, in dem sich noch ein Rest Rotwein befand, direkt auf das Kleid einer Frau zuflog, die dunkelrote Flüssigkeit sich schließlich auf dem edlen Stoff ergoss. Annika wurde blass, stammelte eine Entschuldigung, doch die Frau sprang auf, fing an zu kreischen, verzog dabei ihr hübsches Modelgesicht zu einer wutverzerrten Grimasse. »Wie dämlich sind Sie eigentlich? Wissen Sie, wie teuer das Kleid war? Ich nehme an, dass Sie sich das noch nicht mal leisten könnten, wenn Sie Ihr gesamtes Jahresgehalt dazu auf den Kopf hauen würden.« Die Frau musterte sie abwertend.

In Annika schoss die Wut hoch. »Wie ich schon sagte, tut es mir sehr leid, allerdings konnte ich nichts dafür, denn ich bin über die Füße Ihres Begleiters gestolpert.« Die Frau verzog affektiert das Gesicht. »Schon klar und jetzt schnell alles auf andere schieben und nur ja keinen Fehler zugeben.« Sie schüttelte süffisant den Kopf, sah sich um. Dann wandte sie sich wieder Annika zu. »Ich würde vorschlagen, Sie überlassen diese Arbeit jemandem, der es versteht, Tische abzuräumen und Leuten das Essen und Getränke zu servieren.« Sie hob die Augenbrauen. »Was haben Sie eigentlich gelernt? Toilettenfrau könnte ich mir gut vorstellen, da richten Sie wenigstens keinen Schaden an.«

Annika schnappte nach Luft, dann klappte sie den Mund auf, um diese Zicke in ihre Schranken zu weisen. Sie wollte gerade loslegen, als sie Rosis leichtes Kopfschütteln bemerkte. Sie seufzte innerlich, schluckte hinunter, was sie dieser Ziege an den Kopf werfen wollte, und sah sie nur gespielt freundlich an. »Ich weiß, ich wiederhole mich, doch es tut mir wirklich sehr leid um Ihr Kleid, deswegen möchte ich Ihnen anbieten, die Reinigungskosten zu übernehmen.«

Die Frau stieß ein gackerndes Lachen aus. »Rotweinflecken gehen nicht mehr raus, Ihnen wird also nichts anderes übrig bleiben, als Ihr Sparschwein zu knacken und das Kleid zu ersetzen.«

»Schatz …«, schaltete sich jetzt der Mann ein, über dessen Füße Annika gestolpert war. »Vielleicht war es wirklich meine Schuld, dass sie gestolpert ist.«

»Misch dich da nicht ein«, fuhr die Zicke ihm übers Maul und starrte Annika lauernd an. »Und? Was sagen Sie dazu? Haben Sie so viel Geld, um den Schaden zu ersetzen?«

»Wir sind versichert«, schaltete Rosi sich ein und kam Annika zu Hilfe. »Und selbstverständlich wird der Chef dafür sorgen, dass Ihr Kleid rückstandslos gereinigt oder ersetzt wird.«

Die Zicke setzte sich, musterte zuerst Rosi, dann Annika, stieß die Luft aus. »Und so was nennt sich Luxushotel … Ein Witz ist das und nichts anderes.«

Annika schluckte und wünschte, die Zeit zurückdrehen zu können. Warum hatte sie es nicht einfach so gemacht, wie Torsten gesagt hatte. Was trinken und auf ihren Vater warten. Einfach die Zeit totschlagen, zur Ruhe kommen oder weiß Gott was. Aber nein, sie hatte unbedingt darauf bestehen müssen, mit anzupacken, um so irgendwie rechtfertigen zu können, dass es ihr zustand, hier Unterschlupf zu finden. Sie seufzte, sah die Zicke ein letztes Mal an, schenkte ihr ein – wie sie hoffte – böses Lächeln. Danach nickte sie Rosi dankbar zu und machte sich auf den Weg zurück in ihr Zimmer.

4

SYLT

DEZEMBER 2017

Der Klingelton seines Handys weckte ihn. Benommen tastete er danach, starrte schlaftrunken auf das Display. Hannas Nummer leuchtete ihm entgegen. Er seufzte, ging dran.

»Hab ich dich geweckt?«, begrüßte ihn seine neue Kollegin und klang irgendwie gar nicht, als täte es ihr leid, ihn aus dem Schlaf gerissen zu haben.

»Macht nix«, nuschelte er in den Hörer, gähnte verhalten.

»Du fängst zwar offiziell erst Montag an, aber darf ich dich trotzdem um einen Gefallen bitten?«

Nic setzte sich auf, verzog misstrauisch das Gesicht. Dann ging ihm auf, dass Hanna das nicht sehen konnte. Er räusperte sich. »Kommt darauf an«, sagte er schließlich und wartete ab.

»Die Insel wird komplett dicht gemacht«, erklärte seine Kollegin ihm. »Der Sturm hat heute Nacht einige Schäden angerichtet, der Regen tut sein Übriges dazu.« Hanna seufzte. »Die Feuerwehr ist rund um die Uhr damit beschäftigt, Keller und Häuser leer zu pumpen und abgebrochene Äste und entwurzelte Bäume aus dem Weg zu räumen. Wir brauchen jeden zusätzlichen Mann, um die Inselbewohner zu warnen.«

Nic riss die Augen auf. »Du meinst, wir fahren herum und machen Lautsprecherdurchsagen?«

»Genau«, Hanna klang, als habe sie das schon etliche Male gemacht. Dann lachte sie. »In München gibt es so was nicht oder?«

Er verneinte. »Wir haben das THW, die Freiwillige Feuerwehr, die Berufsfeuerwehr und andere Institutionen, die sich kümmern, wenn es mal brennt.«

»Na ja, hier auf Sylt ist das ein wenig anders. Da muss im Notfall jeder ran, selbst wir von der Kripo.«

»Also gut«, Nic schwang seine Beine aus den Federn, stand auf. Er streckte sich, gähnte erneut ausgiebig. Dann räusperte er sich. »Was genau hast du dir vorgestellt?«

Hanna hüstelte betreten. »Der Boss will, dass wir beide die Insel abfahren und überall nach dem Rechten sehen, den Leuten sagen, dass sie – sofern möglich – in ihren Häusern bleiben sollen. Und er sagt, du sollst bei mir mitfahren, weil du dich ja noch nicht auskennst.«

Nic lachte. »Ich soll laufen lernen – so nennt man das doch, stimmts?«

Hanna sagte nichts, dann räusperte sie sich. »Ich wollt es dir eigentlich gestern schon sagen, doch irgendwie kam das Thema nicht auf …« Sie brach ab, zögerte. »Wir alle wissen, was in München vorgefallen ist. Dass du einen Kollegen verdroschen hast.«

Nic sog die Luft scharf ein, schloss die Augen. Eigentlich hatte er bereits gestern damit gerechnet, erwartet, dass Hanna das Thema bei Tee und Kuchen zur Sprache brachte, doch am Ende hatten sie nur über belangloses Zeug gequatscht. Die Suche nach einem bezahlbaren Fernseher, einer Kaffeemaschine und was zu essen hatte fast den gesamten Nachmittag in Anspruch genommen, sodass sie am Ende nur noch eine knappe Stunde zusammengesessen hatten. Umso unangenehmer war es ihm jetzt, noch vor seinem ersten Kaffee dieses leidige Thema über sich ergehen zu lassen.

Hanna schien es zu spüren, denn sie wartete geduldig ab, drängte ihn nicht.

»Er hatte es verdient«, sagte Nic schließlich nur und lachte gezwungen. »Vielleicht erzähle ich dir nachher, warum das passiert ist, doch versprechen will ich es nicht. Das alles …« Er brach ab, räusperte sich. »Es fällt mir einfach schwer, darüber zu reden, okay?«

»Kein Ding«, gab Hanna zurück. »Dann sehen wir uns später?«, fragte sie, als sei nichts gewesen.

»Klar«, sagte Nic erleichtert. »Ich geh schnell duschen, kipp mir danach eine Portion Koffein hinter die Binde, dann steh ich auf der Matte.«

Am Abend fühlte Nic sich wie durch den Fleischwolf gedreht. Nur im Auto zu sitzen und durch die Gegend zu gondeln, war überhaupt nicht sein Ding. Hinzu kam, dass sie wegen des Dreckwetters den ganzen Tag über die Scheiben hatten geschlossen halten und die Heizung anschalten müssen, was ihm ab Mittag die scheußlichsten Kopfschmerzen seines Lebens beschert hatte. Und dann war da noch Hanna gewesen, die ununterbrochen gequasselt hatte, ohne Luft zu holen. Wenigstens hatte sie darauf verzichtet, ihn bezüglich der Vorfälle in München auszuquetschen, was ihm ganz recht gewesen war, weil er ehrlich gesagt noch nicht ganz wusste, wie er seine neue Kollegin einschätzen sollte. Optisch wirkte sie trotz ihrer fünfunddreißig Jahre wie ein junges Mädchen, was in krassem Gegensatz zu ihrer direkten Art stand. Sie war überhaupt nicht schüchtern, schon gar nicht zurückhaltend, sagte immer geradeheraus, was ihr durch den Kopf ging. Aber sie hatte durchaus auch Feingefühl, schien zu spüren, dass hinter Nicolas' Weggang aus München mehr steckte, als ein Ausraster. Und dass sie ihn nicht dazu drängte, darüber zu reden, zeigte ihm, dass sie keine der Frauen war, denen Neugier und Geschwätzigkeit in die Wiege gelegt worden war. Auch ihre Art, sich zu kleiden, gefiel Nic. Sie war kein Püppchen, eher wohl proportioniert mit einem Hang zum Molligwerden, trotzdem stand sie zu ihren Kurven, trug enge Jeans mit Stiefeln, zog sich nicht aufreizend, aber dennoch anregend an.

Alles in allem war Hanna eine Frau, die Nic – wären sie keine Kollegen – definitiv nicht von der Bettkante stoßen würde.

Nachdem er sich seiner Klamotten entledigt und eine heiße Dusche genommen hatte, schob er sich eine Fertiglasagne in die Mikrowelle und nahm sich eine Flasche alkoholfreies Bier aus dem Kühlschrank. Während er auf sein Essen wartete, ließ er den kompletten Tag noch mal Revue passieren. Nachdem er am Vormittag ins Präsidium gekommen war, hatte Hanna ihm zuerst das Team vorgestellt. Es war ihm seltsam vorgekommen, dass alle ihm zwar freundlich, aber ziemlich distanziert gegenübergetreten waren, allen voran der leitende Ermittler – Alfred Popp. Er hatte keinen Zweifel daran gelassen, dass er Nic fortan genau unter die Lupe nehmen würde und darauf vertraute, dass Hanna ebenfalls in seinem Interesse handelte.

Popp war Nic auf Anhieb unsympathisch gewesen. Allein dessen feuchter Händedruck hatte ihn angewidert, dann sein dümmliches Geschwätz, das nur darauf hinauslief, dass er am besten wusste, was abging und alle anderen nur seine Hündchen waren, er sie zumindest als solche sah.

Zwar hatte Alfred Popp Nicolas vor versammelter Mannschaft willkommen geheißen und ihm für seinen vorzeitigen Dienstbeginn gedankt, doch ein Blinder hätte sehen können, dass der Typ sein Gehabe nicht ehrlich meinte.

Die Insel selbst hatte Nic jedoch positiv überrascht. So hässlich Westerland auch sein mochte, die anderen Orte auf Sylt wie Kampen, Munkmarsch, Rantum oder List hatten ihn mehr als entschädigt. Schon lange hatte er nicht mehr so weiße Strände gesehen, so saubere Örtchen mit zauberhaften reetgedeckten Häuschen. Und all die netten Cafés, die man hier an den ungewöhnlichsten Ecken entdeckte. Eine Bäckerei, die die leckersten Zimtkekse der Insel anbot, befand sich mitten an einer Straßenecke, wo man im Sommer quasi beinahe auf der Straße sitzen musste, um seinen Kaffee zu trinken. Trotzdem, so hatte Hanna ihm erzählt, bekam man an warmen Tagen nur selten einen Sitzplatz da draußen, geschweige denn nach sechzehn Uhr noch ein Stück Kuchen.

Außerdem hatte sie ihm die Kupferkanne in Kampen empfohlen, das beliebteste und bestbesuchte Café der Insel, in dem es Waffeln gab, für die Hanna – so behauptete sie zumindest – sterben würde.

Als Nic heute Morgen in die Dienststelle gekommen war, hatte er ganz kurz an seiner Entscheidung, auf die Insel zu ziehen, gezweifelt, doch nachdem er jetzt so einiges davon gesehen hatte, fühlte er sich ein klein wenig optimistischer. Klar, Sylt war nicht München, doch im Grunde seines Herzens war Nic auch noch nie wirklich ein

Stadtmensch gewesen. Warum wohl hatte es ihn bisher stets in seinen Urlauben ans Meer und in die Einsamkeit einer Ostseeinsel gezogen? Sicherlich nicht, weil er das Großstadttreiben so sehr liebte. Stattdessen war es eher so, dass er es bisher nicht anders gekannt hatte. Sein Umfeld lebte nun mal in München und er bislang eben auch, damit hatte es sich auch schon. Doch je mehr er jetzt über seine neue Wahlheimat sinnierte, desto bewusster wurde ihm, dass er bisher nichts aus der alten Heimat vermisste. Seine Freunde und Kollegen nicht, seine Dienststelle noch weniger, seine alte Bude … na ja, das Drecksloch nicht zu vermissen, fiel ihm wirklich nicht schwer.

Er nahm die Pappschachtel mit der Lasagne aus der Mikrowelle, fing an, zu essen.

Auch in München hatte er nicht gerade einen großen Freundeskreis besessen, was unter anderem auch daran lag, dass er wegen seines Jobs einfach nicht besonders flexibel in seiner Freizeitgestaltung war. Die meisten seiner »Bekanntschaften und Freunde« entsprangen dem Kreis seiner Ex-Verlobten und dass sie sich nach allem, was vorgefallen war, von ihm abgewandt hatten, war mehr als verständlich.

Eigentlich, dachte Nic, und schob sich eine weitere Gabel seines Nudelgerichts in den Mund, war die Idee, so weit weg von allem einen Neuanfang zu wagen, gar nicht so abwegig gewesen.

Sein Handy fing an zu klingeln. Er sah auf die Uhr, runzelte die Stirn. Bestimmt war seine Mutter dran, die er bislang versäumt hatte, anzurufen und Bescheid zu geben, dass er gut angekommen war und sich schon ein wenig eingelebt hatte. Oder sein Bruder, der ihm erneut darlegen wollte, wie beschissen er es fand, dass sein Großer nicht mehr in der Nähe war. Kurz erwog er, aufzustehen und das Handy zu holen, doch dann beschloss er, in Ruhe aufzuessen. Nach Feierabend hatte er seinen Wagen nur vor dem Haus auf dem ihm zugewiesenen Parkplatz abgestellt und einen Spaziergang am Strand unternommen, sodass er jetzt echt Kohldampf hatte.

Das Handy summte erneut die Titelmelodie eines Films, die er irgendwann mal in einem Zustand geistiger Umnachtung eingestellt hatte. Schnell schaufelte er sich den letzten Bissen unter die Nase, dann stand er auf, stellte seinen Teller in der Küche ab, nahm auf dem Weg sein Handy vom Kommodenschrank im Gang. Auf dem Display sah er Hannas Nummer aufploppen. Er schüttelte den Kopf. Was wollte sie denn jetzt schon wieder von ihm? Sie hatten vereinbart, dass sie sich gegebenenfalls morgen meldete, falls wieder Not am Mann sei und sie ihn brauchten. Was also konnte sie jetzt um diese Zeit von ihm wollen? Er ging dran, ärgerte sich, dass man seiner Stimme anhörte, dass er nicht gerade erfreut war, dass sie ihn so spät noch anrief.

»Tut mir leid, aber ich brauche dich jetzt sofort«, kam sie auch schon auf den Punkt und Nic merkte, dass sie seltsam abgehackt, fast aufgeregt klang.

»Was ist los?«, wollte Nic wissen und sah durch das Wohnzimmerfenster zum Balkon hinaus, bemerkte, dass der Sturm inzwischen so heftig war, dass der Regen waagerecht daherkam und sich der Sonnenschirm in der Halterung bedrohlich nach vorne bog. »Ist es wegen des Sturms? Gibt es etwa die ersten Opfer?«

Hanna am anderen Ende stieß die Luft aus. »Schlimmer«, brachte sie schließlich atemlos hervor. »Wie es aussieht, läuft da draußen ein Irrer herum.«

»Was soll das heißen?«

Hanna hüstelte betreten. »Richte dich schon mal auf

eine Nacht ohne Schlaf ein«, warnte sie ihn vor und brachte ihn mit ihrer Art, in Rätseln zu reden, fast zur Weißglut.

»Was genau ist passiert, Hanna?«, stieß er ungeduldig aus.

Sie räusperte sich. »Ein älterer Herr mit seinem Hund hat am Strand in Rantum, ganz in der Nähe des Hotels Möwenblick, eine Leiche gefunden. Es handelt sich um eine junge Frau und laut den Kollegen von der Streife, die bereits vor Ort sind und uns informiert haben, sieht es ganz danach aus, als sei sie brutal ermordet worden.«

»Ach du Scheiße«, brachte Nic entsetzt hervor. Er hätte mit vielem gerechnet, aber nicht mit so etwas. Und schon gar nicht damit, dass jemand Rantum, dieses hübsche Fleckchen Erde, mit einem Mord entweihte.

»Okay, ich mach mich sofort auf den Weg.« Dann stutzte er. »Hat Popp nicht gesagt, dass ich erst mal zusehen soll, wie die Abläufe hier bei euch sind? Außerdem hat er was davon gefaselt, dass ich mich erst mal bewähren, mich ins Team eingliedern solle, bevor man mir Verantwortung überträgt. Wie passt es da zusammen, dass du mich sofort zu einem Tatort mitnimmst?«

Hanna stöhnte leise. »Du hast in München als leitender Ermittler bei der Moko gearbeitet, warst sogar einer der Besten, wie ich weiß. Und du wurdest degradiert, weil du Mist gebaut hast. Doch meiner Meinung nach ändert dieser Mist, den zu verzapft hast, gar nichts an dem, was du kannst und wer du bist. Was bedeutet, dass es mir scheißegal ist, was Popp gesagt hat.« Plötzlich klang sie irgendwie wütend, doch er spürte, dass dieses Gefühl nicht gegen ihn gerichtet war. »Sehe meinen Anruf am besten als das, was er ist – ein Vertrauensvorschuss meinerseits.«

Nic verzog das Gesicht zu seinem Grinsen.

»Dann würde ich sagen, sehen wir uns in ein paar Minuten vor der Dienststelle.«

Er wollte sich gerade verabschieden und auf den Weg machen, als ihm noch etwas Wichtiges einfiel. »Und die Spusi, wie soll die von Flensburg aus hierher kommen? Alles ist dicht, keiner kommt her oder von der Insel weg.«

Hanna lachte. »Hältst du uns etwa für Hinterwäldler? Wir sind hier zwar eine kleine Abteilung, aber bestens für alle Eventualitäten ausgerüstet. Wir haben sogar eine Pathologie vor Ort. Zwar nicht direkt im Haus, aber immerhin in der Nordseeklinik.«

Nic stieß verblüfft die Luft aus. »Dann steht einer ordentlichen Ermittlung ja nichts im Wege.«

Hanna stieß einen verärgerten Grunzton aus. »Du denkst echt, wir leben hier im Mittelalter oder was?«

»Nein«, kam es schnell von Nic. »Und entschuldige bitte, falls ich überheblich rüberkam, aber ich war bis vor Kurzem Großstadtbulle, muss mich erst umstellen. Und Fakt ist – hier gehen die Uhren etwas anders, als ich es von München gewohnt bin.«

»Da magst du vielleicht recht haben«, gab Hanna zurück. »Dennoch sind wir keineswegs auf Flensburg angewiesen. Wir haben sogar einen Gerichtsmediziner vor Ort und falls der sich momentan auf der Insel aufhält, steht er uns zur Verfügung, sobald uns die Staatsanwaltschaft grünes Licht für die Leichenöffnung gibt.«

5

SYLT

DEZEMBER 2017

Es war erst kurz vor halb drei Uhr morgens und obwohl Annika sich nach nur knapp vier Stunden Schlaf wie gerädert fühlte, schaffte sie es einfach nicht, sich so weit zu entspannen, dass sie noch mal wegdämmern konnte. Hinzu kam, dass sie Hunger hatte, Kohldampf nahezu, denn nach der Auseinandersetzung mit dieser Zimtzicke gestern Nachmittag war sie so wütend gewesen, dass ihr der Appetit auf ein Abendessen gänzlich vergangen war. Sie stand auf, schlüpfte in ihre Turnschuhe und den Bademantel, der im Schrank hing, und machte sich auf den Weg nach unten. Sie hoffte, dass sich in der Küche noch jemand vom Personal befand, der Frühstückskoch beispielsweise oder irgendeine Notbesetzung für besonders hungrige Gäste. Doch als sie wenig später die Schiebetür zum Personalbereich aufschob und den dunklen Gang entlangging, beschlich sie das Gefühl, dass ihre Hoffnung vergebens war. Wie es aussah, befand sich außer ihr niemand hier unten, was bedeutete, dass sie sich entweder selbst etwas zu essen machen oder schlichtweg bis zum Frühstück warten musste. Einen Augenblick lang erwog sie, einfach umzudrehen und wieder nach oben zu fahren, doch dann nahm sie ein schwaches Licht wahr, das unter einer der Türen in den Gang hinausdrang. Sie ging darauf zu, stieß die Tür auf und wäre fast mit ihrem Vater kollidiert. Er hatte einen Teller in der Hand, auf dem ein paar Wurstbrote lagen, was Annika schmunzeln ließ, weil nun endlich klar war, von wem sie ihre seltsame Angewohnheit, nachts Hunger zu haben und zu essen, geerbt hatte. Sie deutete auf sein Essen, grinste. »Deswegen bin ich hier, ich hab auch Hunger.«

Der Mund ihres Vaters verzog sich zu einem Lächeln. »Dort drüben«, erklärte er und führte sie an einer Arbeitsplatte vorbei, auf der blitzsaubere Geräte und Maschinen standen. »Ich hol dir was aus dem Kühlraum. Auf was hast du Lust?«, fragte er sie und reichte ihr einen Laib Brot samt Messer.

Annika nahm beides, schnitt sich zwei fingerdicke Scheiben runter. »Hast du Räucherfisch und Käse?«

Er nickte, verschwand hinter einer dicken Metalltür, kam kurz darauf schwer beladen wieder heraus. Er stellte eine Packung Lachs vor sie hin, etwas Camembert und zusätzlich Essiggurken, Senf und Mayonnaise. »So mag ich meine Sandwichs am liebsten«, erklärte er. Dann nahm er eine der beiden Scheiben, die sie sich abgeschnitten hatte, bestrich sie dick mit Mayo, legte zuerst Fisch, dann Käse und Gurke aufeinander, krönte alles mit einem Klecks Senf, legte die zweite Scheibe auf das zentimeterdicke Kunstwerk, drückte es platt, legte das Sandwich auf einen Teller. Er reichte Annika das Essen, sah sie mit emporgezogenen Augenbrauen ernst an. »Ich hab gehört, was los war.« Er wartete ab.

Sie senkte den Blick, seufzte. Als sie wieder aufsah, bemerkte sie, dass ihr Vater sie noch immer musterte. »Ich kann nichts dafür«, brachte sie schließlich hervor. »Ich bin gestolpert und habe ihr Kleid ruiniert. Aber ich habe mich entschuldigt und angeboten, für den Schaden aufzukommen. Trotzdem ist sie wie ein Pitbull auf mich losgegangen, hat sich an mir festgebissen und mich so richtig in die Enge getrieben.«

»Ich weiß«, sagte ihr Vater. »Rosi hat mir alles erzählt. Und sie hat auch gesagt, dass du vorbildlich reagiert hast.«

»Bekomme ich jetzt einen Blümchenaufkleber oder was?«, giftete Annika ihren Vater an. »Ich bin kein Kind, verdammt!«

Er lächelte, räusperte sich. »Das weiß ich und falls meine Reaktion bei dir falsch angekommen sein sollte, entschuldige ich mich dafür. Aber Fakt ist, dass es eine Wissenschaft für sich sein kann, auf Menschen und ihre Makel angemessen zu reagieren.« Er brach ab, musterte sie. »Damit meine ich, dass du durchaus das Recht auf deiner Seite gehabt hättest, dieser Frau den Kopf zu waschen und dich gegen ihren verbalen Angriff oder vielmehr ihre bösartige Attacke zur Wehr zu setzen. Du hast es aber nicht getan, stattdessen den Mund gehalten – das meinte ich damit. Du hast bewiesen, dass du es drauf hast, mit Menschen zu arbeiten und mit deinem Verhalten auf sie einzuwirken, das ist nicht jedermanns Sache.«

Annika schluckte. Dann nickte sie zögernd, sah ihn an. »Das liegt daran, dass ich so was nicht zum ersten Mal gemacht hab. Außerdem kann ich gut mit anderen Leuten – sofern diese keine vollkommenen Idioten oder Arschlöcher sind.« Sie grinste, bemerkte, dass seine Augen amüsiert funkelten. »Dann lässt du mich weiterhin mithelfen?«

Er nickte. »Klar, allerdings wäre es gut, wenn wir damit bis Montag warten.«

»Warum?«, fragte Annika, doch am Gesicht ihres Vaters erkannte sie die Antwort. »Die dumme Kuh bleibt übers Wochenende?«

Betretenes Nicken. »Wir wollen nicht für zusätzliche Provokation sorgen, das verstehst du doch oder?«

Annika verstand nicht, allerdings begriff sie sehr wohl, dass es sich bei dem Hotel um den Lebensinhalt ihres Vaters handelte, dass es daher noch weit mehr Interessen seinerseits gab, den Ball in dieser Sache flach zu halten. Sie nickte daher, wich seinem Blick aus.

»Und wieso lässt du mich nicht mehr da raus, wenn ich doch so richtig gehandelt habe?«, konnte sie sich doch nicht verkneifen, zu fragen.

»Weil es manchmal besser ist, es einfach gut sein zu lassen und nicht weiter Öl ins Feuer zu gießen. Ich hab Rosi angewiesen, dieser Frau im Falle einer weiteren Verfehlung höflich, aber bestimmt ans Herz zu legen, dass dies ihr letzter Besuch in unserem Hause war.«

Annika seufzte. »Was mach ich heute und morgen?«

»Ruh dich aus, erkunde die Insel«, erklärte ihr Vater und schmunzelte. »Wenn dir langweilig ist, würde ich mich freuen, wenn wir etwas Zeit miteinander verbringen könnten.«

»Du hast Zeit, obwohl das Haus voll ist?«

»Die nehme ich mir einfach.«

»Und gestern? Wo warst du da?«

Er schluckte. »Ich brauchte etwas Abstand von allem.«

»Von mir?«, wollte Annika wissen und spürte einen Stich in ihrem Innern, wie den Pieks mit einer Nadelspitze.

Er verneinte. »Mit dir hatte das nichts zu tun.« Er atmete tief durch, musterte sie. »Ich habe dir gestern kurz von Heike erzählt …«

Annika sah ihn überrascht an. »Dein Durchhänger gestern hatte mit ihr zu tun?«

Ihr Vater nickte. »All die Leute hier im Haus gehören zu einem in Kürze stattfindenden Klassentreffen. Und Heike …« Er brach ab, holte tief Luft, wischte sich fahrig über seine müde aussehenden Augen. »Sie wäre eigentlich auch dabei, denn diese Leute sind ihre ehemaligen Klassenkameraden.«

»Dann hat dich dieses bevorstehende Fest wieder ziemlich zurückgeworfen?«

Er nickte. »Zumal die Polizei nach wie vor überzeugt ist, dass ihr Verschwinden freiwilliger Natur war. Angeblich habe sie kalte Füße bekommen und sei untergetaucht.«

»Aber du glaubst das nicht?«

Kopfschütteln.

»Woher nimmt die Polizei die Gewissheit, dass sie freiwillig gegangen ist?«

»Weil einige Sachen aus der Wohnung fehlen«, erklärte er. »Sie hat zwar die meiste Zeit im Hotel gewohnt, in meiner Wohnung, doch ihr Appartement hatte sie ebenfalls noch. Und von dort fehlten wohl der Großteil ihrer Klamotten und persönlichen Sachen sowie ihre Kreditkarten.«

»Die lassen sich nachverfolgen«, wandte Annika ein. »Die Polizei muss doch herausfinden können, ob Heike nach ihrem Verschwinden noch etwas damit bezahlt hat.«

Ihr Vater sah sie unheilschwanger an. »Hat sie nicht. Aber es wurde Geld von ihrem Konto abgehoben, immer wieder mal Beträge um die zweihundert Euro.«

»Und damit kann die Polizei nichts anfangen? Was sind das denn für Lahmärsche?«

Seufzen. »Das Problem ist, dass Heike und ich noch nicht verheiratet waren. Insofern habe ich keine Rechte, was Auskünfte angeht. Die Polizei sagt, dass Heike eine erwachsene Frau ist und hingehen darf, wo sie will. Und wenn sie eben abgetaucht ist, sei auch dies ihre freie Entscheidung, die keiner, auch nicht die Polizei, infrage stellen darf.«

»Aber irgendjemand muss doch etwas wissen.«

»Ihre Mutter …« Er seufzte. »Angeblich gibt es einen Brief, den Heike nach ihrem Verschwinden an sie geschickt hat. Allerdings hatten beide über Jahre kaum Kontakt zueinander, deswegen ergibt es in meinen Augen kaum Sinn, dass Heike sich gerade bei ihr gemeldet hat.«

»Was ist das für ein Brief?«

»Keine Ahnung, aber es soll wohl drinstehen, dass es Heike gut geht, sie Zeit für sich braucht.«

»Das ist wirklich seltsam«, murmelte Annika. »Ich habe vor vielen Jahren das letzte Mal mit Mutter gesprochen und käme nie auf die Idee, gerade ihr ein letztes Lebenszeichen zu schicken.«

Seufzen. »Was Ähnliches hab ich auch gesagt, als ich bei der Polizei gewesen bin«, erklärte ihr Vater. »Außerdem ist da noch die Frage, wie lange ihr Geld, das sie auf dem Konto hatte, reichen soll? Was macht sie die ganze Zeit, wo wohnt sie, wovon lebt sie?«

»Aber die Polizei ist trotzdem nicht gewillt, etwas zu unternehmen?«

»Genau«, gab er zurück. »Die sagen, da gäbe es unzählige Möglichkeiten. Sie könnte sich mit ihrer Mutter ausgesöhnt und im Ausland einen neuen Job angenommen haben, von diesem Geld leben. Oder jemanden kennengelernt haben, von dem sie sich versorgen lässt.«

Er stieß die Luft aus.

»Wie kommen die aufs Ausland?«, wollte Annika wissen.

»Weil die letzte Abhebung von ihrem Konto aus Spanien erfolgte.«

»Das haben dir die Bullen gesagt?«

Er schüttelte den Kopf. »Das war ihre Mutter. Sie hatte wohl Mitleid mit mir, wollte mich irgendwie beruhigen.«

»Und das hat nicht geklappt?«

»Ich weiß einfach, dass es nicht so ist, wie alle zu wissen glauben.«

»Und was denkst du?«, bohrte Annika.

Er räusperte sich, schluckte. »Ich weiß, was wir hatten. Und ich weiß außerdem, dass ihre Liebe zu mir nicht gestellt war. Sie wollte mich heiraten und ich wollte sie, umso unverständlicher ist ihr Verhalten, sollte sie wirklich abgehauen sein.«

»Das war keine Antwort auf meine Frage«, gab Annika zurück und bemerkte selbst, dass ihre Stimme drängend klang.

Er schluckte. »Ich vermute, dass sie tot ist.«

Annika riss erstaunt die Augen auf.

Die Augen ihres Vaters schwammen in Tränen. Sofort ging sie auf ihn zu, zog ihn in ihre Arme, drückte ihn fest. »Wie kommst du darauf?«, fragte sie sanft.

Plötzlich fühlte sie sich ihm wieder ganz nah, es war fast wie damals, als er noch zu Hause lebte und die Ehe zwischen ihren Eltern von Jahr zu Jahr mehr bröckelte und er sich bei ihr die Kraft holte, es weiterhin durchzustehen.

»Heike war so anders als deine Mutter«, murmelte er dicht an ihrem Ohr. »Deswegen fiel es mir so leicht, mich Hals über Kopf in sie zu verlieben.«

»Vor allem ist sie jünger als meine Mutter«, gab sie zurück und merkte selbst, wie scharf ihre Stimme klang.

Er wich zurück, schüttelte den Kopf. »Das ist es nicht.« Er suchte nach Worten. »Sie war so lebenslustig, versprühte pure Lebensfreude und war voller Energie. Wegen ihr blühten die Menschen auf, sie war wie ein Sommertag, selbst wenn draußen das beschissenste Wetter herrschte. Heike lachte viel, ich hab sie noch nie traurig gesehen, bis auf die Tage vor ihrem Verschwinden.« Er schüttelte den Kopf. »Sie war auf einmal anders, in sich gekehrt, fast ängstlich, als gäbe es da etwas, das sie mir nicht sagen konnte und … dann war sie auf einmal weg.«

»Du denkst, sie könnte sich selbst etwas angetan haben?«

»Nein, auf keinen Fall! Das passt nicht zu ihr. Stattdessen glaube ich, dass ihr etwas Schlimmes zugestoßen ist und dass jemand das aus irgendeinem Grund vertuscht.«

Annika runzelte die Stirn. »Das ergibt keinen Sinn.« Sie hüstelte betreten, als sie den Gesichtsausdruck ihres Vaters sah.

»Ich meine, wenn jemand ihr etwas angetan hat, müsste man ihre … ihre.« Sie brach ab.

»Leiche gefunden haben?«, beendete ihr Vater den Satz.

Annika nickte.

»Es sei denn, jemand hat bewusst dafür gesorgt, dass sie – warum auch immer – nicht auftaucht.«

Annika wollte gerade fragen, was für einen Sinn das haben sollte, als lautes Geschrei zu ihnen hereindrang. Sie nahm ihren Teller, folgte ihrem Vater die Treppe von der Personaletage nach oben, in die Lobby. Dort war der Nachtportier damit beschäftigt, einen aufgebrachten Mann zu beruhigen. Erst jetzt bemerkte Annika und auch ihr Vater die beiden Polizisten – einen Mann und eine Frau –, die auf der anderen Seite neben der Rezeption standen und betreten dreinsahen.

»Was ist hier los?«, fragte ihr Vater seinen Angestellten.

Der Portier verzog das Gesicht und deutete mit dem Kopf auf den Mann, der wenige Sekunden zuvor noch vollkommen ausgerastet war. »Die Verlobte dieses Mannes scheint verschwunden zu sein. Er selbst hat das erst vor einer knappen Stunde bemerkt, weil er nach dem Abendessen mit ein paar Kumpels was getrunken hat und danach eingeschlafen und erst gegen ein Uhr wach geworden ist. Er bemerkte, dass seine Verlobte nicht neben ihm lag, und kam runter, um sich zu erkundigen, ob ich sie gesehen habe oder ob sie irgendwo hier sitzt und etwas trinkt. Nachdem er sie nicht gefunden hat und ihr Handy auf dem Zimmer liegt, er sie also auch nicht telefonisch erreichen kann, machte er sich auf die Suche nach ihr – leider ohne Erfolg. Deswegen hat er letztendlich bei der Polizei in Westerland angerufen, was diese beiden Beamten zu uns führt und die gesamte Situation … nun ja … noch mehr eskalieren ließ.«

»Ich verstehe nicht«, brachte Annikas Vater hervor, sah irritiert von dem inzwischen schluchzenden Mann zu seinem Mitarbeiter und schließlich zu den Polizisten. »Was genau ist passiert?«

»Ich bin Nicolas Brandl«, stellte sich der männliche Polizeibeamte vor, lächelte aufmunternd. »Und das ist meine Kollegin Hanna Siegel.« Er räusperte sich, sah Annikas Vater an. »Gehe ich richtig in der Annahme, dass dies Ihr Hotel ist?«

Er nickte.

Annika beschlich ein ungutes Gefühl.

»Wir haben am Strand, unweit von diesem Haus, eine weibliche Leiche gefunden und wie es aussieht, wurde die Frau auf brutalste Weise ermordet.«

Annika sog die Luft ein, zuckte zusammen. Dann sah sie, dass es sich bei dem schluchzenden Mann um den

Typen handelte, über dessen Füße sie gestolpert war. Doch wenn das dieser Mann war, bedeutete das, dass es sich bei seiner vermissten Verlobten um die Zimtzicke handelte …

Annika spürte, wie ihr heiß und kalt zugleich wurde.

Sie sah den Mann an, dann ihren Vater, hakte sich bei ihm unter.

»Und was hat das mit mir zu tun?«, bohrte Annikas Vater weiter.

»Wie es aussieht, war die tote Frau bei Ihnen zu Gast.«

Annika wurde übel. Sie ahnte Böses …

Und plötzlich verstand auch ihr Vater. Er sah den inzwischen hemmungslos weinenden Mann an. »Sie denken, es könnte Ihre Verlobte sein?«

Er schüttelte den Kopf. »Ich denke das nicht, ich weiß es.«

Ihr Vater sah die Polizisten an.

»Wir haben den Mann gebeten, uns ein Foto von seiner Verlobten zu zeigen, und bei der Frau auf dem Foto handelt es sich definitiv um die Tote am Strand.«

Annika schloss die Augen, hörte die Worte des Polizisten nur noch wie aus weiter Ferne.

Die Zimtzicke war tot, ermordet, und sie hatte kurz zuvor eine Auseinandersetzung mit ihr gehabt.

»Hören Sie mich?« Annika riss die Augen auf, starrte ins Gesicht der Polizistin, die sie an irgendeine deutsche Schauspielerin erinnerte. Sie schüttelte bedauernd den Kopf. »Ich war mit meinen Gedanken woanders, entschuldigen Sie bitte.«

Die Polizistin wies mit dem Kopf zu der männlichen Heulsuse. »Herr Hofbauer meinte, Sie und seine Verlobte hätten heute Nachmittag einen bösen Streit gehabt, bei dem einiges an bösen Worten und Vorwürfen gefallen sei.«

»Streit ist zu viel gesagt«, schaltete sich ihr Vater ein.

»Er war gar nicht dabei«, schrie Hofbauer aufgebracht und zeigte mit dem Finger auf Annika. »Sie allerdings schon. Und nach dem Streit mit Anna ist sie abgehauen und hat sich den ganzen Abend nicht mehr blicken lassen.« »Was wollen Sie damit sagen?«, stammelte Annika. »Dass ich was damit zu tun habe?« Sie schluckte gegen die Panik an.

Der Polizist ging dazwischen, zog Hofbauer am Arm zurück, bat ihn, auf einem der Sessel in der Lobby Platz zu nehmen. Dann kam er wieder zu ihr, musterte sie prüfend. »Stimmt das? Dass es zwischen der Vermissten und Ihnen zum Streit gekommen ist?«

Annika nickte resigniert.

»Wie lautet Ihr Name?«

»Annika Wunderlich – sie ist meine Tochter«, antwortete ihr Vater an ihrer statt.

Der Polizist sah sich zu seiner Kollegin um, dann wandte er sich wieder ihr zu. »Dann muss ich Sie bitten, sich im Laufe des Vormittags auf dem Präsidium in Westerland zu melden, damit wir Ihre Aussage aufnehmen können.«

»Ich hab doch nichts getan«, flüsterte sie leise.

»Ihr Dialekt …« Der Polizist sah Annika beruhigend an. »Sie stammen aus Bayern?«

»Augsburg«, sagte Annika leise. »Aber was hat das hiermit zu tun?«

»Gar nichts«, sagte der Polizist. »Es hat mich nur interessiert. Ich komme aus München und wusste doch, dass mir Ihr Dialekt bekannt vorkommt.« Er räusperte sich, lächelte freundlich. »Übrigens behauptet auch keiner, dass Sie etwas mit dem Mord zu tun haben. Im Augenblick sehen wir Sie als wichtige Zeugin, wie alle Menschen, die mit der Toten in den letzten Stunden und Tagen zu tun hatten. Umso wichtiger ist es, dass Sie mit uns zusammenarbeiten und versuchen, sich genau daran zu erinnern, was gestern Nachmittag zwischen Ihnen und Anna Weigl vorgefallen ist und wie Sie den Rest des Tages verbracht haben.«

6

SYLT

DEZEMBER 2017

Inzwischen war es fast neun Uhr und so langsam machte sich der Schlafentzug von letzter Nacht bemerkbar. Nachdem Hanna ihn aus dem Schlaf gerissen und nach Rantum beordert hatte, war er oder vielmehr sie alle nicht mehr dazu gekommen, nach Hause zu fahren, um ein wenig Schlaf nachzuholen. Stattdessen waren sie seither ununterbrochen damit beschäftigt gewesen, aufzudröseln, was der toten Frau am Strand passiert sein könnte.

Laut des Amtsarztes, der die Leichenschau vor Ort gemacht hatte, war die Frau an einer schweren Schädelverletzung, ausgelöst durch mehrere feste Schläge mit einem dumpfen Gegenstand, gestorben. Der Täter oder die Täterin musste das Opfer mit dem ersten Schlag von hinten überrascht und auf Anhieb niedergestreckt haben, sodass der Frau keine Möglichkeit mehr geblieben war, wegzulaufen und sich zu retten. Kurz hatten sie erwogen, einen durch den Sturm herumfliegenden Gegenstand für den Tod der Frau verantwortlich zu machen, doch der Arzt hatte ihnen schließlich glaubhaft versichert, dass es sich definitiv nicht nur um einen Schlag, sondern um mehrere handelte, ein Unfall somit nicht infrage kam.

Hanna hatte außer ihm auch die Spusi verständigt, die wegen des Unwetters jedoch Schwierigkeiten hatte, Fußspuren oder sonstige Hinweise zu sichern, was die Ermittlungen nicht gerade vereinfachte. Schließlich hatte seine Kollegin die Oberstaatsanwältin in Flensburg aus dem Bett geklingelt und der Frau die Dringlichkeit der Auflösung des Falls nahegelegt, letztendlich erreicht, dass sie gleich vor Ort mit der Leichenöffnung beginnen konnten. Gott sei Dank war der Gerichtsmediziner tatsächlich gerade vor Ort und glücklicherweise auch abkömmlich, was Hanna zum Anlass genommen hatte, die Obduktion auf den heutigen Vormittag zu legen. Nic sah auf die Uhr, runzelte die Stirn. Inzwischen war Hanna seit Stunden in der Nordseeklinik, was bedeutete, dass sie eigentlich in Kürze hier aufschlagen sollte. Schließlich war sie es gewesen, die darauf bestanden hatte, dass Annika Wunderlich ins Präsidium kam, damit man sich hier in Ruhe ihre Version der Geschichte anhören konnte.

Nic selbst hatte die junge Frau keine Ruhe gelassen. Das mochte daran liegen, dass er in ihren Augen eine Verletzlichkeit erkannt hatte, die ihn an sich selbst erinnerte. Jedenfalls hatte er Informationen über sie eingeholt und was er gelesen hatte, gefiel ihm gar nicht. Es war nicht so, dass er die junge Frau für schuldig am Tod der Frau hielt, was nicht bedeutete, dass es nicht möglich wäre. Doch irgendetwas sagte ihm, dass diese Geschichte anders war als das, wonach es bislang auszusehen schien. Er zuckte zusammen, als Hanna plötzlich neben ihm auftauchte, ihn irritiert ansah. »Pennst du mit offenen Augen, sag mal?«

Er schluckte, dann reichte er ihr die ausgedruckte Akte von Annika Wunderlich.

Seine Kollegin überflog sie, wurde blass. Sie sah ihn an. »Hast du jemanden losgeschickt, der sie holt?«

»Warum sollte ich? Sie weiß, dass sie bis Mittag hier gewesen sein muss, und glaube mir – sie wird kommen. Ganz davon abgesehen, wirkte sie auf mich nicht gerade wie eine gemeingefährliche Irre.«

Hanna hob die Akte, schwenkte sie vor Nics Nase herum. »Und was macht dich da so sicher? Immerhin hat sie ziemlich was auf dem Kerbholz.«

»Und sie hat dafür ihre Strafe abgesessen.« Er hob die Schultern, verzog das Gesicht. »Wo soll sie denn hin? Die Insel ist dicht, keiner kommt rauf oder runter, zumindest nicht innerhalb der nächsten ein bis zwei Tage. Im Grunde kann sie also nicht weg, was mich zu der Annahme bringt, dass keine Fluchtgefahr besteht.«

»Na ja, gefährlich wirkte sie tatsächlich nicht gerade, was das angeht, pflichte ich dir also bei.«

»Wer sieht nicht gefährlich aus?«, mischte sich nun Popp, der Boss, ein.

»Es geht um die kleine Wunderlich«, erklärte Nic. »Sie soll sich heute bei uns wegen einer Aussage melden und Hanna meinte, dass es vielleicht besser wäre, wenn wir sie holen lassen.«

Popp deutete mit den Kopf auf die Akte in Hannas Händen. »Was ist das?«

Nics Magen zog sich zusammen, als er sah, wie Hanna ihrem Vorgesetzten die Mappe reichte. Popp blätterte ein wenig darin, dann stockte er. »Das Biest hat einen Typen ins Koma geschlagen?«

Nic seufzte. »Das ist über sieben Jahre her und damals stand sie unter massivem Drogeneinfluss.«

»Und?«, fragte Popp und durchbohrte ihn mit seinem Blick. »Was wollen Sie damit sagen?«

Nic stöhnte in Gedanken, ließ sich seine Gereiztheit jedoch nicht anmerken. »Damit sage ich, dass ich Annika Wunderlich gestern gegenübergestanden habe und sie auf mich nicht wie jemand wirkte, der unter Drogen steht oder erst kürzlich jemanden ermordet hat.«

Popp stieß ein Grunzen aus, das wohl ein Lacher sein sollte. »Wo genau hat man Ihnen denn beigebracht, dass man Irren ihren Wahnsinn ansehen muss?«

Nic senkte den Blick, betrachtete seine Fußspitzen. *Ruhig bleiben!*, mahnte er sich selbst im Stillen. *Lass dir um Gottes willen nichts anmerken!*

Er sah auf, hob die Schultern. »Wenn Sie drauf bestehen, schicke ich jemanden los und lasse Annika abholen. Ich dachte nur, nachdem wegen des Wetters auf der Insel die Hölle los ist, könnten wir jeden Mann gebrauchen, da wollte ich niemanden abziehen, um eine Aufgabe zu erledigen, die es eigentlich nicht braucht.«

»Was hier notwendig ist und was nicht, mein lieber Herr Kollege, entscheide immer noch ich«, sagte Popp mit ausschweifender Mimik und Gestik, was sein Doppelkinn hin und her wabbeln ließ. Nic wandte sich angewidert ab, sah Hanna an. »Sollen wir das schnell erledigen?«

Sie nickte, sah Popp an. »Geht das klar? Bei der Gelegenheit kann ich Nicolas gleich darüber in Kenntnis setzen, was die Obduktion bislang zutage gefördert hat.«

Allein im Wagen in Richtung Rantum sah Hanna ihn an. »Ich kann mir nicht vorstellen, dass das Annika gewesen ist.«

Nic grinste. »Und warum hast du das nicht zu Popp gesagt?«

»Weil es nur eine Mutmaßung ist«, erklärte sie. »Laut

Dr. Wagner, dem Pathologen, wurde Anna Weigl bereits durch den ersten Schlag auf den Kopf so schwer verletzt, dass sie daran gestorben wäre. Doch wer auch immer dafür verantwortlich ist, geriet in einen Blutrausch, schlug wieder und wieder auf ihren Kopf ein, bis alles Matsch war. Gott sei Dank wurde ihr Gesicht nicht allzu sehr in Mitleidenschaft gezogen, das hätte unsere Arbeit extrem erschwert.«

»Und du glaubst, dass Annika zu einer solchen Tat nicht imstande wäre?«

Hanna seufzte. »Nein, das wollte ich nicht damit sagen. Ihrer Akte nach zu urteilen, geht oder ging von ihr schon eine gewisse Aggressivität aus, die sie nicht kontrollieren konnte oder wollte. Aber das ist nicht, was ich sagen wollte.« Sie holte tief Luft, sah Nic von der Seite an. »Laut Wagner muss der erste Schlag extrem heftig gewesen sein, nur so konnte der Täter sichergehen, dass Anna sich nicht wehrt oder versucht, wegzulaufen. Und mal ehrlich …« Sie brach ab, hob die Schultern. »Diese Annika sah aus, als wiege sie kaum mehr als fünfundvierzig, fünfzig Kilo. Wie soll dieses … Mädchen eine andere Frau mit nur einem Schlag auf den Hinterkopf außer Gefecht setzen? Noch dazu bei diesem Sturm? Ich an ihrer Stelle hätte Angst, dass der Wind mich mit sich reißt.«

Vor dem Hotel angekommen, stellte Nic den Wagen auf einem der Angestellten-Parkbuchten ab und stieg aus. Gemeinsam mit Hanna machte er sich auf den Weg zum Eingang. Als er die von Menschen überfüllte Lobby sah, seufzte er. Diese Annika tat ihm jetzt schon leid. »Was hältst du von etwas Diskretion?«, fragte er und zog die Augenbrauen empor. Hanna nickte. Sie gingen auf die Rezeption zu. Diesmal stand eine junge Frau hinter dem Tresen, die in etwa Annikas Alter zu haben schien. Nic brachte vor, weswegen sie gekommen waren, und es dauerte nicht einmal zwei Minuten, ehe der Besitzer des Hotels, Johannes Wunderlich, vor ihnen stand. »Wie kann ich Ihnen helfen?«, wollte er wissen.

Nic sah kurz zu Hanna, die nickte kaum merklich. »Wir sind wegen Ihrer Tochter hier. Ist es möglich, dass wir sie sprechen können?«

Der Mann schluckte. »Ich glaube, sie schläft noch, ist letzte Nacht spät geworden.« Er ging zu der jungen Frau hinter den Tresen, nahm das Telefon, wählte eine Nummer, flüsterte etwas in den Hörer. Keine Minute später stand Annika vor ihnen. Sie atmete schwer, sah aus, als käme sie direkt aus dem Bett. Nic seufzte innerlich, versuchte, seinen freundlichsten und unbefangensten Gesichtsausdruck aufzulegen. »Wir müssen Sie mitnehmen, Frau Wunderlich«, erklärte er leise. »Wenn Sie bitte so nett wären, sich etwas überzuziehen, dann machen wir uns sofort auf den Weg.«

Nic sah, wie Hanna sich durch die Leute in der Lobby zur Bar kämpfte, und dachte schon, sie wolle sich einen genehmigen, doch dann bemerkte er Lennard Hofbauer auf einem der Barhocker. Der Mann hatte den gesamten Morgen auf der Wache verbracht und sämtliche Untersuchungen über sich ergehen lassen. Selbst als ihm längst klar gewesen sein musste, dass er ebenfalls als Verdächtiger im Todesfall seiner Verlobten galt, war er ruhig geblieben, was sicherlich auch daran lag, dass er ein wasserfestes Alibi für den vom Amtsarzt festgemachten Tatzeitpunkt hatte. Zum Zeitpunkt der Attacke auf seine Verlobte hatte Hofbauer mit ein paar Leuten an der Bar gesessen und einige Drinks gekippt, was ihnen auch bestätigt worden war. Zwar bestand auch noch immer die Möglichkeit, dass er den Alkoholpegel seiner Mittrinker ausgenutzt und sich kurzzeitig entfernt hatte, doch das glaubte Nic nicht. Hofbauer wirkte erstens nicht wie jemand, der zur Gewalt neigte, hatte stattdessen etwas sanftmütiges, beinahe feminines an sich und zweitens sah man ihm seinen Kummer um den Tod seiner Verlobten mehr als deutlich an. *Kein Wunder,* dachte Nic, *dass der arme Kerl jetzt das Bedürfnis hatte, um diese Zeit ein paar Drinks zu kippen.*

»Ich gehe schnell nach oben und mache mich etwas frisch«, rief Annikas Stimme sich in sein Gedächtnis und Nic riss den Kopf zu ihr herum, nickte. »Klar, aber beeilen Sie sich, wir haben noch einige Termine heute, wie Sie sich sicherlich denken können.«

Er beobachtete Hanna, die kurz mit Hofbauer sprach und zu einer Gruppe von Menschen ging, sich ihnen ganz förmlich mit Marke vorstellte. Als er dazu kam und ebenfalls verkündete, dass er von der Kripo sei und seine Kollegin unterstütze, ging ein Murmeln durch die Menschenansammlung. »Sind wir jetzt alle Verdächtige?«, wollte eine zierliche Frau wissen und sah Nic grinsend an. Er bemerkte, dass Lennard Hofbauer, der eben dazugekommen war, sie wütend musterte. Ihm wurde klar, dass die Frau den Ernst der Lage verkannte, wahrscheinlich dachte, es handle sich um einen bösen Scherz. Er sah die Gesichter in der Runde nacheinander an, seufzte tief. »Es stimmt, es gab einen Mord ganz in der Nähe des Hotels und es handelt sich um die Verlobte dieses Mannes.« Er deutete mit dem Kopf in Hofbauers Richtung und sah, wie in Sekunden die Gesichter der Leute innerhalb der Gruppe in sich zusammenfielen. Er räusperte sich. »Deswegen muss ich Sie alle bitten, mir zu sagen, ob Ihnen etwas aufgefallen ist, das mit Anna Weigl zu tun hat und uns bei den Ermittlungen zu ihrem Tod dienlich sein könnte.«

»Da war diese Bedienung. Anna hat sie gestern ziemlich wütend gemacht, könnte ich mir vorstellen«, kam es von einem Mann um die dreißig, der ein wenig schüchtern wirkte.

»Das wissen wir bereits und kümmern uns darum«, erklärte Hanna.

»Sie gehören alle zu dem Klassentreffen, das hier im Hotel stattfinden soll?«, fragte Nic.

Einheitlichen Nicken.

»Und Sie alle wohnen hier?«

Wieder nickten alle, ein Raunen ging durch die Ansammlung von Menschen. »Haben Sie sonst noch etwas mitbekommen?«, wollte Nic wissen. »Hat Anna etwas gesagt, dass sie sich verfolgt fühlt oder dass sonst etwas vorgefallen ist, das ihr Angst macht?«

»Sie hat sich nur Sorgen um die Rotweinflecke auf ihrem Kleid gemacht«, sagte eine Frau weiter hinten in der Gruppe, die sich ihnen als Elke vorgestellt hatte. Nic dachte zuerst, sie mache sich nur lustig, doch ihrem Gesicht nach zu urteilen, meinte sie es ernst. »Sie hat sonst nichts gesagt? Und Ihnen allen ist auch nichts an Anna aufgefallen?«, bohrte nun auch Hanna.

»Wir haben uns teilweise seit Jahren nicht gesehen«, kam es von dieser Elke zögernd. »Also selbst wenn es etwas in Annas Leben gegeben haben sollte, das ihr Angst machte, wüsste ich ehrlich nicht, weshalb sie uns davon erzählen sollte.«

Nic sah Hanna seufzend an. So hatte das alles keinen Zweck. Er fixierte nacheinander die Gesichter dieser Leute. »Dennoch muss ich Sie alle bitten, hier vor Ort zu bleiben, damit Sie nach wie vor für Fragen zur Verfügung stehen.«

»Wo sollen wir denn hin?«, fragte ein Mann weiter

hinten. »Hier geht es ziemlich zu wegen des Wetters. Was bedeutet, dass wir hier auf der Insel festsitzen.«

Nic sah den Mann an, legte den Kopf schief. »Das kann sich heute oder morgen schon ändern, sobald der Sturm nachlässt, werden die Fähre und der Autozug ihre Dienste sicher wieder aufnehmen. Und genau das meinte ich damit, als ich sagte, Sie sollen bitte alle vor Ort bleiben. Deswegen nun noch mal etwas deutlicher! Keiner von Ihnen verlässt die Insel. Und jeder von Ihnen hält sich für eine eventuelle Befragung bereit. War ich soweit deutlich?«

Einheitlich zustimmendes Gemurmel.

Nic nickte, drehte sich um, sah Annika neben der Tür stehen und auf ihn warten. Er gab Hanna ein Zeichen, ging zu der jungen Frau.

»Wir können sofort los«, sagte er und verzog das Gesicht, als wolle er sagen, dass sie sich keine Sorgen machen solle.

»Was genau passiert jetzt mit mir?«, fragte Annika besorgt.

Er sah sie an, räusperte sich. »Wir werden Ihre Aussage aufnehmen und mit den anderen abgleichen.«

»Damit es keine Widersprüche gibt?«

Er nickte.

»Sie haben meine Akte gelesen?«

Wieder nickte er.

»Bin ich in Schwierigkeiten?«

Er seufzte, sah sie ernst an. »Das müssen wir erst herausfinden.«

»Sie nehmen meine Fingerabdrücke?«

»Die liegen uns vor«, erklärte Nic. »Aber wir werden nachprüfen, ob wir Fasern von Ihnen auf der Leiche finden und umgekehrt.«

Annika stieß einen genervten Grunzer aus. »Die Arbeit

können Sie sich sparen. Ich habe damit nicht das Geringste zu tun. Okay, ich habe gedacht, dass der blöden Kuh jemand mal den Arsch aufreißen sollte, aber damit meinte ich nicht, dass dieser Jemand ich sein müsste.«

Nic grinste kurz, wurde schlagartig ernst. »Wenn Sie damit nichts zu tun haben, sind Sie aus dem Schneider, denn dann werden unsere Bemühungen, Ihre Spuren auf der Toten zu finden, scheitern.«

Annika nickte.

»Und was Ihre Vergangenheit angeht, kann ich nur sagen, dass das allein nicht alles war, das meinen Boss dazu veranlasste, Sie hier abzuholen.«

Die junge Frau seufzte. »Sie wissen von meiner ehemaligen Schwiegermutter in spe?«

Nic konnte sich das Grinsen nicht länger verkneifen. »Sie hat eine Anzeige wegen Körperverletzung gestellt und diese noch am selben Tag widerrufen. Scheint, als stünden Sie beide sich nicht sonderlich nahe. Ich verstehe nur nicht ganz, wieso sie die Anzeige zurückgezogen hat.«

»Vielleicht wegen Leon. Meinem Ex.« Annika schüttelte den Kopf. »Gisela … Sie hasst mich. Und sie hat dafür gesorgt, dass meine Beziehung zu ihrem Sohn zerbricht.«

Nic runzelte die Stirn. »Wenn es jemand Außenstehendes schafft, eine Beziehung ins Wanken oder zum Einsturz zu bringen, hat sie eh nichts getaugt.«

Annika nickte und legte den Kopf schief.

»Ja, ich spreche aus eigener Erfahrung.« Nic seufzte und fragte sich, ob es blöd war, etwas Persönliches von sich preiszugeben, doch dann befand er, dass es nicht schaden konnte, ein wenig Nähe zu Annika Wunderlich aufzubauen.

»Ich hab sie nicht angerührt«, sagte sie plötzlich.

»Wen genau meinen Sie?«

»Beide«, erklärte Annika. »Ich hab weder diese Anna angefasst noch meine bescheuerte Schwiegermutter. Ich hab Gisela nur zur Seite geschubst, weil sie mich bedrängt hat. Und dabei hat sie sich den Kopf angeschlagen.«

Nic verzog das Gesicht. »Und das, was damals passiert ist?«

Annika sah aus, als bräche sie jeden Augenblick in Tränen aus. Dann fasste sie sich plötzlich wieder, straffte die Schultern. »Nach der Scheidung meiner Eltern war ich ziemlich durch den Wind, hab mich den falschen Leuten angeschlossen, mich irgendwann in den falschen Kerl verguckt.«

»Dann waren all diese Punkte ihrer Verurteilung nur der Rebellion einer Jugendlichen geschuldet?«

Annika nickte. »Ganz schön blöd, nicht wahr?«

Nic schüttelte den Kopf. »Wir alle machen Fehler. Die wichtigste Frage dabei ist nur, was wir daraus lernen.«

Annika lächelte. »Seither hab ich weder Drogen angefasst noch etwas gestohlen, geschweige denn jemandem wehgetan.«

»Hatte derjenige es verdient?«

Annika senkte den Blick. Als sie wieder aufsah, schwammen ihre Augen in Tränen. »Er war es, der mich zu all diesen Dingen gezwungen hat. Er wollte, dass ich diese Leute beklaue, für ihn Sachen aus Läden mitgehen lasse, mich an alte Säcke verkaufe.«

»Dann wollten Sie sich nur befreien, als Sie ihn ins Koma schlugen?«

Annika schluckte. »An jenem Abend hat er sich mit etwas Hartem so richtig weggebeamt und als er wieder zu sich kam, war er aggressiv und irgendwie anders als sonst.« Sie brach ab, suchte nach Worten.

»Er hat Ihnen wehgetan?«

Sie nickte.

»Ich war schwanger zu dem Zeitpunkt. Von ihm, glaubte ich. Doch ihn hat das nicht interessiert, er hat mich trotzdem geschlagen, mich vergewaltigt, wenn ich nicht wollte, deswegen hab ich meine Chance genutzt, als durch die Drogen seine Reaktionsfähigkeit herabgesetzt war, und ihm eins über den Schädel gebraten.«

»Sie haben seinen Baseballschläger dazu benutzt?«

Annika sah zu Boden. »Das war das Einzige, an das ich auf die Schnelle rangekommen bin. Außerdem hat er damit selbst unzählige Male zugeschlagen.«

»Er hat Sie damit misshandelt?«

Annika schüttelte den Kopf. »Mich nicht. Bei mir hat er gerne seine Hände benutzt. Aber er hat damit andere Leute zusammengeschlagen, seine Dealer beispielsweise, wenn sie nicht taten, was er wollte.«

»Und warum hat man Ihnen trotzdem die Schuld an der Tragödie gegeben?«

Annika hob die Schultern. »Vielleicht, weil er einen besseren Anwalt hatte? Oder weil ich im Nachhinein nicht beweisen konnte, dass er mich misshandelte?«

»Sie haben nie Anzeige erstattet?«

»Leider nicht.«

»Hatten Sie an dem Tag selbst etwas genommen?«

Annika schüttelte den Kopf. »Deswegen bin ich voll schuldfähig gesprochen worden. Weil ich nicht beweisen konnte, dass es Notwehr war und er mich auch vorher schon geschlagen hatte.«

»Ihm selbst ist gar nichts passiert?«

Annika hob die Schultern. »Nachdem er aus dem Koma erwacht und zusammengeflickt war, musste er sich wegen unerlaubten Drogenbesitzes verantworten. Doch da es sich nur um Marihuana und etwas Koks handelte und er wie gesagt einen super Anwalt hatte, boxte der ihn nach wenigen Monaten wieder raus, sodass er den Rest der Strafe mit Bewährung absitzen konnte.«

»Im Gegensatz zu Ihnen.«

Annika nickte.

»An jenem Tag verlor ich mein Baby, saß anschließend viereinhalb Jahre in der Jugendstrafanstalt, habe heute noch damit zu kämpfen.«

»Was meinen Sie?«

Annika schluckte. »Was denken Sie, war der Grund, dass die Mutter meines Verlobten mich nicht mochte?«

»Sie wusste davon?«

»Ich gehe sehr ehrlich mit meiner Vergangenheit um.«

»Und ansonsten?«

»Ich finde keinen anständigen Job, nur Absteigen als Wohnungen.«

»Das hier sieht nicht nach einer Absteige aus.« Nic seufzte. Geschichten dieser Art kannte er zur Genüge. »Das hier ist auch mein Notnagel gewesen. Es war nicht einfach, herzukommen.«

»Ich glaube, Ihr Vater hat Sie ganz gerne bei sich.«

Annika lächelte und nickte.

»Eine Ausbildung kommt nicht infrage?«, wollte Nic wissen.

»Ich wüsste nicht, welche.«

»Das finden Sie sicherlich noch heraus.«

Er sah sich zu Hanna um, die auf dem Weg zu ihnen war und telefonierte.

»Was ist los?«, wollte er wissen, als sie das Gespräch beendet hatte.

Sie sah unschlüssig zu Annika, zog ihn beiseite. »Der Gerichtsmediziner war dran.« Sie brach ab, starrte Annika nachdenklich an, ging zu ihr. »Kannten Sie die Tote vor Ihrem Streit gestern eigentlich?«

»Nein«, sagte Annika fest und Nic wusste, dass das die Wahrheit war.

Hanna schien das genauso zu sehen, denn sie zog Nic wieder mit sich auf die Seite. »In Anna Weigls Lunge wurde etwas gefunden, das dort nicht hingehört«, erklärte sie leise.

Nic sah sie verwirrt an.

»Ein Buchstabenstein aus Holz mit einer Zahl darauf. Was bedeutet, dass der Täter uns irgendetwas mitteilen will. Oder vielleicht versucht, auf etwas aufmerksam zu machen. Und ich bezweifle ganz ehrlich, dass Annika damit zu tun hat. Laut ihres Vaters war sie zuvor noch nie hier im Hotel, kennt die Gegend überhaupt nicht. Und wie zur Hölle sollte sie den Stein in Annas Lunge platziert haben, ohne dabei Spuren zu hinterlassen?«

»Was genau denkst du?«

Hanna stieß die Luft aus. »Der Mord an Anna Weigl sieht für mich wie die Tat eines Menschen aus, der das alles von langer Hand geplant hat.«

»Und Annika? Was machen wir jetzt mit ihr?«

Hanna seufzte unbehaglich. »Popp sagt, wir sollen sie trotzdem mit ins Präsidium schleppen und so richtig durch die Mangel nehmen.«

7

SYLT

DEZEMBER 2017

Im Wagen herrschte eisiges Schweigen. Annika war es, die die Stille plötzlich nicht mehr ertragen konnte. »Ich war das nicht«, sagte sie überflüssigerweise und warf ihrem Vater einen Seitenblick zu. Der starrte auf die Fahrbahn, hielt das Lenkrad fest umklammert, als befürchtete er, zusammenzubrechen, sollte er es loslassen. Ein Ruck ging durch seinen Körper. Er stieß die Luft scharf aus. »Denkst du etwa, dass ich das auch nur einen Moment lang in Erwägung gezogen habe?« Er schüttelte den Kopf. »Meine Tochter – eine Mörderin?« Er lachte, doch es klang freudlos.

»Der fette Sack scheint es jedenfalls nicht für gänzlich abwegig zu halten«, gab sie zurück.

Ihr Vater stieß ein Grunzen aus. »Alfred Popp versteht sich vor allem auf eines – aufs Essen. Was echte Polizeiarbeit angeht …« Er brach ab. »Er ist allgemein als ziemlich kurzsichtig bekannt – was so viel heißt – als dass er nicht so weit denken kann, wie ein Schwein scheißt.« Ihr Vater schluckte schwer, dabei hüpfte sein Adamsapfel auf und nieder.

Sie seufzte. »Du bist jetzt sicher total enttäuscht von mir?«

»Warum sollte ich?«

»Weil du heute Dinge über mich erfahren hast …«

Ihr Vater brach in lautes Lachen aus, was Annika so sehr irritierte, dass sie abrupt innehielt und ihn anstarrte.

»Was?«, fragte sie schärfer als beabsichtigt.

»Du denkst wirklich, dass ich diese Dinge nicht gewusst habe?«

Annika zuckte zusammen, starrte ihn an. »Hast du?«

Er grinste, wurde schlagartig wieder ernst.

»Woher?«

»Ich hab meine Kontakte in München. Und damals hat mich deine Mutter wenigstens noch ab und zu auf dem Laufenden gehalten. Ich hab meine Hilfe angeboten, wäre nach München zu euch gekommen, doch deine Mutter wollte davon nichts wissen. Sie sagte, dass du mich auf keinen Fall sehen willst.«

Annika spürte, wie ihr Innerstes sich zusammenzog. »Das ist nicht wahr«, brachte sie mühsam heraus. »Ich hätte damals alles gegeben, wenigstens einen einzigen Menschen an meiner Seite zu haben.«

»Du hattest deine Mutter.«

Annika riss den Kopf herum, starrte ihren Vater an. »Hat sie das gesagt? Dass sie für mich da gewesen ist?«

Ihr Vater schwieg.

»Die Wahrheit sieht so aus, dass sie mich damals weder während der Untersuchungshaft noch anschließend im Jugendstrafvollzug besucht hat. Sie hat sich nicht einmal blicken lassen, mir auch nicht geschrieben. Und nachdem ich auch von dir nichts hörte, dachte ich, ihr hättet mich beide abgeschrieben.«

»Deine Mutter hat dich nicht abgeschrieben.«

»Woher willst du das denn wissen? Warst du dabei, als ich sie nach meiner Entlassung besucht habe? Als sie mir sagte, dass für mich kein Platz mehr in ihrem Leben sei, weil sie zusehen müsse, dass sie selbst irgendwie zurechtkommt?«

Ihr Vater fuhr den Wagen rechts ran, hielt an. Dann drehte er sich zu ihr, sah sie ernst an. »Du willst mir ernsthaft erzählen, dass deine Mutter, nachdem du raus gekommen bist, nicht für dich da gewesen ist? Dass sie dich sich selbst überlassen hat?«

Annika holte tief Luft. »Sie hat mir Geld in die Hand gedrückt, ein paar Tausend Euro, die aus einem Bausparvertrag stammten und die ich eigentlich erst zur Hochzeit bekommen sollte. Sie meinte, damit sollte ich die ersten Wochen in einem Hotel gut überbrücken und hätte anschließend noch genügend übrig, um die ersten Mieten meiner eigenen Bude samt Kaution bezahlen zu können.«

Der Mund ihres Vaters klappte auf. »Warum bist du damals nicht hergekommen? Warum hast du nicht wenigstens angerufen?«

Annika hob die Schultern. »Weil Mutter gesagt hat, dass du dich einen Dreck für deine kriminelle Tochter interessierst. Dass du nur deine neue Flamme im Kopf hast, dir alles andere scheißegal wäre.«

Der Gesichtsausdruck ihres Vaters veränderte sich. Er sah aus, als wollte er jemandem am liebsten den Hals umdrehen. Er seufzte, ein dunkler Schatten legte sich über sein Gesicht.

»Ich habe damals mehrmals in der Woche bei deiner Mutter angerufen, doch sie vertröstete mich, sagte, dir gehe es gut. Ich weiß nicht, warum sie das gesagt hat, aber Fakt ist, dass ich niemals aufgehört habe, an dich zu denken und an dich zu glauben.« Er griff nach ihrer Hand, drückte sie. Inzwischen schwammen seine Augen in Tränen und auch Annika musste sich zusammenreißen, um nicht wie ein Baby loszuheulen.

»Du bist meine Tochter«, fuhr er mit brüchiger Stimme fort. »Und ich liebe dich über alles. Das hab ich immer getan und daran wird sich auch niemals etwas ändern.«

Annika nickte, unfähig, etwas zu erwidern. Sie sah ihren Vater an, brachte ein zaghaftes Lächeln zustande. »Dann bist du nicht nur aufs Revier gekommen, weil du dachtest, das wärst du mir schuldig?«

Kopfschütteln.

»Ich bin gekommen, weil Väter dazu da sind. Es wird nie wieder vorkommen, dass du dich alleingelassen fühlst. Ich bin da und werde immer da sein, das musst du wissen.«

Den Rest des Weges schwiegen sie, daher nutzte Annika die Zeit, den Vormittag Revue passieren zu lassen. Der fette Bulle hatte ihr keine Ruhe gelassen, sie ununterbrochen mit Fragen gelöchert, ihr Haare und Hautschüppchen für die DNA-Analyse abgenommen. Im Grunde war sie von dem Fettsack wie eine Schwerverbrecherin behandelt worden, vor allem, nachdem klar war, dass sie für den gestrigen Abend kein Alibi hatte. Nach dem Streit mit der Zimtzicke hatte sie sich auf ihr Zimmer verzogen und ein wenig ferngesehen, doch anschließend hatte sie es in ihren vier Wänden nicht mehr ausgehalten. Sie war in ihre warmen Klamotten geschlüpft und hatte sich zu einem ausgiebigen Strandspaziergang aufgemacht. Wegen des Sturms war sie allein da draußen gewesen, was sich jetzt im Nachhinein als fatal erweisen sollte. Popp hatte die ganze Zeit über etwas davon gefaselt, dass alles zusammenpasste. Ihr vorangegangener Streit mit der Toten, ihre Vorstrafen, die

Anzeige von Gisela sowie die Tatsache, dass sie über kein Alibi für die Tatzeit verfügte.

Zeitweise hatte Annika sich gefühlt, als müsse sie sich dringend übergeben, doch irgendwann war ihr klar geworden, dass dies an der Aufregung lag. Letztendlich aber hatte man ihr nichts nachweisen können, es gab keinerlei Beweise für ihre Beteiligung an dem Mord und hinzu kam, dass ihr Vater gekommen war und einen Aufstand geschoben hatte, der seinesgleichen suchte. Den Familienanwalt im Schlepptau war Popp blass geworden und hatte sich fügen müssen. Und nun saß sie hier, die Auflage im Hinterkopf, dass sie die Insel bis auf Weiteres nicht verlassen durfte und sich jederzeit zur polizeilichen Verfügung halten musste.

»Wie geht es jetzt weiter?«, fragte sie.

Ihr Vater seufzte. »Also bis diese Sache geklärt ist, möchte ich nicht, dass du im Service mithilfst. Das verstehst du doch, oder?«

Annika nickte. »Ich will aber auch nicht deine Gastfreundlichkeit ausnutzen.«

»Was soll das bedeuten? Du bist kein Gast, sondern mein Kind. Und du musst dich weder für die Unterkunft revanchieren noch für sonst irgendwas.«

Annika sah ihn an. »Wenn ich es aber möchte? Ich kann nicht nur herumsitzen, das bin ich einfach nicht.«

Er stieß die Luft aus, überlegte. »Dann kann ich dir nur anbieten, entweder in der Küche zu helfen oder bei der Zimmerreinigung.«

Sie verzog das Gesicht. »Also wenn dir was an deinem guten Ruf liegt, solltest du mich nicht in die Küche stecken.« Sie grinste. »Ich lass sogar das Wasser anbrennen.«

Er sah sie an. »Wenn du willst, bringe ich dir die wichtigsten Grundlagen bei. Dann kannst du vielleicht nicht sofort, aber irgendwann einmal in der Küche mitarbeiten.«

Annika nickte und sah ihn dankbar an. »Das würde ich gerne.«

»Und so lange wäre die zweite Option okay?«

Sie hob die Schultern. »Wenn ich in den vergangenen zwei Jahren eins gelernt habe, dann, wie man Ordnung hält.«

»Was ist da eigentlich zwischen dir und diesem Typen, dessen Mutter dich wegen Körperverletzung angezeigt hat?«

Annika überlegte kurz, ihm die Geschichte zu erzählen, doch ihr wurde klar, dass es egal war. Weder vermisste sie ihn oder seine Mutter, geschweige denn tat ihr die Trennung leid. »Das ist nicht wichtig«, sagte sie daher nur und grinste. »Beide sind die Worte nicht wert.« Sie schluckte, sah nach vorn, bemerkte, dass sie am Hotel angekommen waren, die Lobby brechend voll aussah. Sie stieg aus, ging neben ihrem Vater auf den Eingang zu, spürte die Blicke auf sich, als sie ihm zur Rezeption folgte.

»Ist sie das?«, hörte sie jemanden tuscheln und sah in ihrem Augenwinkel, dass es sich dabei um eine Frau handelte, die dem fetten Bullen seltsamerweise bis aufs Haar glich.

Die Stimme der Frau klang schrill und schmerzte im Kopf, trotzdem spitzte Annika die Ohren, in der Hoffnung, noch den ein oder anderen Wortfetzen aufzuschnappen.

Die Frau hieß Andrea und wurde von den anderen in der Gruppe Poppy genannt, was Annika zu der Annahme brachte, dass sie mit Popp, dem fetten Bullen, verwandt sein könnte. Sie sah ihren Vater an. »Die Frau mit der schrillen Stimme – kennst du die?«

Er verzog das Gesicht. »Das ist Andrea Popp, mit ihrem Vater hattest du heute bereits das Vergnügen.«

Annika seufzte. »Dachte ich mir schon. Ist sie netter als ihr Vater?«

Lachen. Dann ein Kopfschütteln. »Sie war es, die das Klassentreffen organisiert hat. Frage nicht, was das Weib uns Nerven gekostet hat.« Ihr Vater grinste abfällig, zog Annika mit sich. »Wenn du Lust hast, unsere Hausdame ist wegen Krankheit ausgefallen und der Ersatz – Rosi – könnte ein wenig Hilfe brauchen. Wärst du so nett, die Zimmer zu kontrollieren, ob die Mädchen sauber gearbeitet haben?« Er reichte ihr eine Liste, schmunzelte. »Du müsstest nur die Punkte nacheinander abhaken und den Damen gegebenenfalls auf die Finger klopfen, damit sie zum Nachbessern kommen – ginge das?«

Annika schüttelte den Kopf. »Ich hätte auch kein Problem damit, selbst Hand anzulegen. Ich kann putzen, nur falls du glauben solltest, ich sei schlampig oder so.«

Er nickte schnell. »Das weiß ich, du kommst nach mir.« Er räusperte sich. »Nur ist es eben so, dass ich, was das Putzen angeht, heute noch keine zusätzliche Kraft brauche. Aber für die Kontrolle eben schon.«

Annika kniff die Augen zusammen, sah ihren Vater prüfend an. Er sah aus, als könnte er kein Wässerchen trüben, daher beschloss sie, ihm zu glauben. »Alles klar«, erklärte sie und nahm den Generalschlüssel entgegen, den er ihr schmunzelnd hinhielt.

»Ist zwischen uns alles klar?«, fragte er, als sie zusammen in den Aufzug nach oben traten.

Annika sah ihn an. Und plötzlich hatte sie das dringende Bedürfnis, ihren Vater fest in die Arme zu nehmen und ihn nie wieder loszulassen. Doch anstatt ihrem Gefühl nachzugeben, nickte sie nur. Der Lift stoppte und sie traten gemeinsam in den Gang hinaus, sahen einander an. »Ich bin froh, dass du hier bist«, sagte ihr Vater ernst.

Sie schluckte, nickte bedächtig. »Fühlt sich gut an, zu wissen, dass da jemand ist, der an mich glaubt.«

Sie ging langsam auf ihr Zimmer zu, spürte die Blicke ihres Vaters im Rücken. Kurz bevor sie im Innern verschwand, drehte sie sich noch mal nach ihm um.

»Das habe ich immer«, rief er ihr zu, bevor er sich wieder auf den Weg nach unten machte.

Nachdem sie sich umgezogen und ein wenig frisch gemacht hatte, fing Annika mit der Arbeit an. Sie arbeitete sich auf der Liste mit den Zimmernummern von oben nach unten durch, beachtete akribisch jeden Punkt, weil sie um jeden Preis vermeiden wollte, einen Fehler zu machen. Am Ende benötigte sie fast den ganzen Nachmittag, um fünf Zimmer und zwei Suiten zu kontrollieren und die wenigen Kleinigkeiten, die ihr ins Auge fielen, selbst in Ordnung zu bringen. Beim letzten Zimmer, der Nummer 41, hielt Annika inne. Sie vernahm ein leises Quietschen, das von innen zu ihr hinausdrang, und grinste. Irgendwie hörte sich das Geräusch ganz danach an, als würde Elke Schmidt, die Bewohnerin des Zimmers, gerade richtig hart rangenommen werden. Annika schüttelte angesichts des fehlenden »BITTE NICHT STÖREN«-Schilds den Kopf, grinste und beschloss, in der Zwischenzeit einen Kaffee trinken zu gehen. Sie fuhr nach unten und hatte Glück, einen der begehrten Hocker am Tresen zu bekommen. Sie bestellte bei Giuseppe – so hieß der Barkeeper – ein Kännchen und ein Stück Kuchen, freute sich über die unfreiwillige Pause. Während sie aß und trank, nahm sie aus dem

Augenwinkel wahr, wie jemand sie anstarrte. Es handelte sich bei der Frau um Poppy, die Tochter des Polizisten, den sie verabscheute.

Sie drehte der Frau demonstrativ den Rücken zu, doch die ließ sich davon nicht beeindrucken. »Ich weiß, wer Sie sind«, drängte sie Annika dazu, sich ihr wieder zuzuwenden, und grinste überheblich.

»Ich war es aber nicht«, gab Annika zurück und sah die Frau böse an.

»Himmel, nein, das meinte ich überhaupt nicht. Ich wollte sagen, dass ich weiß, dass Sie Joes Tochter sind.« Sie lachte spitz. »Und was diese andere Sache angeht, ist mir klar, dass Sie das nicht gewesen sind.« Sie musterte sie von oben bis unten. »Ich meine, sehen Sie sich doch an … Sie wirken, als könne Sie der Sturm da draußen mitreißen. Geschweige denn sehen Sie aus, als wären Sie eine Psychopathin.«

Annika legte den Kopf schief. »Ihr Vater hält mich für eine …«

Poppy winkte ab. »Er ist okay, aber was seinen Job angeht …« Sie schüttelte den Kopf. »Verraten Sie aber nicht, dass ich das gesagt habe.« Sie lachte. »Sind Sie hier, um Ihren Vater zu unterstützen, weil Heike … nun ja. Das Treffen wirbelt wohl einiges wieder auf bei ihm.«

Annika nickte, obwohl das gelogen war. »Ich dachte, es könne nicht schaden, in dieser schweren Zeit für ihn da zu sein.«

»Arbeiten Sie hier im Haus mit? Von der Bedienerei mal abgesehen … das sollten Sie vielleicht noch mal überdenken.«

»Ich bin gestolpert«, wehrte sich Annika. »Ich kann sehr wohl bedienen, hab in Bayern nichts anderes gemacht.«

»Schon gut«, gab Poppy versöhnlich zurück. »Kann jedem mal passieren.«

»Ich kontrolliere die Zimmer auf Sauberkeit«, sagte Annika nur, um überhaupt etwas zu sagen. »Und ich säße auch gar nicht hier, wenn die Frau aus 41 nicht gerade …« Sie brach ab, grinste.

Poppy runzelte die Stirn. »Sie meinen Elke? Elke Schmidt?«

Annika nickte. »Das ist mein letztes Zimmer für heute, aber als ich vorhin rein wollte, um meine Kontrolle abzuschließen, hab ich lautes Stöhnen gehört.«

»Das kann nicht sein«, sagte Poppy wie aus der Pistole geschossen. »Elke ist seit drei Monaten frisch verheiratet und ihr Mann ist nicht mitgekommen.«

Annika hob die Schultern. »Ich sage nur, was ich gehört habe«, erklärte sie, als zwei Leute, genauer ein Mann und eine Frau, auf sie zukamen. Erleichtert stellte Annika fest, dass die beiden zu Poppy wollten, deshalb drehte sie sich um, wandte sich ihrem Kuchen und Kaffee zu.

Die beiden stellten sich ebenfalls als Gäste im Hotel heraus, die wegen des Klassentreffens hier übernachteten. Die Frau, eine Dagmar, fragte Poppy geradeheraus, ob es nicht besser sei angesichts der Umstände, auf die Party zu verzichten.

»Bist du verrückt?«, zischte Poppy und klang gar nicht erfreut, dass dieser Gedanke überhaupt aufgekommen war. »Was denkst du, wie lange ich diesen Mist hier plane? Und jetzt einfach alles so abblasen?«

»Immerhin gibt es eine Tote«, sagte Dagmar fest.

»Und ich mache mir Sorgen um Sonja«, kam es von dem Mann, der Carl hieß.

»Sonja?«, fragte Poppy. »Die hab ich gestern Abend noch gesehen, was ist mit ihr?«

»Wir waren heute nach dem Frühstück verabredet, wollten zusammen am Strand joggen gehen.«

»Hast du dir mal das Wetter draußen angesehen? Vielleicht ist Sonja nur nicht lebensmüde?«

Carl seufzte. »Aber ich bin sicher, dass da etwas nicht stimmt. Sie ist nämlich auch nicht auf ihrem Zimmer.«

»Vielleicht ist sie shoppen«, gab Dagmar zu bedenken.

»Oder sie hat schlichtweg keinen Bock auf dich«, sagte Poppy abfällig. »Wenn ich mich recht entsinne, stand sie früher schon nicht auf dich.«

Die beiden Frauen lachten und Annika sah aus dem Augenwinkel, wie Carl mit hängenden Schultern von dannen zog.

Sie trank den letzten Schluck ihres Kaffees und machte sich auf den Weg nach oben, in der Hoffnung, dass diese Elke mit dem, was immer sie auch getan haben mochte, fertig war.

Vor der Nummer 41 angekommen, klopfte sie und lauschte. Nichts. Alles blieb still. Sie klopfte erneut. Wieder nichts. Erleichtert schloss Annika die Tür auf, trat ins Innere des Zimmers. Es war bereits dämmerig, deswegen tastete sie nach dem Lichtschalter neben der Tür, wartete, bis der Raum in warmem Licht erstrahlte. Sie wollte gerade loslegen, als ihr der merkwürdige Geruch auffiel. Eine Mischung aus Fäkalien, Schweiß und Eisen. Eine böse Vorahnung beschlich sie. Mit klopfendem Herzen ging sie durch das Zimmer in Richtung Bad. Die Tür war geöffnet. Annika tastete nach dem Lichtschalter, wartete, bis ihre Augen sich an das grelle LED-Licht gewöhnt hatten. Schließlich sah sie sie.

Elke Schmidt lag auf den kalten Badezimmerfliesen in einer immer größer werdenden Blutlache und röchelte. Aus ihrem Hals in der Kehlkopfgegend ragte ein kleines Silbertablett, auf dem normalerweise einige Pralinen und etwas Obst für die Luxus gewohnten Gäste lagen. Annika sank neben der Frau auf die Knie und stieß einen erstickten Schrei aus. In ihrem Kopf wirbelten die Gedanken wild herum. Zuerst die Tote am Strand, für die man sie verantwortlich machte, weil sie zuvor mit ihr gestritten hatte. Und jetzt das hier. Eine weitere Tote, die – oh Zufall – von ihr gefunden wurde. Annika mochte sich nicht einmal vorstellen, was der fette Bulle davon halten würde. Sie wollte gerade aufspringen, als die Frau am Boden nach ihrer Hand griff. Einem ersten Impuls folgend wollte Annika sich losreißen, doch die schwer verletzte Frau schien für diese Attacke ihre letzten Kraftreserven gebündelt zu haben. Sie hielt ihre Hand fest umklammert, zog sie zu sich hinunter. Einige hellrote Blutblasen blubberten zwischen ihren Lippen hervor und kurz hatte Annika das schier überwältigende Bedürfnis, sich übergeben zu müssen. »Ich hole Hilfe«, stieß sie hervor und wollte sich losreißen, doch der Griff der Frau war wie eine eiserne Klaue. »Bezahlen …«, röchelte sie leise und verdrehte die Augen.

»Was?« Annika beugte sich zu ihr hinunter. »Ich verstehe Sie kaum, lassen Sie mich bitte los, damit ich Hilfe holen kann.«

»Zu … spät«, flüsterte schwach die Frau und auch ihr Griff um Annikas Handgelenk wurde schwächer. »… wegen ihr … verstehen Sie? Sie holt uns.« Das Röcheln der Frau ging in ein Pfeifen über, dann in ein ersticktes Keuchen.

Annika schluckte. »Sterben Sie mir jetzt bloß nicht weg«, rief sie laut und stand auf. »Ich gehe und hole jemanden, dann wird das schon wieder.«

Der Körper der Frau wurde von einem Zucken erschüttert. Sie wand sich, japste nach Luft.

»Bitte …«, stöhnte sie aus letzter Kraft und sah zu Annika auf. »… nicht allein sterben.«

Annika rang mit sich, dann begriff sie. Hier würde gar nichts mehr gut werden. Diese Frau … Elke Schmidt … war im Begriff, abzutreten. Sie starb hier vor ihren Augen und Annika konnte nichts, aber auch gar nichts dagegen tun. Sie nickte daher, setzte sich im Schneidersitz neben die Frau, ergriff ihre Hand.

»Dun…ja …«, stieß Elke aus, dann erbebte ihr Körper erneut, erschlaffte kurz darauf.

Es war vorbei.

Benommen stand Annika auf, taumelte aus dem Badezimmer. Ihre Hände und Unterarme waren blutverschmiert, genau wie ihre Jeans und ihr Pullover. Wenn ihr jetzt jemand entgegenkäme und sie so sähe, gäbe es nichts und niemanden, der noch etwas für sie tun konnte. Auch ihr Vater nicht und schlüge er auch mit noch so einer großen Anwaltsschar bei den Bullen auf.

Annika lief wie ferngesteuert auf den kleinen Glaskasten an der Wand neben dem Aufzug zu, zertrümmerte die Scheibe, drückte auf den roten Knopf, wartete ab, bis die Sirene ertönte.

Dann rannte sie los.

8

SYLT

DEZEMBER 2017

Nic trommelte unschlüssig mit den Fingern auf der Tischplatte herum.

Hanna war inzwischen seit zwei Stunden in der Nordseeklinik, um mit dem Gerichtsmediziner die Obduktionsergebnisse durchzugehen.

Außerdem wollte sie einige Fotos von dem Stein machen, der in Anna Weigls Bronchien gefunden worden war.

Sie hatte Nic gebeten, sich zwischenzeitlich um das Protokoll des Falles zu kümmern und um die dazugehörige Pressemitteilung.

Nic fragte sich, wie es der Inselpaparazzo hinbekommen hatte, trotz des Unwetters und trotz der Tatsache, dass sie Details über den Leichenfund unter Verschluss hielten, davon Wind bekommen hatte. Scheinbar funktionierte der Buschfunk in der Abgeschiedenheit ganz genauso gut wie auf dem Festland.

Nic überflog sein Geschriebenes zum zweiten Mal, stand auf, um es Popp vorzulegen. Hanna hatte ihm eingebläut, nichts abzusenden, ohne es zuvor vom Boss absegnen zu lassen.

Er wollte gerade an der Tür seines Vorgesetzten klopfen, als Gesprächsfetzen zu ihm heraus drangen.

Er hörte Popp in aufgesetzter Sanftheit auf einen weiteren Mann einreden, der immer lauter wurde und verzweifelt klang.

Nic wollte gerade kehrtmachen und in sein Büro zurückgehen, als die Tür aufging und ein Typ herausgeschossen kam, der ihm vage bekannt vorkam.

Ihm fiel ein, wo er den Mann schon mal gesehen hatte. Das war am Morgen gewesen, als Hanna und er Annika Wunderlich abgeholt hatten. Der Mann war bei der Gruppe gewesen, die zu dem Klassentreffen gehörte.

Nic runzelte die Stirn, als ihm auffiel, dass der Mann nicht nur besorgt, sondern panisch wirkte.

Er sah Popp an, der hinter dem Rücken des Mannes die Augen verdrehte, als wolle er sagen, dass er nicht mehr alle Tassen im Schrank habe.

»Was ist los?«, wollte Nic wissen und sah von seinem Boss zu dem Typen, der wohl nur darauf gewartet zu haben schien, dass jemand kam, der sich wirklich für ihn und sein Anliegen interessierte.

Popp stöhnte unterdrückt. »Seine Flamme ist nicht zum verabredeten Treffen gekommen. Sie wollten nach dem Frühstück zum Joggen, doch sie ist nicht aufgetaucht.«

Nic sah den Mann an. »Wie ist Ihr Name?«

»Ich bin Carl Limmer«, sagte er und Nic fiel auf, dass er plötzlich viel ruhiger klang oder zumindest nach außen hin den Anschein geben wollte.

»Und nach wem genau suchen Sie?«

»Nach Sonja«, erklärte er. »Sonja Kirschner.«

»Sie wollten also zum Joggen?«

Limmer senkte den Blick, nickte. »Okay, das Wetter ist nicht gerade passend zu diesem Vorhaben, doch wir haben gestern schon ausgemacht, dass wir, falls sich das Wetter weiter verschlechtern sollte, einfach zusammen nach Kampen fahren wollten.«

»Und diese Sonja«, schlussfolgerte Nic, »ist Ihre Freundin?«

»Das ist es ja gerade«, ging Popp dazwischen. »Frau Kirschner und Herr Limmer sind keineswegs liiert. Ganz im Gegenteil. Herr Limmer war schon als Jugendlicher an der Dame interessiert, doch sie hat ihm damals einen Korb gegeben. Und da dachte Herr Limmer sich, versucht er sein Glück beim Klassentreffen noch mal.«

Nic sah Limmer neugierig an. »Dann hatten Sie sich von der Verabredung etwas erhofft?«

Nicken.

»Und hat Frau Kirschner bei Ihnen den Anschein erweckt, sie wäre ebenso interessiert?«

Wieder Nicken. »Sie war es, die den Vorschlag gemacht hat, dass wir auch was trinken gehen könnten, falls das Wetter nicht mitspielt.«

»Und dann ist sie einfach nicht erschienen?«

»Genau. Ich mache mir Sorgen, weil das überhaupt nicht zu dem passt, was Sonja mir die letzten Tage vermittelt hat. Sie wollte Zeit mit mir verbringen und sie war definitiv interessiert an mir. Deswegen verstehe ich auch nicht, weshalb sie nicht gekommen ist und jetzt weder ans Handy geht noch sonst irgendwie erreichbar wäre.«

»Vielleicht hat sie es sich anders überlegt?«

Limmer schluckte. »Sonja hatte noch nie ein Problem damit, ihre Meinung geradeheraus zu sagen. Wenn sie also tatsächlich einen Rückzieher hätte machen wollen, würde sie es mir sagen.«

»Und was genau denken Sie?«, wollte Nic wissen.

»Jetzt kommt es«, schaltete sich Popp wieder ein und machte ein Gesicht, als wolle er sich jeden Moment mit der flachen Hand gegen die Stirn klatschen.

»Ich vermute, dass ihr etwas zugestoßen ist«, brachte Limmer mühsam hervor. »Schließlich ist Anna Weigl auch etwas zugestoßen.«

Nic stieß die Luft aus, fixierte den Mann mit seinem Blick. »Gibt es denn irgendeinen Anlass Ihrerseits, der diese Vermutung in Ihnen aufkeimen ließ?«

Limmer hob die Schultern. »Meinen Sie, ob Sonja mir was erzählt hat? Dass sie sich verfolgt fühlte oder Angst hatte?«

Nic nickte. »So was in der Art, ja.«

Limmer seufzte. »Da war nichts. Sonja war wie früher. Lustig, unbeschwert und sie wollte Zeit mit mir verbringen. Sie freute sich darauf, deswegen passt nichts von all dem hier zusammen.«

Nic sah zu Popp, verzog das Gesicht. »Wir sollten dieser Sache nachgehen«, erklärte er schließlich. »Das kann zumindest nicht

schaden.«

Er überlegte, sah Limmer an. »Das muss nichts mit dem Mord an Frau Weigl zu tun haben. Vielmehr geht es mir darum, dass es möglich wäre, dass sie draußen war und wegen des Wetters in eine ausweglose Situation geriet.«

Limmer schluckte. »Möglich wäre es.«

»Kennt sie sich denn auf der Insel aus?«

»Klar«, gab Limmer zurück. »Bis auf Lennard Hofbauer und zwei andere Anhängsel von ehemaligen Klassenkameraden haben wir alle mal hier gelebt und sind auch auf Sylt zur Schule gegangen und aufgewachsen.«

Nic seufzte. »Also sollte Frau Kirschner im Grunde auch die Unberechenbarkeit des Wetters der Insel kennen.«

Nicken. »Allerdings war sie seit Jahren nicht mehr hier, weil ihre Eltern mittlerweile auf dem Festland leben.«

»Vielleicht hat sie die Situation auch nur unterschätzt?«

»Wäre möglich«, gab Limmer zu und sah – wenn möglich – nun noch sorgenvoller aus. »Können Sie denn jemanden losschicken, um nach ihr zu suchen? Ich bin auch schon in der Gegend ums Hotel herumgelaufen, weil ich dachte, vielleicht finde ich sie, aber ...« Er brach ab, verzog das Gesicht. »Ich hab allein nicht die Möglichkeit, überall nachzusehen.«

»Hat sie denn noch irgendwelche Verwandten oder Bekannten hier, bei denen sie sein könnte?«, wollte Nic wissen.

Kopfschütteln. »Wie gesagt, ihre Familie lebt auf dem Festland, seit der Vater seinen Job verloren hat. Sylt ist nun mal teuer, das kann sich nicht jeder leisten.«

Nic verstand, worauf Limmer hinauswollte. »Aber eventuell hat Sonja alte Freundinnen oder sonstige Bekannte von früher, die sie besucht? Sie könnte sich ganz kurzfristig dazu entschlossen haben.«

Limmer seufzte. »Könnte sein, aber so richtig dran glauben kann ich nicht.«

»Sie glauben, in diesem Falle hätte sie Sie ebenfalls informiert und das Treffen verschoben oder ganz abgesagt?«

»Das denke ich, ja.«

Popp stieß einen abfälligen Grunzton aus, sah von Nic zu Limmer. »Sonja Kirschner ist eine erwachsene Frau. Sie kann eigenverantwortliche Entscheidungen treffen und auch ihre Meinung ändern.«

»Das ist mir durchaus bewusst«, gab Limmer etwas bockig zurück und sah aus, als wolle er sich jeden Augenblick auf Alfred Popp stürzen und ihm die Visage polieren. Schließlich atmete er tief durch, riss sich zusammen. Er sah aus, als koste es ihn seine gesamte Kraft und Nerven, um ruhig zu bleiben und nicht ausfällig zu werden. »Dennoch bin ich sicher, dass sie es mir im Zweifel gesagt hätte. Sonja ist niemand, der andere bewusst verletzt oder vor den Kopf stößt. Und sie hat sich, genau wie ich, auf unsere Verabredung gefreut.«

»Haben Sie sie heute Morgen beim Frühstück gesehen?«

»Nein.«

»Und gestern Abend?«

»Zum gemeinsamen Abendessen haben wir uns gesehen. Und anschließend hat Sonja von sich aus angeboten, noch etwas an der Bar zu trinken. Wir hatten jeder einen Gin Tonic, redeten über früher und was uns seit unserer letzten Begegnung widerfahren ist, hatten Spaß. Im Grunde war der gestrige Abend Anlass dafür, dass wir beide beschlossen, dass wir mehr voneinander wollen.«

»Und danach gingen Sie beide jeweils auf Ihr eigenes Zimmer?«

Limmer sah Nic entrüstet an. »Natürlich! Ich bin zwar an Sonja interessiert, aber kein Aufreißer. Das mit Sonja ist mir ernst, da geht es um mehr als eine gemeinsame Nacht und etwas Spaß im Bett.«

»Und früher? Waren Sie da mal ein Paar? Oder anders gefragt – hatten Sie jemals etwas miteinander, das man als INTIM bezeichnen könnte?«

»Sie hat mir damals einen Korb gegeben und ich habe das respektiert.«

»Was soll das heißen?«

»Bin ich jetzt etwa verdächtig?«

»Ich möchte mir nur ein Bild von Frau Kirschner machen. Was sie für ein Typ Frau ist«, erklärte Nic.

»Sie hat mir damals ganz freundlich und respektvoll gesagt, dass sie kein Interesse an einer festen Beziehung hat, und ich habe das als gegeben hingenommen und sie in Ruhe gelassen. Ich dachte mir, wenn sie doch irgendwann etwas von mir will, wird sie schon von selber kommen.«

»Aber das tat sie nicht?«

Kopfschütteln. »Jedenfalls nicht bis gestern.«

»War sie damals nur nicht an Ihnen oder allgemein nicht an einer Beziehung interessiert?«

»Allgemein«, gab Limmer zurück. »Ihre Eltern hatten immer schon große Probleme miteinander und auch Sonja hatte es deshalb nicht leicht.«

Nic stieß die Luft aus. Nach allem, was Carl Limmer erzählte, machte Sonja Kirschner wirklich nicht den Anschein, ihren Verehrer absichtlich verletzen zu wollen. Und Nic musste insgeheim zugeben, dass auch ihn diese Sache zu beunruhigen begann. Jedoch schien Popp nach wie vor überzeugt davon, es mit einem paranoiden Spinner zu tun zu haben, und Nic schätzte, dass sein Boss es gar nicht mochte, wenn er ihm in den Rücken fiele.

»Und seit gestern Abend, als Sie beide auf Ihre Zimmer gegangen sind, haben Sie von Sonja nichts mehr gesehen oder gehört? Sie haben auch nicht bei ihr angerufen, ob sie mit Ihnen zum Frühstück geht?«

Limmer verneinte. »Ich bin Frühaufsteher und meistens schon vor Sonnenaufgang wach.« Er räusperte sich. »Seit meinem Burn-out vor ein paar Monaten habe ich massive Durchschlafprobleme.«

Popp rollte erneut mit den Augen und Nic wusste sofort, was jetzt im Kopf seines Chefs vorging. Er hatte

Limmer auch schon vor dem Geständnis seiner Erkrankung für einen Spinner gehalten, vielleicht sogar für ein Weichei, doch jetzt war es ganz aus.

»Das tut mir sehr leid«, sagte Nic, um die Reaktion seines Kollegen und Vorgesetzten etwas abzumildern, doch Limmer ließ keinen Zweifel dran, dass Popp spätestens jetzt bei ihm unten durch war.

»Ich gehe wohl besser«, erklärte der Mann zornig. »Wenn Sie mir nicht helfen wollen, vielleicht kann ich im Hotel ein paar Leute zusammentrommeln, die nicht so ignorant sind wie Sie beide.«

Nic seufzte, sah Popp an. »Vielleicht sollten wir doch zwei Kollegen losschicken, die sich mal nach Frau Kirschner umsehen.«

»Wir haben nicht schon genügend Arbeit oder was? Da ist es absolut vertretbar, dass wir wegen der Hirngespinste eines Einzelnen alles über den Haufen werfen.«

Limmer drehte sich kopfschüttelnd um, wollte gerade zur Tür hinaus, als das Telefon zu klingeln begann. Irritiert blieb er stehen, drehte sich wieder um, als ahnte er, dass dieses Klingeln nichts Gutes verhieß.

Doch anstatt dranzugehen, blieb Popp mit verschränkten Armen stehen, sah genervt und unschlüssig zugleich von Nic zu Limmer.

Kurz darauf klingelte sein Mobiltelefon.

Nic war schon drauf und dran, seinem Chef zu sagen, dass es wichtig sein könnte, als dieser das Gespräch endlich annahm.

Popp klang barsch, fast so als ärgere er sich darüber, dass jemand sich erdreistete, ihn dabei zu stören, dass er … nichts tat.

Als Nic sah, dass die Gesichtsfarbe seines Vorgesetzten von hell- zu dunkelrot wechselte, spürte er, wie eine Art

Beklemmung von ihm Besitz ergriff. Popps gesamter Körper hatte sich mittlerweile verspannt und auch Limmer hatte es bemerkt. Er sah Nicolas unheilschwanger an. Sein Gesicht verdüsterte sich.

Sie beide wussten, was nun folgen würde, trotzdem warteten sie ab, bis Popp das Gespräch beendete. »Tja«, sagte er schließlich an Nic gewandt und irgendwie schien es, als könne er Carl Limmer plötzlich nicht mehr in die Augen sehen. »Es sieht ganz so aus, als habe es einen weiteren Mord gegeben. Diesmal nicht am Strand, sondern in einem der Zimmer von Joes Hotel.«

9

SYLT

DEZEMBER 2017

Annika wollte gerade ins Treppenhaus und hinunterrennen, als ihr etwas einfiel. Sie lief zurück, die Treppe rauf, rüttelte an der Tür zur Wohnung ihres Vaters, stellte erleichtert fest, dass offen war. Sie spähte hinein, atmete auf, als klar war, dass sich niemand außer ihr hier aufhielt. Sie rannte von Zimmer zu Zimmer, bis sie gefunden hatte, wonach sie suchte. Die Schlüssel ihres Vaters lagen allesamt auf einer Ablage im Schlafzimmer. Hastig zerrte sie den dicksten Bund heraus, trat den Rückzug an. Dann fiel ihr ein, dass sie kein Geld bei sich hatte und nicht mit leeren Taschen abhauen konnte. Sie sah sich um, entdeckte auf der Kommode im Gang ein Glas, in dem ihr Vater einige Münzen aufbewahrte. Bei genauerem Hinsehen entpuppten sich die Münzen als Zwei-Euro-Stücke und plötzlich fiel ihr ein, dass ihr Vater die auch früher schon gesammelt hatte. Es war eine Art Tick, über die Mutter und sie sich damals schon immer amüsiert hatten. Mit einem Ziehen in der Magengegend schüttete Annika das Glas aus, stopfte die Münzen in ihre Hosentaschen. Dann riss sie wahllos eine der Jacken ihres

Vaters vom Garderobenständer und machte sich vom Acker.

Als es Annika kurz darauf tatsächlich ungesehen durch das Treppenhaus und den Hinterausgang raus auf den Parkplatz geschafft hatte, fragte sie sich, was sie jetzt tun sollte. Fakt war, dass sie hier weg musste. Sobald die Polizei käme, würden die ihre Fingerabdrücke auf der Leiche finden, ihre Fußabdrücke in der Blutlache und zudem noch den Abdruck ihrer Hand auf dem Notfallkästchen an der Wand.

Andererseits war das Unwetter inzwischen noch schlimmer geworden, der Wind auf Orkanstärke angeschwollen. Die Böen rissen an Annikas Haaren und an der ihr viel zu großen Jacke ihres Vaters, sodass ihr am Ende nichts anderes übrig blieb, als ins Auto zu steigen. Noch mal zurückzugehen und ihre eigenen Klamotten zu holen, war viel zu gefährlich.

Als sie den Wagen startete und vom Parkplatz fuhr, hämmerte ihr das Herz heftig gegen den Brustkorb. Sie fragte sich, was ihr Vater denken mochte, wenn er mitbekam, dass sie nicht nur abgehauen war, sondern zudem noch sein Auto und Geld geklaut hatte.

Sie seufzte, drängte die Tränen zurück. Ihr fielen die Worte ihrer Mutter ein. *Du wirst es niemals zu etwas bringen,* hatte sie gesagt und schien damit sogar recht zu haben. Immer wenn ihr etwas Gutes widerfuhr – dachte Annika traurig, gab es wenig später etwas, das ihr alles kaputt machte. Im Fall ihrer zerbrochenen Beziehung war es Gisela gewesen, die alles zerstört hatte, und jetzt … Annika beschloss, es dem Karma zuzuschreiben. Sie hatte Pech gehabt, gleich zweimal innerhalb kurzer Zeit unverschuldet in die Scheiße getreten zu sein. Kurz überlegte sie, abzuhauen und unterzutauchen, doch dann fiel ihr ein, dass Sylt wegen des Mistwetters abgeschottet worden war. *Na prima,* dachte sie und seufzte verzweifelt. Das hieß also, dass sie hier festsaß und die paar Münzen in ihrer Tasche vorerst alles waren, was sie hatte. Doch angenommen, sie könnte von der Insel weg, hätte sie in diesem Falle eine bessere Alternative gehabt?

Annika schluckte. Gut, sie hätte das Auto ihres Vaters schwarz verkaufen können. Es irgendeinem dubiosen Händler für viel weniger, als es wert war, verhökern und mit dem Geld ins Ausland verschwinden können, doch war das denn der richtige Weg?

Annika spürte, wie ihr die Tränen kamen.

»Ich brauch einen Drink«, flüsterte sie und wurde langsamer, als sie von Weitem die Lichter der kleinen Kneipe sah, die unweit von der Hauptverkehrsstraße lag und in vorweihnachtlichem Glanz erstrahlte. Sie stellte den Wagen so ab, dass man ihn von der Straße aus im Vorbeifahren nicht auf Anhieb sehen konnte, und machte sich mit hochgezogenen Schultern auf den Weg ins Warme.

Im Innern der Bar war nicht viel los. Ein junges Pärchen saß in einer der Nischen und turtelte miteinander, ein paar Männer an der Bar spielten Karten. Einer von ihnen, der älteste wie es Annika schien, hatte einen Seemannshut auf und summte eine fröhliche Melodie.

»Was kann ich für Sie tun?«, fragte die Frau hinter der Theke, eine pummelige, viel zu stark geschminkte Blondine, die Annika an einer der Puffmütter aus diesen bescheuerten RTL2-Dokus erinnerte.

»Ein Glas Weißwein«, sagte Annika und rechnete schon damit, dass die Kellnerin sie nach ihrem Ausweis fragte, stattdessen schenkte die Frau ihr das gewünschte Getränk ein und stellte eine Schüssel mit Knabberkram dazu.

Annika nickte dankbar, nahm das Glas, trank einen

großen Schluck. Sie schloss die Augen, genoss die kalte Flüssigkeit auf der Zunge und zuckte zusammen, als wie aus dem Nichts das Bild der sterbenden Frau in ihrem Kopf auftauchte. Die letzten Worte von Elke Schmidt hallten in ihren Ohren wider.

Wegen ihr, hatte sie gesagt. *Sie holt uns.* Und dann war da etwas gewesen, das wie ein Name geklungen hatte. Dun…ja. Dunja. Das ergab Sinn. Doch wer oder was war diese Dunja? Sie trank wieder einen Schluck, legte den Kopf in den Nacken, dachte krampfhaft nach. Was für einen Sinn ergab das alles? Wer brachte gleich zwei Frauen auf solch grausame Weise in so kurzer Zeit um? Warum vor allem?

Fakt war, dachte Annika bei sich, *dass beide Frauen eine Verbindung zueinander hatten.* Sie waren ehemalige Klassenkameradinnen, kannten sich von früher. Doch bedeutete das auch, dass diese Morde ebenfalls zusammenhingen?

Anna Weigl war hinterrücks erschlagen worden und in Elke Schmidts Hals hatte ein Silbertablett gesteckt. Annika spürte, wie ihr übel wurde. »Noch eins«, sagte sie und hielt das mittlerweile leere Glas in die Höhe. Die Bedienung grinste und schenkte ihr nach. »Anstrengenden Tag gehabt, hm?«

Annika nickte und setzte zum Schluck an. »Sagt Ihnen der Name Dunja etwas?«, fragte sie schließlich unvermittelt und sah die Frau hinter dem Tresen an. Allerdings sah die nicht danach aus, als könne sie ihr irgendwie helfen. Annika seufzte, nahm noch einen Schluck. Der Wein zeigte langsam Wirkung, ließ sie ruhiger werden. »Was bin ich Ihnen schuldig?«, fragte sie und hoffte, dass sie nicht ihre gesamte Barschaft für die beiden Gläser Wein berappen musste.

»Das war der Hauswein«, erklärte die Bedienung, als

hätte sie Annikas Gedanken gelesen. »Der kostet nicht die Welt.« Sie legte ihr einen Bon über acht Euro hin.

Annika bezahlte und stellte fest, dass ihr noch eine ganze Menge Kohle blieb. Sie schätzte den Rest in ihrer Hand und Tasche auf knappe dreißig Euro und rechnete damit, dass sich in der anderen Hosentasche genauso viel befand. Das reichte zumindest für ein Abendessen sowie die nächsten zwei Tage. Pennen konnte sie notfalls im Auto, sie musste nur aufpassen, dass niemand sie entdeckte. Sie stand auf, bedankte sich bei der Bedienung, ging zur Tür. Sie wollte gerade nach der Klinke greifen, als sie spürte, dass hinter ihr jemand stand. Sie wirbelte herum, starrte ins Gesicht des Mannes mit dem Seemannshut. Er lächelte freundlich, musterte sie. »Ich hab mitbekommen, dass Sie Katrin nach einer Dunja gefragt haben.« Er sah sie durchdringend an.

Annika nickte erwartungsvoll. »Kennen Sie jemanden mit diesem Namen?« Der Mann seufzte. »Ich kannte jemanden, der so hieß. Aber das ist eine lange Geschichte und ich muss langsam mal in die Gänge kommen und nach Hause fahren.«

»Bitte«, drängte Annika, »es ist wirklich wichtig.«

Der Mann zögerte.

»Wir wissen gar nicht, ob die Dunja, die ich kannte, dieselbe ist, nach der Sie gefragt haben.«

Annika dachte nach und nickte. »Trotzdem muss ich es wenigstens versuchen.«

»Stecken Sie in irgendwelchen Schwierigkeiten, von denen ich wissen sollte, wenn ich mit Ihnen spreche?«

Wieder nickte Annika, fragte sich, wer der Typ war und warum er alles über sie zu wissen schien, obwohl sie sich noch nie begegnet waren.

»Ich vertraue Ihnen trotzdem mal«, beschloss der alte Mann und grinste plötzlich. »Sind Sie mit dem Auto hier?«

Annika nickte.

»Nun, ich bin mit dem Rad gekommen, schätze aber mal, dass der Wind inzwischen zu stark geworden ist, um damit auch wieder nach Hause zu kommen.« Er räusperte sich, lächelte. »Was halten Sie davon, wenn Sie mich in Ihrem Wagen mitnehmen? Im Gegenzug koche ich uns eine Kanne Tee und erzähle Ihnen, was ich über Dunja weiß. Anschließend sehen wir, ob Ihre Dunja und die, die ich kannte, dieselbe Person sind.«

Anika hatte ihre liebe Mühe, das Fahrrad des Mannes in den Kofferraum des Jeeps zu quetschen. Schließlich gab sie auf. »Können Sie das Rad über Nacht hier lassen?«, fragte sie den Mann. Er nickte. »Ich kenne Gott und die Welt auf der Insel, irgendjemand wird sich morgen schon finden, der mich mit hierher nimmt.« Er lachte. »Wie kommt so eine junge Dame wie Sie eigentlich an ein derart schickes Auto?«

Annika grinste. »Das gehört mir nicht.«

Der Mann hob die Brauen, sah Annika ernst an.

»Es ist nicht gestohlen«, erklärte sie schnell. »Obwohl … mehr oder weniger schon. Es gehört meinem Vater, Joe Wunderlich.«

Der Mann sah Annika erstaunt an. »Sie sind Joes Tochter?«

Sie nickte. »Kennen Sie meinen Vater?«

Er nickte. »Im Übrigen wäre es mir lieb, wenn wir uns duzen könnten. Auf der Insel nennen mich alle Opa Selig.«

Annika verzog erstaunt das Gesicht. »Ihr … dein Spitzname ist Opa?«

Er lachte scheppernd. »Opa Selig, um genau zu sein.«

Annika stimmte in sein Lachen ein. »Stört es dich nicht, dass alle dich Opa nennen?«

Er sah sie an, runzelte die Stirn. »Kindchen, ich bin 88 Jahre alt, da darf ich schon Opa sein oder findest du nicht?«

Annika nickte. »Hast du Kinder?«

Er verneinte, sah aber nicht traurig dabei aus. »Es gibt Menschen, denen ist es nicht gegeben, dass sie Kinder haben sollen. Ich habe mein Leben der Seefahrt gewidmet, war viele Jahre Hochseefischer. Für eine Frau und Kinder wäre da keine Zeit geblieben.«

Annika dachte einen Moment darüber nach, nickte. »Sollen wir?«

Opa Selig machte sich auf den Weg zur Beifahrerseite des Jeeps, streckte seine Hand nach dem Türgriff aus, hielt inne.

»Was meintest du damit, das Auto sei nicht direkt gestohlen, weil es deinem Vater gehört?«

Annika räusperte sich betreten. »Ich bin in ziemlichen Schwierigkeiten«, gab sie zu. »Und weil ich kein eigenes Auto besitze und schnell weg musste, hab ich mir das von meinem Vater genommen.«

»Du hast es also nicht geklaut, sondern geborgt.«

Annika drehte den Zündschlüssel herum und warf Opa Selig einen Seitenblick zu. »Genau«, erklärte sie kurzum und fühlte sich gleich besser. »Nicht geklaut, nur geliehen.« Den Rest der Fahrt nach List schwiegen sie. Opa Selig gab ihr hin und wieder Anweisungen, wo sie abbiegen oder auf der Hauptstraße bleiben sollte, und es dauerte nicht lange, bis sie schließlich das Ortsschild von List passierten.

»Da vorne wohne ich«, sagte Opa Selig irgendwann

und deutete auf ein Grundstück auf der linken Seite, dessen Mittelpunkt ein altes, aber sehr hübsches Häuschen mit Reetdach war.

»Schön hast du es hier«, schwärmte Annika und lächelte.

Der Mann hob die Schultern. »Das gehört mir eigentlich gar nicht«, sagte er. »Meine alte Freundin Adelheid und ihr Mann – sie haben das alles erschaffen.«

Annika sah Opa Selig erstaunt an. »Ach du wohnst nicht allein?«

Ein Schatten huschte übers Gesicht des alten Mannes. »Doch«, kam es schließlich leise über seine Lippen. »Doch das ist ebenfalls Teil meiner Geschichte um Dunja, die ich dir erzählen möchte.«

Knappe zwanzig Minuten später saß Annika Opa Selig bei einer Tasse kräftigem Schwarztee mit viel Sahne und Kandis gegenüber und genoss das warme Gefühl in ihrem Innern. Sie selbst hatte ihm zuvor kurz und knapp geschildert, was ihr in den letzten Tagen zugestoßen war. Dabei hatte sie weder Giselas Lügen und Anschuldigungen ausgelassen, noch den Streit mit Anna Weigl und deren Tod sowie die furchteinflößende Begegnung mit dem zweiten Opfer. Opa Selig hatte Annika bei ihrer Schilderung nicht einmal unterbrochen, sondern sich ganz in Ruhe alles angehört und anschließend gesagt, dass er, nachdem er sie jetzt kennengelernt habe, glaube, dass sie von den Menschen in ihrem Umfeld vollkommen falsch eingeschätzt wurde. Er hatte sie schmunzelnd angesehen und behauptet, dass er, als alte Seemannsnase, die Menschenkenntnis mit Löffeln gefressen habe, was bedeutete, dass er spürte, wenn jemand nicht der war, der er vorgab zu sein. Und bei ihr, Annika, habe er auf Anhieb gewusst, dass sie eine ganz tolle junge Frau sei.

Es hatte so gutgetan, aus dem Mund des alten Mannes ein so nettes Kompliment zu hören, hinzu kam, dass Opa Seligs kleines Gästehäuschen eine wohlige Behaglichkeit verströmte, dass sie das Gefühl hatte, für immer hierbleiben zu wollen. Sie fühlte sich in der Obhut des alten Mannes wohl und aufgehoben, wusste jedoch, dass sie sich nicht ewig hier verstecken konnte.

Opa Selig legte den Kopf schief. »Darf ich dich mal fragen, was du in Hinsicht auf die beiden toten Frauen denkst?« Er sah sie ernst an. »Die Sache ist nämlich die – oft sind es die ersten Impulse, die uns durch Körper und Geist gehen, die sich später als die richtigen erwiesen haben.«

Annika nickte. »Zuerst dachte ich, Anna Weigl ist Opfer des Unwetters geworden und die Bullen wären zu dämlich, das zu erkennen. Danach kam mir in den Sinn, dass jemand es speziell auf sie abgesehen haben könnte. Sie war wunderschön, sah wie ein Model aus. Doch jetzt, wo es eine zweite Tote gibt …« Sie brach ab, studierte einen Punkt an der Wand. Dann sah sie ihr Gegenüber wieder an, seufzte. »Beide kannten sich. Gingen früher in dieselbe Klasse, wie ich mitbekommen habe. Ich vermute, dass die Antwort in der Vergangenheit beider Frauen verborgen liegt.«

»Wie alt sind die toten Frauen denn ungefähr gewesen?«

Annika stieß die Luft aus. »Zu jung … viel zu jung sogar. Wenn ich schätzen müsste, würde ich sagen, so Anfang dreißig vielleicht.«

Opa Selig sah Annika betreten an. »Dann passt das definitiv zu der Dunja, die ich kannte.« Er seufzte leise.

»Die Kleine müsste jetzt auch in dem Alter sein. Und wenn wir bedenken, dass diese Elke einen Namen gesagt hat, der sich für dich wie Dunja anhörte, wäre es schon ein ungeheuerlicher Zufall, wenn es nicht dieselbe wäre.«

»Warum kannte?«, fragte Annika.

Opa Selig senkte den Blick. Als er wieder aufsah, schwammen seine Augen in Tränen. »Ich hab dir doch von meiner alten Freundin Adelheid erzählt.«

Annika nickte und spürte, wie eine dunkle Vorahnung Besitz von ihr ergriff. Hastig trank sie noch einen Schluck Tee.

»Adelheid war eine Seele von Mensch. Ihr Mann war eine Zeit lang ein Kollege von mir, so haben wir drei uns überhaupt erst kennengelernt. Irgendwann boten sie mir an, das Gästehaus auf dem Grundstück zu beziehen, und ich war froh drum, denn besonders viel Geld hatte ich noch nie. Als mein guter Freund irgendwann starb, war ich für Adelheid da, konnte mich endlich für ihre Gastfreundlichkeit bedanken. Doch eines Tages fand ich Adelheid in einem alten Nazibunker, der sich auf dem Grundstück befindet. Sie hatte einen Herzinfarkt erlitten, nachdem sie im Innern des Bunkers eine grausige Entdeckung gemacht hatte.«

Annika spürte, wie sich ihr Herzschlag beschleunigte. »Was genau war dort unten?«

Opa Selig sah auf, eine einzelne Träne rann über seine Wange, doch er schien sie gar nicht zu bemerken. »Adelheid fand eine Leiche in dem Bunker. Allerdings hatte sie Glück im Unglück, denn sie erholte sich im Krankenhaus wieder von ihrem Infarkt. Zumindest so lange, bis die Leute anfingen, auf sie loszugehen.« Er seufzte, schwieg eine Weile. Dann sah er Annika an. »Es war so ähnlich wie bei dir jetzt. Die Menschen verschließen die Augen vor der Wahrheit, weil sie nur das sehen, was sie sehen wollen.«

»Was genau ist passiert?«

Opa Selig schüttelte den Kopf. »Das weiß keiner so genau. Aber Fakt ist, dass es sich bei der Leiche im Bunker um ein junges Mädchen handelte. Die Leiche wies Anzeichen einer Gewalttat auf, doch gestorben sei das Kind wohl wegen einer Verkettung unglücklicher Umstände. Es litt an Asthma, war auf Medikamente angewiesen, doch jemand hatte es im Bunker eingeschlossen. Und weil Adelheid den Schlüssel verwahrte und sich der Bunker auf ihrem Anwesen befand, dachten alle, sie sei dafür verantwortlich, weil sie außerdem bereits seit Jahren unter Altersdemenz litt.«

Annika spürte, wie sich ihr Magen verknotete. »Die Leute dachten also, dieses Mädchen sei wegen Adelheid gestorben? Weil die alte Frau sie versehentlich in dem Bunker einsperrte.«

Nicken.

»Aber so war es nicht?«

Opa Selig hob die Schultern. »Wie gesagt weiß das keiner, aber Adelheid hat immer wieder beteuert, dass sie es nicht gewesen ist. Und mal ehrlich – jeder hätte den Schlüssel stehlen können. Und irgendjemand muss es auch getan haben, wenn man bedenkt, dass die Kleine eine schwere Verletzung am Kopf aufwies.«

Annika ahnte schon, worauf das hinauslief. »Adelheid glaubte keiner, richtig?«

»Genau. Es war sogar so, dass sie irgendwann selbst dachte, es sei ihre Schuld gewesen. Adelheid fantasierte sich ihre eigene Geschichte zusammen. Sie glaubte irgendwann, jemand habe das Kind entführt, ihm wehgetan und es im Bunker versteckt, nachdem sie nicht auf den

Schlüssel geachtet hatte. Das war auch die Zeit, in der sie den zweiten Infarkt erlitt. Einen noch stärkeren, viel schlimmer als der erste.«

Annika nickte. »Sie hat ihn nicht überlebt?«

»Genau«, kam es von Opa Selig. »Sie starb an einem Sonntagnachmittag mutterseelenallein in ihrem Wohnzimmer. Und sie hat mir das Haus samt Grundstück vermacht, mir sogar erlaubt, ich könne alles verkaufen, doch das habe ich bislang nicht fertiggebracht.« Er sah sich um, seufzte. »Das alles hier ist Adelheid, verstehst du?«

Annika nickte beklommen.

»Dann ist die arme Frau in dem Glauben gestorben, sie sei Schuld am Tod eines jungen Mädchens, obwohl in Wahrheit alles ganz anders war?«

Opa Selig sagte nichts, sah Annika nur bedeutungsschwanger an.

»Und der Name dieses Mädchens von damals«, sie brach ab, holte tief Luft, »der lautete Dunja, nicht wahr?«

10

SYLT

DEZEMBER 2017

»Ach du Scheiße«, kam es von Hanna, als sie Zimmer Nummer 41 betraten und beinahe gleichzeitig die Nasen rümpften. Es stank nach einer Mischung aus Exkrementen, Schweiß und Blut. Doch da war auch noch etwas anderes. Ein Geruch, den Nic hasste und von seiner Zeit aus München nur zu gut kannte.

Angst.

Der Gestank der Angst biss in der Nase, fraß sich durch die Fasern seiner Kleidung bis zu seiner Haut durch und setzte sich sogar in den Poren fest.

Seine ehemaligen Kollegen in der bayerischen Hauptstadt hatten ihn immer belächelt, wenn er sagte, dass er die Todesangst, die das Opfer in seinen letzten Minuten gespürt hatte, riechen und sogar fühlen konnte, doch genau so war es.

Er ging hinter seiner Kollegin her bis zum Badezimmer, sah die Leiche der Frau auf den Fliesen liegen. Sein Innerstes krampfte sich zusammen, als er sah, wie jung die Frau aussah, wie wunderschön.

Ein Schrei durchbrach die Stille, dann ging der Tumult los.

»Sie dürfen hier nicht rein«, erklärte Simon, der junge Kollege von der Spurensicherung, den Hanna angewiesen hatte, die Tür zu überwachen, damit keiner ins Zimmer kam, bis sie mit der Besichtigung des Tatortes fertig waren.

Nic drehte sich um, sah eine Frau um die dreißig hinter sich stehen, deren Wangen sich dunkelrot verfärbt hatten und die ihm vage bekannt vorkam. Ihm fiel ein, dass er bereits mit ihr gesprochen hatte, als es um Anna Weigl gegangen war. Der Name der Frau lautete Andrea Popp und es handelte sich bei ihr um Alfred Popps Tochter.

Die Frau stand hinter ihm und hatte freie Sicht auf die Tote vor ihnen.

Sie würgte leise und für einen Moment dachte Nic, sie würde jeden Moment zusammensacken.

»Ich hab versucht, sie zurückzuhalten, aber sie hat sich losgerissen und ist reingestürmt.«

Hanna sah sich um, musterte Andrea Popp missmutig.

»Ich muss Ihnen doch wohl nicht sagen, wie unangebracht Ihr Verhalten ist?«

Andrea Popp starrte Hanna provokativ an, bewegte sich keinen Millimeter.

»Das hier geht uns ALLE an«, gab sie schließlich zurück. »Denn Elke ist bereits die zweite Tote innerhalb von ein paar Tagen und beide Male war dieses Weib in die Sache involviert.« Sie hielt inne, atmete tief durch. »Außerdem hab ich dieses Treffen organisiert, all diese Leute sind hier, weil ich für dieses Wochenende ein Klassentreffen veranstalte, selbstverständlich betrifft es also auch mich, dass jetzt schon zwei meiner Freundinnen tot sind.«

Hanna sah Andrea mit schief gelegtem Kopf an. »Anna war Ihre Freundin? Ich dachte, Sie hätten sich jahrelang nicht gesehen?«

»Dann eben ehemalige Freundinnen«, antwortete Andrea und klang nun noch gereizter.

Nic runzelte die Stirn. »Diese Frau hier, kannten Sie sie näher?«

Popp schluckte. »Das ist Elke. Elke Schmidt. Früher war sie eine meiner engsten Freundinnen.«

»Und was meinten Sie vorhin, als Sie sagten, dass beide Male dieses Weib involviert war?«

Andrea zuckte mit den Schultern. »Die Kleine aus Bayern. Joes Tochter. Ich glaube, ihr Name lautet Annika. Zuerst dachte ich, es sei Zufall, dass sie Streit mit Anna hatte und die jetzt tot ist. Aber jetzt noch das hier … mit Elke. Seltsamerweise hat diese Annika sich heute, um genauer zu sein, sogar kurz vor dieser Scheiße, bei mir nach Elke erkundigt.«

Hanna kam auf Andrea zu, blieb dicht vor ihr stehen, fixierte sie mit ihrem Blick. »Was genau wollte Annika Wunderlich von Ihnen über die Tote wissen?«

Andrea schluckte. »Was sie genau gesagt hat, weiß ich nicht mehr. Aber sie meinte, dass sie dabei war, die Zimmer zu kontrollieren und bei Elke pausieren musste, weil aus dem Zimmer eindeutige Geräusche nach draußen drangen.«

»Was für eindeutige Geräusche?«, schaltete sich Nic ein.

»Diese Annika saß vorhin neben mir an der Bar und hat mir erzählt, dass sie aus Zimmer 41 Geräusche vernommen habe, die an ein Techtelmechtel erinnern.«

»Und was bringt Sie anhand dieser Aussage zu der Annahme, dass Annika in den Fall verwickelt sein könnte?«, fragte Nic, dem sich der Sinn dieser Bemerkung nicht erschloss.

Andrea rollte mit den Augen. »Sie sind der Polizist, dachte ich?«

»Ich darf doch sehr bitten!« Hanna musterte Andrea Popp böse. Die wandte den Blick ab, räusperte sich. »Annika hatte gestern eine Auseinandersetzung mit Anna, die jetzt tot ist. Und vorhin hat sich Annika über Elke geäußert, die jetzt auch tot ist – braucht es wirklich noch mehr Hinweise, dass mit dieser Annika was nicht stimmen kann?«

»Was ist hier los?«, fragte eine männliche Stimme besorgt.

Nic wirbelte herum, sah Johannes Wunderlich hinter sich sehen. Der Mann sah blass aus, erschöpft und extrem besorgt, was Nic vermuten ließ, dass er Andrea Popps letzte Bemerkung mitbekommen hatte.

»Wir benötigen Ihre Hilfe«, erklärte Hanna dem aufgeregten Mann sanft. »Ich weiß, dass es schlimm ist, dass Ihr Hotel in diese furchtbare Sache involviert ist, doch genau deshalb sollten Sie unbedingt mit uns zusammenarbeiten, damit der normale Betrieb so bald wie möglich weitergehen kann.«

Wunderlich nickte beklommen, den Blick auf Elke Schmidt gerichtet. Inzwischen hatte sich unter Kopf und Oberkörper der Frau eine beachtliche Blutlache gebildet, die im kaltweißen Badezimmerlicht beinahe schwarz aussah. Die Wundränder am Hals wölbten sich wulstig nach außen, wodurch man den knorpelig weißen Kehlkopf und die grau-blaue Luftröhre erkennen konnte. Alles in allem kein schöner Anblick, vor allem nicht für Leute, die zuvor noch niemals eine Leiche gesehen hatten.

»Was kann ich tun?«, fragte Wunderlich und riss seinen

Blick von der toten Frau los, sah erst Nic und dann Hanna an.

»Als Erstes benötigen wir die Filme der Überwachungskameras, falls es so etwas in diesem Haus gibt. Außerdem eine Liste mit Namen von Leuten, die Zugang zu den Hotelzimmern haben. Das dürfte fürs Erste reichen.«

Wunderlich verzog das Gesicht. »Kameras in den Zimmern? Das ist gar nicht zulässig.«

»Mein Kollege meinte eher die Gänge und Aufzüge, vielleicht noch den Personal- sowie Ein- und Ausgangsbereich.«

Wunderlich schloss die Augen, schluckte. »Okay. Auf den Gängen zu den Zimmern haben wir keine Kameras installiert. In der Lobby befindet sich eine hinter dem Rezeptionstresen, an den Ein- und Ausgängen sowie im Aufzug.«

»Das ist schon mal was«, sagte Hanna und lächelte. »Was ist mit der Liste? Wie lange, denken Sie, brauchen Sie dafür?«

Der Mann atmete tief durch. »Ich kann Ihnen die Namen sofort sagen. Zugang zu den Zimmern haben nämlich nur die beiden Zimmermädchen, die Hausdame, Rosi, Annika und ich.«

Den Rest des Nachmittags hatten Hanna und Nic damit verbracht, sich die Bänder der Überwachungskameras anzusehen und auszuwerten, den Amtsarzt wegen der Leichenschau herzubemühen sowie die Staatsanwaltschaft erneut darum zu ersuchen, einer schnellstmöglichen Leichenöffnung zuzustimmen.

Was das Sichten der Bänder anging, hatten sie kaum Glück. Die Aufnahmen von der Lobby waren nahezu unbrauchbar für ihre Arbeit, genau wie die Aufnahmen vom Innern des Aufzugs. Lediglich die Aufnahme vom Hintereingang hatte etwas zutage gefördert, das es wert war, dass sie ihm nachgingen. Es handelte sich dabei um eine Szene, die Annika, die Tochter des Hotelbesitzers zeigte, wie sie vollkommen überstürzt das Haus verließ. Hanna und er hatten sich die Aufnahme mehrmals hintereinander angesehen und waren beide zu der Annahme gelangt, dass die junge Frau etwas gesehen hatte, wenn nicht sogar etwas über den Mord wusste. Im Grunde war es eine Kombination aus dem Gesichtsausdruck der jungen Frau und ihrer vollkommen verängstigten Körpersprache, die Nic und Hanna zu der Vermutung führte, dass es Annika Wunderlich gewesen war, die Elke Schmidt gefunden und den Alarm ausgelöst hatte.

Anders als Andrea Popp stimmten Nic und Hanna insofern überein, als dass sie das Mädchen nicht für verdächtig am Mord an Elke Schmidt hielten. Und das, obwohl alle Fakten dafür sprachen, dass sie etwas damit zu tun haben könnte. Da war der Streit mit dem ersten Opfer, die Tatsache, dass sie kein Alibi für den Tatzeitpunkt hatte. Außerdem besaß sie Zugang zu den Räumlichkeiten der Gäste des Hotels, hatte eine dunkle Vergangenheit und war eine ehemals verurteilte Straftäterin. Das alles sprach unbedingt dafür, dass es durchaus im Bereich des Möglichen lag, dass Annika Wunderlich diese Frauen ermordet haben könnte. *Doch ganz ehrlich,* dachte Nic, *warum sollte Annika das getan haben? Welchen Grund sollte sie haben, etwas derart Abscheuliches zu tun?* Viel mehr Sinn ergab doch, dass sie unfreiwilligerweise in die Schusslinie des wahren Täters geraten war und diesem sein Schaffen erleichterte, indem sie die Aufmerksamkeit der Polizei bei jedem der Morde auf sich zog. Fakt war, dass Annika von ihrem Vater den Auftrag bekommen hatte, wegen der Krankheit der Hausdame deren Job zu übernehmen und die Zimmer zu kontrollieren. Genau das hatte die junge Frau auch getan und dabei aus der Nummer 41 Geräusche wahrgenommen. Annika hatte daraus ihre Schlüsse gezogen und beschlossen, einen Kaffee zu trinken, was die Aufnahme des Aufzugsinnern bestätigt hatte. An der Bar hatte sie sich mit Andrea Popp unterhalten und war anschließend wieder nach oben gefahren, um das letzte Zimmer zu kontrollieren. Sie musste an der Tür zu 41 geklopft haben und eingetreten sein, nachdem es still geblieben war. Sie hatte die Leiche gefunden und war kurz darauf panisch und überstürzt weggelaufen, nachdem ihr wahrscheinlich klar geworden war, dass es sich bei Schmidt schon um die zweite Frau handelte, mit deren Ableben sie in irgendeiner Weise in Berührung gekommen war.

Nic konnte diese Entscheidung zwar nachvollziehen, dennoch wünschte er, Annika Wunderlich hätte ein wenig nachgedacht und sich anders entschieden. Jetzt blieb ihnen nichts anderes übrig, als sie suchen zu lassen, weil sich allein durch ihre Flucht das Blatt erneut gewendet hatte.

Alfred Popp hatte darauf bestanden, die junge Frau mithilfe der Medien zu suchen, die gesamte Sylter Bevölkerung auf Annika anzuspitzen. Nic fand das unnötig, denn es war offensichtlich, dass die junge Frau trotz ihrer Vergangenheit weder gefährlich noch irre war, stattdessen ein Talent dafür hatte, wieder und wieder ins Fettnäpfchen zu treten. Selbstverständlich musste trotzdem alles seinen gewohnten Gang gehen, weshalb die Spurensicherung unter Hochdruck damit beschäftigt war, alle gefundenen

Fingerabdrücke mit denen von Annika Wunderlich zu vergleichen.

Nic ahnte bereits jetzt, worauf das alles hinauslaufen würde, doch Alfred Popp schien nicht daran interessiert, seine Meinung zu diesem Fall zu hören. Für ihn war Annika eine gefährliche Irre, die ausgetickt war, weil sie alles verloren hatte, und deswegen jetzt wahllos Leute umbrachte. Alles passte gut zusammen, wozu also noch Arbeit und Geld in diesen wasserdichten Fall investieren?

Nic sah sich zu Popp um, der gerade damit beschäftigt war, auf seine Tochter Andrea einzureden, die von Hanna gebeten worden war, ihre Aussage abzugeben.

Irgendetwas an der Körpersprache der Frau sagte Nic, dass es sich bei dem Vater-Tochter-Gespräch um eine Meinungsverschiedenheit, wenn nicht gar einen bösen Streit handelte, denn beide wirkten zwar nach außen hin und ruhig und besonnen, doch Nic war durchaus imstande, etwas tiefer zu blicken. Unter die Oberfläche quasi.

Und tatsächlich bekam er wenig später mit, wie Andrea Popp kopfschüttelnd an ihm vorbeistürmte, einen nicht ganz jugendfreien Fluch ausstoßend. Ein Teil davon klang wie *»Bin kein verficktes Kind mehr«*, doch sicher war Nic sich nicht.

Wenig später gesellte sich Alfred Popp zu ihnen, sah ebenfalls nicht gerade glücklich aus. »Eventuell könnte jemand von Ihnen beiden mal versuchen, meiner Tochter ins Gewissen zu reden, die Feierlichkeiten abzusagen.«

»Sie will das tatsächlich noch immer durchziehen?«, fragte Hanna verblüfft.

Alfreds Gesicht verdüsterte sich. »Sie war monatelang mit der Planung des Klassentreffens beschäftigt und sieht jetzt nicht ein, alles hinzuschmeißen.« Es klang, als wolle er sich vor ihnen für die Dickköpfigkeit seiner Tochter rechtfertigen, doch irgendwas an seiner Haltung, vielleicht war es aber auch sein Blick, sagte Nicolas, dass noch etwas anderes dahintersteckte.

»Zwei Menschen sind tot«, sagte Hanna und klang noch immer irritiert. Alfred hob die Schultern. »Das hab ich ihr auch gesagt, doch sie meinte, dass es beide nicht zurückbringt, wenn alles abgesagt wird. Und da die anderen sowieso bis auf Weiteres auf der Insel bleiben müssen, würde die Feier, wenn es nach ihr ginge, trotzdem stattfinden.«

»Also ich finde das ziemlich pietätlos«, erklärte Nic und meinte es auch so. »Ganz zu schweigen davon, dass ich es für gefährlich halte, da der Täter irgendwo da draußen rumläuft und theoretisch jederzeit erneut zuschlagen könnte.« Popp seufzte. »Das hab ich Andrea auch gesagt. Ich wollte, dass sie nach Hause geht und die Füße still hält, da zwei ihrer ehemaligen Bekannten jetzt tot sind, und solange nicht sicher ist, wie das alles zusammenhängt und warum, fände ich es besser, wenn sie dem Hotel fernbleibt.«

Nic runzelte die Stirn. »Sagten Sie nicht vorhin noch, dass Sie Annika Wunderlich für verantwortlich an beiden Morden halten? Das passt aber nicht wirklich zu der eben geäußerten Aussage.«

»Ich weiß selbst, was ich gesagt habe und wann. Und ich weiß ebenfalls, dass Annika Wunderlich nicht das Lämmchen ist, für das Sie beide sie halten. Außerdem ist die junge Frau verschwunden, was die Sache nicht besser macht. Da darf ich mir als Vater doch wohl Sorgen machen oder nicht?«

Hanna hob die Schultern, sah Nic zweifelnd an.

Als das Telefon auf dem Tisch von Nics Tisch klingelte, drehte sich Popp um, nahm, ohne zu fragen, den Hörer ab. Nic runzelte die Stirn, sah seine Kollegin an. Die grinste, als wolle sie sagen »Gewöhne dich schon mal dran«.

Er seufzte, sah in Richtung seines Chefs, der sich nach einem Augenblick der Anspannung zu ihnen umdrehte. Nachdem er das Gespräch beendet hatte, stieß er die Luft aus, grinste überheblich. »Na, wer sagt's denn«, rief er aus und sah sich beifallheischend um. »Die Fingerabdrücke, die wir auf der Mordwaffe und dem Opfer selbst sowie am Notfallkasten gefunden haben, stimmen mit der Flüchtigen überein.«

Hanna seufzte ergeben. »Was heißt das jetzt für uns?«, wollte sie wissen. »Eigentlich müssen wir uns um die Obduktion kümmern. Sobald der Gerichtsmediziner anruft und die dafür geplante Uhrzeit durchgibt, ist einer von uns beiden hier erst mal außen vor.« Sie sah Nic an. »Wie wär's, willst du das diesmal übernehmen?«

Er sah von Hanna zu Popp, hob die Schultern.

»Kann ich gerne machen, ich muss nur wissen, wo genau ich wann hin muss.«

»Ehrlich gesagt wäre es mir lieber, wenn Sie das selbst erledigen. Der neue Kollege darf sich vorerst hier vor Ort austoben.« Popp legte den Kopf schief, musterte erst Hanna, dann ihn. »Das bedeutet, dass Sie jetzt sofort eine dringliche Fahndungsmeldung an den Schleswig-Holsteiner Rundfunk rausgeben. Ich will, dass diese Irre schnellstmöglich gefunden wird und hinter Gitter kommt – wo sie auch hingehört. Je eher, desto besser, doch bis dahin ...« Er brach ab, sah Nic hinterlistig an. »Ich weiß, dass gerade Sie nicht an die Option glauben, dass es tatsächlich die kleine Wunderlich sein könnte, die hier vollkommen ausrastet. Trotzdem bestehe ich darauf, dass

Sie mir den Vater der Verrückten herholen. Wenn jemand weiß, wo Annika ist, dann er. Und Gnade ihm Gott, er kooperiert nicht mit uns … Ich würde sogar so weit gehen, seine dreckige Luxusbude dichtzumachen, wenn ihm das nur klarmacht, dass er keine andere Wahl hat.«

11

SYLT

DEZEMBER 2017

Annika stieß einen anerkennenden Pfiff aus, als sie sich im Spiegel betrachtete. Nicht, weil sie sich dermaßen toll oder attraktiv fand, sondern viel eher deswegen, weil sie sich innerhalb der letzten zwei Stunden so extrem verändert hatte, dass nicht einmal ihr Vater sie noch erkennen dürfte. Opa Selig hatte ihr den Schlüssel zu Adelheids Haus gegeben und gesagt, dass die alte Dame gewollt hätte, dass ein unschuldiges Mädchen wie sie Schutz darin fand. Der alte Mann hatte Annika erzählt, dass Adelheid früher ein Faible für hübsche Kleider gehabt hatte und sich niemals von etwas hatte trennen können – und tatsächlich waren ihr beim Durchsuchen des Kellers einige transportable Schränke aus Plastik aufgefallen, in denen sich ein ganzes Sammelsurium an ausgeflippten Klamotten aus den Fünfzigerjahren befand. Schließlich hatte Annika sich für einen dunklen Hosenanzug im Marlene-Stil entschieden und sich aus Adelheids Sammlung eine hellblonde Perücke ausgeliehen, die nicht nur echt aussah, sondern sich auch so anfühlte. Sie hatte die Länge der Locken von hüftlang auf einen Pagenkopf gekürzt, die Perücke mit Klammern an ihrem Eigenhaar befestigt und dafür, dass sie alles selbst gemacht hatte, sah das Endresultat gar nicht so übel aus. Dazu eine Sonnenbrille im Rayban-Style und keiner würde sie jetzt noch mit Joe Wunderlichs Tochter in Verbindung bringen. Während sie sich früher eher als eine Mischung aus Mauerblümchen und Gothikgirl bezeichnet hätte, war sie jetzt das Abbild eines männermordenden Vamps mit überbordendem Selbstbewusstsein. Sie drehte sich vor dem Spiegel hin und her, grinste. Sie hatte Adelheids Schminkzeug gefunden und obwohl das Zeug inzwischen ranzig roch, erfüllte es dennoch seinen Zweck. Schließlich nahm sie den Mantel vom Sessel, zog ihn über den Hosenanzug und betrachtete sich nachdenklich. Durch diesen Aufzug sah sie mindestens fünf, wenn nicht gar zehn Jahre älter aus. Reifer. Und auch ziemlich sexy, doch Annika wusste wirklich nicht, ob ihr dieser Look auf Dauer gefallen würde.

»Muss er ja auch nicht«, murmelte sie schließlich und machte sich auf den Weg zum Gästehaus, wo sie Mühe hatte, ihre Perücke festzuhalten, damit der Wind sie ihr nicht vom Kopf riss. Sie klopfte und als wenige Sekunden später der Schlüssel im Schloss herumgedreht wurde und Opa Selig sie durch den Türspalt erstaunt anstarrte, wusste sie, dass sie sich mit ihrer Verwandlung richtig entschieden hatte.

Der alte Mann öffnete die Tür für sie, trat zurück, grinste mittlerweile über beide Ohren.

»Also ganz ehrlich, wenn ich ein paar Jahrzehnte jünger wäre, mein liebes Mädchen, dann würde ich dir nicht mehr von der Seite weichen …« Er zwinkerte, tippte sich mit dem Finger gegen Nase und Ohr. »Das solltest du noch überdenken.«

Annika hob irritiert die Brauen. Dann ging ihr ein Licht

auf. Sie hatte bei ihrer Verwandlung nicht an ihre Piercings gedacht. Die zwei Stecker in der Nase sowie die zahlreichen Schmucksteine in den Ohren, die in allen möglich Farben schimmerten.

»Wird sofort erledigt«, erklärte sie und fummelte sich all die Stecker und Hänger aus Nase und Ohren. Am Ende legte sie den ganzen Haufen Schmuck auf das Beistelltischchen, sah Opa Selig an. »Besser?«

Der Alte grinste. »Viel besser. Du bist eine richtige Schönheit, wenn ich das mal so sagen darf.«

Annika spürte, wie sie rot wurde. Kurz fragte sie sich, ob Opa Selig sie nur aufzog, doch als ihr Blick sein Gesicht streifte, erkannte sie, dass er es ehrlich mit ihr meinte. Der alte Mann schien sie in der kurzen Zeit ihres Kennenlernens tatsächlich in sein Herz geschlossen zu haben, und das sogar vollkommen ohne jeden Vorbehalt angesichts ihrer Vorgeschichte, sodass es Annika vor lauter Rührung die Tränen in die Augen trieb. Sie ging auf den alten Mann zu, nahm ihn in die Arme, drückte ihm einen fetten Schmatzer auf die faltige Wange. Er sah sie strahlend an. »Dass ich das noch erleben darf«, flachste er. »Einen Kuss vom schönsten Mädchen der Insel.« Dann wurde er schlagartig ernst, sah Annika sorgenvoll an. »Du willst das wirklich durchziehen?«

»Was hab ich denn für eine Wahl?«

»Ich kenne deinen Vater, weißt du … Joe ist ein toller Kerl. Ich könnte es mir niemals verzeihen, wenn seiner Tochter etwas zustieße und ich da mit drin hinge.«

»Ich muss es einfach tun, es wenigstens versuchen …«

Opa Selig schluckte hart, nickte und sah sie düster an. »Du erinnerst mich an Adelheid, als sie jünger war. Sie wollte auch immer mit dem Kopf durch die Wand, war eine so starke Frau. Ich glaube, ihr beide wärt gute Freundinnen geworden.«

Er sah zum Fenster in den Hinterhof hinaus und seufzte. »Der Sturm ist schlimmer denn je und inzwischen regnet es auch wieder. Bist du sicher, dass du dir bei diesem Wetter die Fahrt zurück nach Rantum zutraust?«

»Das ist ja nicht weit.«

»Bei diesem Wetter kann auch die kürzeste Strecke zur Gefahr für Leib und Leben werden.«

»Ich pass schon auf«, versprach Annika und wollte sich auf den Weg zur Tür machen, als Opa Selig sie am Arm zurückhielt. »Was für einen Wagen willst du nehmen? Etwa den deines Vaters? Dann erkennt man dich trotz des Umstylens auf Anhieb.« Annika versteifte sich, stieß die Luft aus. Der alte Mann hatte recht und sie würde sich am liebsten ohrfeigen, weil sie nicht von selbst darauf gekommen war. Er musste sie für eine vollkommene Idiotin halten.

»Du stehst unter Druck«, sagte er lächelnd, als hätte er ihre Gedanken gelesen. »Aber ich kann dir vielleicht helfen. In Adelheids Garage steht mein alter Wagen. Er ist vollkommen intakt, hat aber kein Nummernschild. Wir müssten nur das Schild deines Vaters entfernen und an meinem Wagen anbringen, dann kannst du ihn fahren.«

»Das wäre klasse«, sagte Annika und sah Opa Selig dankbar an. »Wieso fährst du eigentlich nicht, wenn du doch ein fahrtüchtiges Auto in der Garage stehen hast?«

Der alte Mann sah Annika betreten an. »Ich hab vor einigen Jahren mal etwas zu tief ins Glas geschaut und dachte, ich könne noch fahren. Eine Streife hat mich aufgehalten und das war es dann für meinen Führerschein.«

Annika räusperte sich. »Und du bist sicher, dass du mir

das Auto anvertrauen willst? Ich meine, wir kennen uns kaum, trotzdem vertraust du mir?«

Opa Selig nickte. »Ich weiß, dass du ein guter Mensch bist. Das spüre ich. Und Adelheid spürt es auch.«

Annika hob erstaunt die Brauen. »Wie meinst du das mit Adelheid?«

Sein Gesicht wurde von einem kindlichen Lächeln erhellt. »Ich lebe in ihrem Gästehaus, auf ihrem Grund und Boden, fühle mich ihr hier an diesem Ort noch immer nahe. Sie ist noch da, das weiß ich einfach, und glaube mir, wenn sie dich nicht mögen würde, dann hätte sie es mich wissen lassen.«

Als sie zusammen nach draußen traten, fauchte eine so starke Böe um die Ecke des Häuschens, dass Annika instinktiv nach Opa Seligs Hand griff und ihn festhielt. Sie zogen fast gleichzeitig die Köpfe ein, sahen nach unten, um die Augen vor dem Sturm zu schützen, kämpften sich Schritt für Schritt in Richtung Garage vor. Inzwischen war es eiskalt geworden, die Luft war durch den Regen feucht und schwer, alles in allem kein Wetter, bei dem man sich gerne draußen aufhielt. Nur, dass sie eben keine andere Wahl hatte. In der Garage staunte Annika nicht schlecht, denn sie hatte eine alte Opa-Klapperkiste erwartet und keinen Smart. Sie sah ihn an, lächelte. »So eine niedliche Knutschkugel wollte ich immer schon mal probieren«, erklärte sie, nahm den Schlüssel, sperrte auf und ließ sich hinter das Lenkrad fallen. Im Innern des Wagens roch es frisch und sauber, was Opa Seligs Ordnungsliebe widerspiegelte. Sie sah auf. »Bist du dir wirklich sicher?«

Nicken.

»Du weißt, dass es etwas dauern kann, bis ich ihn dir zurückbringe.« Er winkte ab. »Ist ja nicht so, als würde ich ihn sonderlich vermissen oder gar benötigen.

Wie es aussieht, bekomme ich in diesem Leben keine Fahrerlaubnis mehr.«

Annika dachte einen Moment darüber nach. »Mir rettet er auf alle Fälle das Leben – mehr oder weniger zumindest«, erklärte sie. »Und ich verspreche, ich werde darauf aufpassen und ihn dir wohlbehalten zurückbringen.«

Nachdem sie sich aus Adelheids Haus eine Mütze zum Schutz der Perücke geholt und von Opa Selig verabschiedet hatte, machte sie sich auf den Weg in Richtung Rantum. Der alte Mann hatte recht gehabt, das Fahren bei diesem Wetter war anstrengend und machte wirklich keinen Spaß. Der Regen klatschte in riesengroßen Tropfen gegen die Windschutzscheibe, sodass die Scheibenwischer ihre liebe Mühe hatten, nachzukommen. Annika fiel es schwer, den Mittelstreifen auf der Straße zu erkennen, der Wind riss an dem Auto, ließ es erzittern. Ab und zu meinte Annika, der Smart würde in der nächsten Kurve ausbrechen und in den Graben schlittern, doch am Ende schaffte sie es tatsächlich bis zum Parkplatz von Joes Hotel. Sie stellte den Smart in eine Parkbucht zwischen zwei größere Fahrzeuge, realisierte befriedigt, dass man das Auto auf Anhieb gar nicht sah. Sie stieg aus, zog sich die Kapuze des Mantels über den Kopf und tief ins Gesicht, machte sich auf den Weg zum Eingang. Sie war schon fast da, als sie hinter einer Ansammlung von Heckenrosenbüschen wütende Schreie wahrnahm. Sie ging in Deckung, kroch in einen der Büsche und dankte Gott für den Sturm, durch den ihre Aktion absolut geräuschlos vonstattengegangen war. Sie starrte zwischen den Ästen hindurch und erkannte den fetten Bullen und seine Tochter, die sich dem Sturm zum Trotz ankeiften. Leider war es Annika nicht möglich, mehr als ein paar Wortfetzen zu verstehen, doch an der Körpersprache von beiden erkannte sie, dass es um etwas sehr Ernstes gehen musste. Schließlich sah sie, wie der Polizist seine Tochter am Arm ergriff und sie mit sich ziehen wollte, wogegen sie sich heftig wehrte. Schlussendlich gelang es Poppy, sie stieß ihren Vater von sich, rannte in Richtung Lobby. Anhand der Wortfetzen, die Annika mitbekommen hatte, wollte ihr Vater, dass sie mit ihm kam.

Sie beobachtete, wie Alfred Popp kopfschüttelnd von dannen zog, und kroch aus ihrem Versteck hervor. Sie lief auf die Lobby zu, vor deren Eingang sich Poppy gerade eine Zigarette ansteckte.

Annika ging auf die Frau zu, deutete auf deren Schachtel und staunte nicht schlecht, als die ihr, ohne zu zögern, eine anbot. Tatsächlich war Annika sich absolut sicher, dass Andrea Popp sie nicht mit dem Mädchen von heute Nachmittag in Verbindung brachte, sie also selbst dann sicher wäre, wenn sie das Hotel betrat.

»So ein Mistwetter«, sagte Annika leise und ohne jeglichen Dialekt, der sie womöglich verraten hätte. Andrea nickte. Dann warf sie die nur halb gerauchte Zigarette in den Aschenbecher und wollte hineingehen, als der Ruf einer rothaarigen, hageren Frau sie zurückhielt. Annika tat so, als sei sie damit beschäftigt, ihre Zigarette fertig zu rauchen, und tippte währenddessen wahllos auf dem Smartphone herum. »Ich bin gleich hergekommen, als ich das von Anna und Elke gehört habe«, erklärte sie und ihre Stimme klang seltsam monoton. »Vielleicht sollten wir das Treffen wirklich absagen, ich meine, immerhin sind zwei Menschen gestorben.«

»Kommt nicht infrage«, schoss Andrea zurück und brachte die andere Frau durch die Härte in ihrer Stimme dazu, zusammenzuzucken.

»Ich hab einfach nur Angst«, sagte die andere zu Andrea und seufzte.

»Und ich hab keine Lust, mir die ganze Zeit über das Gejammer anzuhören«, schoss Andrea zurück. »Mein Vater will, dass ich alles hinwerfe, die Bullen ebenfalls und jetzt auch noch du. Ich meine, für was hab ich mir denn monatelang den Arsch aufgerissen?« Sie sah die andere Frau abwertend an, machte eine wegwerfende Handbewegung und lief in Richtung Parkplatz. Annika vermutete, dass sie ihrem Vater nachlief, doch beschwören konnte sie es natürlich nicht. Die andere schien unschlüssig, fing auf einmal an zu schluchzen. Erst wimmerte sie leise und verhalten, dann erbebte ihr gesamter Körper unter dem Schluchzen.

»Ich hab das mit der Toten in Zimmer 41 mitbekommen«, schaltete Annika sich ein und hoffte, dass die weinende Frau nicht die Flucht ergriff. Doch die Frau schien völlig durch den Wind zu sein, deswegen sah sie sich nur langsam zu Annika um, riss die Augen auf. »Sie wissen davon?«

Annika nickte. »Jeder hier im Hotel weiß davon.«

Der Mund der Frau klappte auf.

»Ich kenne jemanden, der hier arbeitet«, erklärte Annika ihr. »Diese Elke, sie lag auf dem Badezimmerboden und lebte noch, als meine Bekannte ins Zimmer kam. Und sie sagte etwas von einer Dunja …« Annika sog die Luft scharf ein, musterte die Frau. »Wissen Sie da etwas drüber?«

»Linda, das ist ja eine Überraschung«, kam es auf einmal von rechts hinter ihnen und es trat der Mann zu ihnen, der vorhin nach seiner Flamme gesucht hatte. Er sah noch immer aus, als sei er total durch den Wind und tatsächlich begann er sofort damit, dieser Linda vom

Verschwinden seiner Sonja zu berichten. »Sonja ist auch verschwunden?«, kam es von Linda und man sah dem Mann an, wie erleichtert er war, dass ihn endlich jemand ernst nahm.

»Zuerst das mit Anna, dann Elke und jetzt ist auch noch Sonja weg?« Sie atmete tief durch. »Du musst zur Polizei«, brachte sie schließlich hervor und sah ihn an.

Der Mann stieß ein bitterböses Grunzen aus. »Da komme ich doch her. Die Beamten sind auch nicht mehr das, was sie mal waren. Dort sitzen lauter Idioten, die mir weismachen wollen, dass alles in bester Ordnung wäre, Sonja mir nur zu verstehen geben will, dass ich sie in Ruhe lassen soll und sie kein Interesse an mir hat.« Er brach ab, sah aus, als verliere er jeden Moment die Fassung.

Linda schluckte. »Und was hast du jetzt vor?«

Der Mann verzog das Gesicht, sah zu Boden. Als er wieder aufsah, schien er sich ein wenig gefasst zu haben. »Ehrlich gesagt dachte ich, dass du hier ins Spiel kommst: Wenn du mich ins Präsidium begleitest, nehmen die mich vielleicht endlich mal ernst.«

Linda sah den Mann bedauernd an. »Tut mir echt wahnsinnig leid, aber ich kann nicht, hab meine eigenen Probleme.« Bei den letzten Worten der Frau fiel Annika der dunkle Schatten auf, der sich über ihr Gesicht legte. Sie wartete, bis der Mann verschwunden war, sah dann zu Linda. »Elke hat wie gesagt meiner Bekannten gegenüber den Namen Dunja erwähnt – wissen Sie da was drüber? Und falls ja, wären Sie bereit, sie zur Polizei zu begleiten? Es geht hier um ihre Glaubwürdigkeit. Dieser dämliche …« Annika brach ab, zügelte sich. »Ich meinte Alfred Popp – er hat es irgendwie auf meine Bekannte abgesehen, will ihr die beiden Morde in die Schuhe schieben. Dabei ist doch ganz offensichtlich, dass der Mord an Anna Weigl mit dem der Frau aus Zimmer 41 zusammenhängt. Beides steht irgendwie in Verbindung zu dieser Dunja und ich finde, die Polizei sollte das wissen.«

»Ich kann nicht glauben, dass Elke jemandem von damals erzählt hat …« Linda starrte sie sprachlos an, doch Annika machte eine wegwerfende Handbewegung. »Nicht irgend jemandem, sondern der Tochter des Hotelbesitzers. Sie war es, die in Elkes Zimmer kam, nachdem diese überfallen worden war.« Annika hielt inne, sah ihr Gegenüber ernst an. »Meine Bekannte hat Elke Schmidt als Letzte lebend gesehen. Nur deswegen hat sie ihr gegenüber den Namen Dunja erwähnt. Erst dachte sie, dass Elke im Delirium fantasiert habe, doch nachdem wir inzwischen wissen, dass auch Dunja etwas zugestoßen ist … Ich meine, da muss eine Verbindung sein, das begreift jeder Trottel, nur Alfred Popp eben nicht.« Die Frau schien mit sich zu ringen, dann straffte sie die Schultern.

»Wie ich schon sagte«, feuerte sie ihr schließlich entgegen, »kann ich das nicht machen. Auf gar keinen Fall.«

Annika seufzte, unterließ es aber, sie weiterhin zu bedrängen.

Die Frau sah sie an, brach erneut in Tränen aus, schob Annika grob beiseite, drängte sich an ihr vorbei. Annika starrte ihr verblüfft nach und wollte gerade in die Lobby treten, als Linda sich noch einmal nach ihr umsah. Der Wind zerrte an ihren Haaren und an ihrer Kleidung, der Regen klatschte ihr heftig ins Gesicht, sodass Lindas Frisur innerhalb von Sekunden wie ein Vogelnest aussah. Der Körper der Frau zitterte und bebte, doch Annika ahnte, dass das nichts mit dem Wetter zu tun hatte. »Es … tut mir wirklich leid«, schrie Linda gegen das Toben des Windes an und durchbohrte Annika mit ihrem Blick, als wollte sie eigentlich noch mehr sagen. Doch dann drehte sie sich wieder um und rannte davon.

Annika blieb stocksteif stehen und sah selbst dann noch in Richtung Parkplatz, als Linda ganz sicher bereits in ihrem Wagen saß und vom Hotelgelände gefahren war. Sie schüttelte langsam mit dem Kopf. Ein unheilvolles Gefühl breitete sich in ihr aus, als sie sich Lindas Worte noch mal durch den Kopf gehen ließ. Dann stieß sie die Luft aus, schluckte, als ihr klar wurde, was die seltsame Reaktion von Linda zu bedeuten hatte. Annika holte tief Luft. Linda hatte erschrocken ausgesehen, als Annika ihre Begegnung mit Elke angesprochen hatte. Die Tatsache, dass sie Dunja erwähnt hatte. Und Linda hatte sich definitiv Sorgen gemacht, das Elke ihr von damals erzählt haben könnte. Doch da war auch noch etwas anderes gewesen. Etwas in Lindas Augen, das Annika keine Ruhe ließ.

Sie schluckte, spürte, wie ihr Herzschlag sich beschleunigte.

Dann kam die Gewissheit mit der Intensität eines Holzhammers. Das, was sie in Lindas Augen gesehen hatte, war Angst.

Todesangst!

12

SYLT

DEZEMBER 2017

Der Weg von Westerland nach Rantum war beschwerlich und verlangte Nic einiges ab. Der Sturm ließ sein Dienstfahrzeug erzittern und er hatte große Mühe, wegen des heftigen Regens etwas zu erkennen. Hinzu kam, dass wegen des Unwetters inzwischen der Großteil der Straßenbeleuchtung ausgefallen war. So blieb ihm nichts anderes übrig, als mit Tempo vierzig durch die Gegend zu tuckern, sodass er für die Strecke mehr als doppelt so lange benötigte als normalerweise üblich.

Auf dem Parkplatz des Hotels angekommen, fragte er sich, was die Leute wohl von seinen Kollegen und ihm halten mochten, nachdem Alfred Popp sich bezüglich Carl Limmers Sorge wie ein Arschloch benommen hatte. Nic stellte das Auto ab, schlug den Kragen seiner Lederjacke nach oben und stieg aus. Augenblicklich peitschte ihm der Regen entgegen, durchnässte ihn innerhalb weniger Sekunden bis auf die Haut. Zitternd rannte er auf den Eingang zu, stieß die Tür auf und seufzte leise, als die wohlige Wärme im Innern des Hotels ihn umhüllte.

Er lief schnurstracks auf die Rezeption zu, legte sein

nettestes Lächeln auf und fragte die junge Frau, ob es möglich wäre, mit Johannes Wunderlich zu sprechen. Die Frau verzog das Gesicht, nickte aber. »Heute ist die Hölle los«, erklärte sie schmallippig. »Kann also eine Weile dauern. Vor allem, weil die Spurensicherung immer noch den Gang zu 41 in Beschlag nimmt. Wir mussten den Gästen kostenlose Übernachtungen für die Unannehmlichkeiten in Aussicht stellen.«

Nic hob die Schultern. »Das tut mir leid, aber da kann wohl keiner was dafür, außer derjenige, der Frau Schmidt das angetan hat.«

Die Frau lief rot an, schluckte. »Es wird gemunkelt, dass man die Tochter des Chefs für die Schuldige hält. Weil sie Streit mit der ersten Toten hatte und sie es war, die Elke Schmidt gefunden hat?«

Nic riss die Augen auf, starrte die Frau beklommen an. Dann fasste er sich wieder. »Eigentlich darf ich mit niemandem darüber sprechen, aber ich kann Ihnen versichern, dass wir im Augenblick nur ermitteln und noch niemanden als Täter im Visier haben. Annika Wunderlich gilt lediglich als wichtige Zeugin im Mordfall an Elke Schmidt, daher ist es umso wichtiger, dass wir sie schnellstmöglich finden.«

Die Rezeptionistin schien sichtlich erleichtert, was Nic auf den Gedanken brachte, dass sie etwas für den Vater des Mädchens empfand. Johannes Wunderlich, das musste er unumwunden zugeben, sah für sein Alter auch tatsächlich sehr gut aus, erinnerte viel eher an einen Filmstar als an einen Hotelier. Und er schien sehr gut mit seinen Angestellten umzugehen. Alle mochten und schätzten ihn, schienen sich Sorgen um sein Wohlbefinden zu machen.

»Was kann ich für Sie tun?«, ertönte eine männliche Stimme hinter Nic. Er wirbelte herum, sah sich Johannes

Wunderlich gegenüber. Die Augen des Mannes lagen in tiefdunklen Höhlen, seine Haut war aschfahl. Er sah aus wie ein Vater, der sich schreckliche Sorgen um sein Kind machte.

»Sie sind wegen Annika hier?«

Nic schluckte. »Um ehrlich zu sein, stimmt das nur zur Hälfte. Ich hab den Auftrag, Sie ins Präsidium zu bringen. Alfred Popp meint, dass kein Weg daran vorbeiführt, dass Sie uns bei der Suche nach Ihrer Tochter helfen.«

»Aber ich weiß doch gar nicht, wo sie ist«, rief der Mann. »Außerdem hat sie mein Auto genommen, was bedeutet, dass sie inzwischen am anderen Ende der Insel sein könnte. Bestimmt versteckt sie sich, was auch kein Wunder ist, nachdem Sie sie wie eine Verbrecherin behandeln.«

Nic stöhnte innerlich. Das war genau das, was er befürchtet hatte. Annika Wunderlich fühlte sich in die Ecke gedrängt und versteckte sich, weil sie wusste, dass man sie wegen ihres Vorlebens abstempelte. Sie wusste, dass sie keine Chance hatte, und schien bereit, notfalls bis zum Äußersten zu gehen, um unterzutauchen.

Nic wusste, wie Annikas Gedankengänge aussahen. Sie versteckte sich, bis das Unwetter vorüber war und man den Fähr- und Zugverkehr wieder freigab. Anschließend würde sie auf Nimmerwiedersehen verschwinden.

Er sah Johannes Wunderlich an. »Hätten Sie Zeit, mich aufs Revier zu begleiten? Ich schätze, wenn Sie sich weigern, veranstaltet Alfred Popp einen Riesenterz.«

Wunderlich räusperte sich. Schließlich nickte er ergeben. »Lassen Sie mich nur kurz etwas anderes anziehen«, erklärte er. Dann sah er die Rezeptionistin an. »Bitte sorgen Sie dafür, dass Herr Brandl einen heißen Tee bekommt und sich etwas aufwärmt, bis ich so weit bin.« Mit diesen Worten drehte er sich um und ging davon.

Nic sah die Frau hinter der Theke an und winkte ab. »Ich brauche nichts, danke, stattdessen würde ich gerne meine Kollegen in 41 sprechen.«

Sie nickte, wies zum Aufzug, fragte, ob sie ihn begleiten solle. Nic verneinte und machte sich auf den Weg. Oben angekommen, herrschte noch immer Hochbetrieb. Zwar war die Leiche von Elke Schmidt längst abtransportiert worden, doch die Kollegen von der Forensik waren noch immer damit beschäftigt, Faserreste zu sichern, die persönlichen Gegenstände des Opfers zu sichten und das komplette Geschoss auf den Kopf zu stellen. Nic winkte einen jüngeren Kollegen zu sich heran. »Wissen Sie zufällig, ob Sonja Kirschner auf diesem Stockwerk wohnt?«

Der junge Mann nickte. »Wir haben ein paar Mal geklopft, doch es öffnet keiner. Und da der Beschluss von der Staatsanwaltschaft noch nicht vorliegt, dürfen wir nur in die Zimmer, nachdem die Leute es uns erlaubt haben.«

Nic schüttelte den Kopf. »Ein gewisser Carl Limmer, der ebenfalls zu den Teilnehmern des Klassentreffens gehört, vermisst eine alte Freundin. Sonja Kirschner. Er vermutet, dass ihr ebenfalls etwas zugestoßen sein könnte, weil sie nicht zu einem Treffen mit ihm kam.« Der junge Kollege nickte. »Ich war dabei, als er auf dem Revier war. Popp meint, dass die Frau ihn einfach nur versetzt hat, aber …«

Nic sah den Kollegen an. »Sie vermuten auch, dass mehr dahinterstecken könnte?«

»Immerhin haben wir bereits zwei weibliche Leichen.«

»Ist dieser Carl Limmer hier?«

»Ich hab ihn nicht gesehen.«

Nic seufzte. »Sonst habt ihr nichts gefunden, das uns spontan weiterhelfen könnte?«

»Nur Elkes Handy und ihre Sachen eben, doch da gibt es nichts, das irgendwie ungewöhnlich oder auffällig wäre.«

»Vielleicht gibt es einen Anruf, der auf ihrem Handy als Letztes verzeichnet wurde. Das könnte aufschlussreich sein.«

»Haben wir auch schon überprüft. Die letzten Anrufe der Frau gingen zu ihrem Verlobten und der ist nicht vor Ort.«

Nic räusperte sich. Als sein Handy zu klingeln begann, zog er es hervor, stöhnte, als er sah, dass es Alfred Popp war, der ihn anrief.

»Limmer steht schon wieder bei uns auf der Matte«, schrie er in den Hörer, sodass es Nic in den Ohren schmerzte.

»Und was soll ich da von hier aus machen? Immerhin waren Sie es, der wollte, dass ich Wunderlich ins Präsidium bringe.«

Kurz schien Popp aus dem Konzept gebracht, doch dann fing er sich wieder. »Sie kommen so schnell es geht hierher zurück«, rief Popp. »Ich will mich nicht mit diesem paranoiden Idioten herumärgern, verstehen Sie? Der behauptet doch steif und fest, dass diese Sonja immer noch nicht aufgetaucht ist, und das für ihn Beweis genug ist, dass sie ein Opfer des gesuchten Täters sein könnte.«

»Was auch nicht abwegig ist«, gab Nic zurück und bereute augenblicklich, dass er sich mit diesen Worten gegen seinen Boss gestellt hatte.

Popp seufzte. »Was sollte ich denn Ihrer Meinung nach tun?«

»Sie könnten den Mann beruhigen, ihm das Gefühl

geben, dass wir ihn ernst nehmen. Vielleicht ein, zwei Leute losschicken, dass sie sich mal umsehen.«

Popp stieß einen theatralischen Seufzer aus. »Meinetwegen. Versuchen wir es eben auf Ihre Art.«

Nachdem Popp das Gespräch abrupt beendet hatte, grinste Nic. Dann fiel ihm etwas ein. Doch dazu brauchte er Wunderlichs Hilfe. Er sah seinen Kollegen an. »Wissen Sie zufällig, wo der Hotelier seine Wohnung hat?« Der junge Mann machte eine Kopfbewegung nach oben. »Du musst aber die Treppe nehmen. Der Aufzug geht nicht bis ganz nach oben.«

Als Nic im Gang zu den Personalwohnungen angekommen war, sah er eine der Türen offen stehen und lief geradewegs auf sie zu. Er klopfte, vernahm ein Rascheln, dann ein verhaltenes Räuspern. »Ja, bitte?«, ertönte Wunderlichs Stimme, was Nic zum Anlass nahm, einzutreten. Der Hotelier kam ihm aus einem der Zimmer entgegen, wirkte plötzlich nicht mehr besorgt und müde, sondern irgendwie aufgekratzt. Er sah Nic an, schaffte es aber nicht, seinem Blick standzuhalten.

Nic fragte sich, was innerhalb der letzten Minuten vorgefallen sein mochte, fixierte das Gesicht des Mannes mit einem scharfen Blick. »Wäre es Ihnen möglich, mir Sonja Kirschners Zimmer aufzuschließen?«, fragte er.

Wunderlich riss die Augen auf. »Warum sollte ich das tun? Das verstößt so ziemlich gegen all das, woran ich glaube.«

»Ich weiß, dass es eine Verletzung der Privatsphäre von Frau Kirschner bedeutet, doch ich verlange das nicht ohne Grund«, erklärte er. »Sicher haben Sie bereits mitbekommen, dass Carl Limmer mit der Dame verabredet war und sie nicht gekommen ist. Seither gilt sie als verschwunden, was mich persönlich stutzig macht, nach allem, was innerhalb der letzten Tage geschehen ist.«

»Sonja Kirschner ist weg?« Wunderlich wurde, wenn möglich, noch blasser. »Denken Sie, das könnte mit den Morden zu tun haben? Ist es möglich, dass auch ihr etwas zustieß?«

»Das ist der Grund, weshalb ich mir ihr Zimmer ansehen möchte. Ich muss wissen, ob sie ihre Handtasche dabei hat, ihr Handy und eine warme Jacke. Wenn das der Fall sein sollte, besucht sie vielleicht nur jemanden und hat keine Lust auf störende Anrufe. Doch wenn sie ohne das alles nicht auffindbar ist …« Er brach ab, sah Wunderlich bedeutungsschwanger an.

Der Mann nickte. »Das wäre ein schlechtes Zeichen, verstehe. Trotzdem kann ich Sie nicht in das Zimmer der Frau lassen. Wenn das rauskommen sollte, bekomme ich echten Ärger.«

»Es sei denn, diese Aktion rettet der Frau das Leben, weil wir rechtzeitig eingreifen und ihr so helfen konnten.«

Wunderlich stöhnte leise, sah Nic an. »Ich lasse Ihren Kollegen von der Spurensicherung die Zimmernummer samt Karte zukommen. Die sollen sich kurz umsehen und die Schlüsselkarte unten abgeben, okay?«

Nic bedankte sich, schrieb dem Chef der Spurensicherung eine kurze Nachricht, sah anschließend wieder zu Wunderlich.

Der Mann hielt den Blick gesenkt, atmete schwer. Als er wieder aufsah, konnte Nic in dessen Augen noch etwas anderes entdecken. Etwas, das an tiefe Trauer erinnerte, an Angst sogar. Angst jedoch nicht um das eigene Leben, sondern um jemanden, der ihm nahestand.

»Was ist los?«, fragte er deshalb sanft.

Statt einer Antwort zog Wunderlich seinen Geldbeutel

aus der Tasche, fummelte ein zerknittertes Foto daraus hervor, hielt es Nic hin. »Das ist Heike«, erklärte er, »meine Verlobte.«

Nic sah auf, runzelte die Stirn. Er wusste nicht, worauf der Mann hinauswollte.

»Heike ist spurlos verschwunden und niemand will mir glauben, dass dieses Verschwinden nicht freiwillig war. Ich denke, dass ihr etwas zugestoßen ist, doch Alfred Popp und seine Gefolgschaft will mir noch immer einreden, dass sie nur kalte Füße wegen der Hochzeit bekommen hat.«

»Gibt es denn Hinweise, die zu der Annahme führen, dass sie in Gefahr schwebt oder nicht mehr am Leben ist?«

Wunderlich verzog das Gesicht. »Bis auf mein Bauchgefühl nicht, nein. Sie hat die wichtigsten persönlichen Sachen dabei und es wurde nach ihrem Verschwinden auch regelmäßig Geld vom Konto abgebucht. Angeblich sei sie im Ausland, doch so richtig dran glauben kann ich nicht.«

»Was genau glauben Sie?«, wollte Nic wissen.

Wunderlich seufzte. »Ich denke, sie ist tot. Genau wie Anna Weigl und Elke Schmidt.«

Nic zog erstaunt die Brauen empor, starrte den Mann an. »Sie vermuten einen Zusammenhang?«

Wunderlich stieß einen tiefen Seufzer aus. »Kurz nachdem Heike verschwunden ist, hatte ich das Gefühl, dass sie noch irgendwo da draußen ist, eben einfach am Leben ist und an mich denkt, bei mir sein will. Doch ein paar Tage später war dieses Gefühl plötzlich weg. Geblieben ist seither nur Leere, verstehen Sie?« Er rang nach Luft, seine Augen schwammen in Tränen. »Doch das Schlimmste daran ist, dass Heike an diesem Klassentreffen teilnehmen müsste. Sie gehörte ebenfalls zu diesen Leuten, von denen jetzt einer nach dem anderen abgemurkst wird.«

Nic sog die Luft scharf ein. »Ihre Verlobte kannte diese Leute?«

»Klar.«

»Demnach kannte sie auch beide Opfer.« Es war eine Feststellung, keine Frage, doch Wunderlich nickte trotzdem.

»Hat Ihre Verlobte jemals etwas erwähnt, dass sie vor jemandem Angst hat oder sich nicht sicher fühlte?«

Wunderlich seufzte. »Gesagt hat sie nichts dergleichen, aber in den Tagen vor ihrem Verschwinden war sie seltsam ruhig und verschlossen, was ich so gar nicht von ihr kannte.«

»Aber sie hat keinen Ton gesagt?«

Kopfschütteln.

»Hatten Sie den Eindruck, dass sie ängstlich war?«

Wunderlich überlegte kurz, nickte schließlich. »Zumindest, wenn ich ihr Verhalten im Nachhinein beurteilen müsste, würde ich Ihre Frage bejahen.«

»Und hatten Sie den Eindruck, dass sie weglaufen wollte? Dass sie ihre Flucht geplant haben könnte?«

Wunderlich sah Nic nachdenklich an. »Ich dachte eher, dass irgendwas sie schwer beschäftigt hat und sie sich nicht traute, mir davon zu erzählen.«

»Etwas, das durchaus mit dieser Geschichte hier und heute zu tun haben könnte.« Nic seufzte, sah Wunderlich an. »Ich weiß nicht, was ich sagen soll, kann mich nur für meine Kollegen entschuldigen. Sobald ich im Präsidium bin, werde ich mir die Akte Ihrer Verlobten ansehen und ggf. eine Neuaufnahme der Ermittlung beantragen.«

Nic bemerkte, dass Wunderlichs Augenlid zuckte. Genau wie vorhin, als er hier aufgetaucht war. Nic wurde das Gefühl nicht los, dass der Mann ihm nicht alles gesagt hatte. Dass er etwas Wichtiges sogar ganz bewusst verschwieg.

»Sind Sie so weit?«, fragte er und ließ sich seine Bedenken nicht anmerken. Der Hotelier nickte, trat ihm voraus aus der Wohnung, wartete, bis Nic ebenfalls draußen war. Gemeinsam nahmen sie das Treppenhaus ins Erdgeschoss, liefen zusammen Richtung Ausgang. Nic wollte gerade die Tür aufstoßen, als das Telefon in seiner Tasche losging. Er zog es hervor, warf einen Blick aufs Display.

Hanna.

Er nahm das Gespräch an.

»Elke Schmidt ist an ihrem eigenen Blut erstickt«, kam seine Kollegin umgehend zur Sache. Insofern stimmten die Aussagen des Amtsarztes mit dem Pathologen also überein.

»Und weiter?«

»Keinerlei Fremdfasern, keine Fingerabdrücke auf der Leiche außer denen von Annika. Es sieht wirklich nicht gut für die Kleine aus, zumal ich den Pathologen gefragt habe, ob es auch einer Frau gelingen könnte, jemanden auf diese Weise zu töten.«

»Das Tablett ist aus Silber und ziemlich scharfkantig«, stimmte Nic ihr zu. »Dennoch glaube ich im Leben nicht, dass es die kleine Wunderlich war. Ganz davon abgesehen, dass es eine Entwicklung gibt, die mich stutzig macht.«

»Was ist los?«

»Kennst du die Geschichte um Johannes Wunderlichs Verlobte?«

»Sie hat ihn verlassen, ja.«

»Das vermutet ihr.«

»Es gibt eindeutige Hinweise, dass es so ist.«

»Heike kannte die Opfer, weil sie mit ihnen in eine Klasse gegangen ist.«

Ein Seufzen ertönte. »Echt?«

»Ja, echt.«

»Scheiße.«

»Weißt du, was ich denke?«

Schweigen.

»Ich denke, dass Anna Weigl und Elke Schmidt keine zufälligen Opfer sind. Jemand da draußen hat Jagd auf sie gemacht.«

»Dann dürfte dir die folgende Information ja direkt in die Karten spielen«, erwiderte Hanna.

Nic horchte auf. »Was meinst du?«

»Dieser Stein, den wir in Anna Weigls Körper gefunden haben … bei Elke Schmidt gibt es auch so einen …«

13

SYLT

DEZEMBER 2017

Annikas Zähne schlugen vor Kälte aufeinander, obwohl sie die Heizung von Opa Seligs Smart bis zum Anschlag aufgedreht hatte. Sie vermutete, dass es an ihrer psychischen Verfassung lag, die von Minute zu Minute schlechter wurde. Nach ihrer Begegnung mit Linda hatte sie kurzerhand den Mut gefasst und war durch den Hintereingang ins Hotel gelangt und übers Treppenhaus zur Wohnung ihres Vaters geschlichen. Es hatte sie zwar niemand gesehen, doch Annika vermutete, dass sie im Fall der Fälle sowieso kaum einer erkannt hatte. Selbst ihr Vater hatte erschrocken reagiert, als sie plötzlich im Schlafzimmer auftauchte, während er gerade dabei war, sich umzuziehen. Nachdem er sie erkannt hatte, sah es kurz danach aus, als würde er in Tränen ausbrechen, doch dann hatte er sich wieder gefangen. Natürlich wollte er sie dazu bringen, sich der Polizei zu stellen, doch schließlich musste auch er sich eingestehen, dass die Gefahr bestand, dass Popp das als eine Art Schuldeingeständnis sehen würde. So war ihm nichts anderes übrig geblieben, als zu akzeptieren, dass sie sich weiterhin verstecken würde. Dass sie sein Auto und etwas Geld genommen hatte, nahm er ihr glücklicherweise nicht übel, steckte ihr stattdessen noch ein paar Hunderter zu, damit sie sich über Nacht irgendwo ein Zimmer nehmen konnte. Jetzt, da sie so verändert aussah, hoffte Annika, dass niemand sie so schnell mit der gesuchten Frau in Verbindung brachte.

Auf ihre Frage, ob Joe die Anschuldigungen der Polizei glaubte, hatte er beinahe wütend reagiert und beteuert, dass er verdammt noch mal genau wisse, dass sie ein guter Mensch sei und so etwas niemals fertig bringen würde.

Es tat gut, jemanden zu haben, der an sie glaubte, doch irgendwas am Verhalten ihres Vaters hatte sie dennoch misstrauisch gemacht. Er hatte panisch ausgesehen, sogar ein wenig paranoid gewirkt und schließlich war er mit der Sprache herausgerückt, dass ein Polizist unten auf ihn wartete. Er sollte mit aufs Revier, wo man ihn ganz offiziell zum Aufenthaltsort seiner Tochter befragen wollte, und sollte er nicht kooperieren, würde man ernste Konsequenzen daraus ziehen. Kurz hatte Annika überlegt, ihrem Vater zu erzählen, was sie herausgefunden hatte, doch irgendwas hielt sie davon ab.

Der Schreck hatte sie beide gelähmt, als dieser Polizist mit bayrischem Dialekt auf einmal vor ihres Vaters Wohnungstür gestanden hatte. Für einen Moment dachte sie schon, sie wäre aufgeflogen, doch ihr Vater hatte geflüstert, sie solle sich ruhig verhalten und verschwinden, sobald der Polizist und er gegangen seien.

Und hier saß sie nun, in gebührendem Abstand zum Präsidium in Westerland, wo wahrscheinlich keiner je erwarten würde, dass sie sich aufhielt. Ihr Plan war, zu warten, bis Alfred Popp – sollte er überhaupt noch im Präsidium sein – auftauchte und in Richtung seiner

Wohnung oder besser noch – zu seiner Tochter fuhr. Dass diese Aktion Zeit in Anspruch nahm, die sie eigentlich nicht hatte, ärgerte Annika, allerdings hatte sie kaum eine andere Wahl. In der letzten Stunde hatte sie sich diese ganze Geschichte wieder und wieder durch den Kopf gehen lassen. Und inzwischen war sie absolut sicher, dass Andrea Popps Reaktion bezüglich des Klassentreffens merkwürdig war. Zwei Menschen waren tot. Zwei junge Frauen, die sie von früher kannte. Und trotzdem bestand sie beinahe krankhaft hysterisch darauf, dass diese Festlichkeit dennoch stattfand? Annika konnte dieses Verhalten nicht nachvollziehen und auch das des Vaters nicht, der sie, eine junge Frau aus Bayern mit keinerlei persönlichem Bezug zu den Opfern ganz offensichtlich für schuldig hielt. Oder zumindest wollte, dass alle anderen das glaubten. Die Frage war nur, zu welchem Zweck? War es ein Ablenkungsmanöver?

Wollte er Verwirrung stiften?

Das Augenmerk seiner Kollegen auf diese Weise lenken?

Annika spürte einfach, dass Alfred Popp mehr wusste, als er zugab. Und sie ahnte, dass seine falsche Vorstellung von ihr nur gespielt war. Er verbarg etwas vor seinen Kollegen, wollte, dass sie sahen, was er sie sehen ließ.

Die Frage war, inwiefern diese beiden Menschen zu Dunjas Geschichte passten? Und ob Andrea Popp ebenfalls in Gefahr schwebte?

Was Linda anging, war Annika überzeugt davon, dass sie längst wusste, dass jemand ihr an den Kragen wollte. Die Angst in ihren Augen hatte eine deutliche Sprache gesprochen, die keinerlei Zweifel zuließ. Genau wie das Gespräch zwischen Popp und seiner Tochter, das sie auf dem Parkplatz belauscht hatte. Die Stimme des Mannes hatte nicht herrisch geklungen, sondern sorgenvoll. Andrea hingegen hatte sich angehört wie eine Mischung aus trotzigem Kind und jemandem, der es sich nicht eingestehen wollte, dass es da etwas Dunkles in ihm selbst gab.

Annika wusste nicht, woher sie dieses Wissen … oder vielmehr die Erkenntnis nahm, vielleicht war es die Erfahrung im Jugendstrafvollzug, wo sie sich die Zeit vor allem damit vertrieben hatte, die Mitinhaftierten zu analysieren und Psycho-Ratgeber zu lesen. Ihr Betreuer hatte schmunzelnd angemerkt, dass vielleicht eine Psychologin in ihr schlummerte, und eine Zeit lang hatte Annika sogar nachgedacht, dass es super wäre, Psychologie zu studieren, doch nach ihrer Haftentlassung waren all diese Träume wie Seifenblasen zerplatzt.

Als Annika aus dem Augenwinkel eine Bewegung wahrnahm, riss sie den Kopf herum.

Endlich!

Popp war aus dem Revier getreten und auf dem Weg zu seinem Wagen. Obwohl es inzwischen eiskalt war, trug er nur sein Hemd und ein dünnes Jackett darüber, zeigte keinerlei Anzeichen, dass es ihn fror. Für Annika ganz klar der Beweis, dass er einen Adrenalinschub hatte. Irgendwas rieb den Mann auf, ließ ihm keine Ruhe, brachte ihn dazu, seine Gefühle und Empfindungen auszuschalten.

Annika gähnte verhalten, warf einen Blick auf die Uhr im Armaturenbrett und schickte ein stilles Stoßgebet zum Himmel, dass sie es geschafft hatte, wach zu bleiben. Als Popp losgefahren war, fuhr sie ihm in einigem Abstand hinterher, hoffte, dass er nicht mitbekam, dass jemand ihm folgte. Er bretterte trotz des Wetters mit 80 Kilometer pro Stunde über die Insel, sodass Annika Mühe hatte, ihm nachzukommen. Ein paar Mal dachte sie sogar, er habe sie bemerkt und wolle sie abhängen, doch dann sagte sie sich, dass sein Tempo wohl eher seinem emotionalen Zustand geschuldet war. Sie konnte nur ahnen, was in dem Mann vorging. Zwei Frauen waren ermordet worden und beide kannten seine Tochter. Er musste selbstverständlich annehmen, dass auch Andrea in Gefahr schwebte. Er wollte sie schützen, sie in Sicherheit wissen, doch sie sträubte sich gegen jeden seiner Versuche, sie von allem fernzuhalten. Weigerte sich, das Klassentreffen abzusagen, beharrte darauf, dass es trotz der Ereignisse stattfand. Sie musste doch wissen, wie einfach es sein würde, sich bei einem Fest, an dem viele Menschen teilnahmen, unters Volk zu mischen. Es war die ideale Gelegenheit für den wahren Mörder, sich das nächste Opfer auszusuchen. Sofern er das nicht längst getan hatte. Denn da war noch Carl Limmers Angebetete, die verschwunden war.

Plötzlich fühlte sich Annikas Mund wie ausgedörrt an. Eine Frage tauchte in ihrem Kopf auf, manifestierte sich. Was, wenn der Irre auch sie bereits ins Visier genommen hatte?

Was, wenn er Angst hatte, sie könne ihm durch ihre eigenen Beweggründe zu nahe kommen?

Annika begann zu schwitzen, spürte, wie die Angst Besitz von ihr ergriff, kämpfte dagegen an. Sie stellte erleichtert fest, dass Popp langsamer wurde und schließlich in der Einfahrt eines Häuschens, kurz nach der Ortsgrenze von Keitum, anhielt. Aus Sicherheitsgründen fuhr sie an ihm vorbei, beobachtete ihn durch den Rückspiegel, stoppte in einer kleinen Gasse, stellte den Smart ab. Sie wartete, bis er sich aus seinem Auto gehievt hatte, und machte sich auf den Weg. Wegen des Sturms musste sie die ganze Zeit über aufpassen, dass ihre Perücke nicht davon flog. Außerdem hatte sie teilweise Mühe, die Balance zu halten, weil hin und wieder Böen um die Ecke fauchten, die so heftig waren, dass Annika Angst hatte, sie könnten sie umreißen. Einige Meter vor Popps Wagen befand sich eine Ansammlung von Heckenrosenbüschen, in die sie sich kurzerhand hineinquetschte, um einen guten Blick auf das Geschehen zu haben. Sie sah, wie Popp auf die Klingel drückte und in seiner Tasche nach dem Schlüssel kramte. Er wollte gerade aufsperren, als die Tür aufgerissen wurde und Andrea heraustrat. Sie sah genervt aus und tatsächlich kam es zwischen beiden erneut zum Streit. Zwar verstand Annika kein Wort von dem, was sie einander an den Kopf warfen, doch die Körpersprache der beiden ließ keinen Zweifel daran offen, dass es um dasselbe ging wie zuvor auf dem Parkplatz. Es half alles nichts, sie musste näher ran, wenn sie mitbekommen wollte, um was genau es bei der Auseinandersetzung ging. Geduckt kroch sie aus ihrem Versteck hervor, schlich bis zu Popps Wagen. Sie spähte um das Auto herum in Richtung Eingang, sah, dass links außerhalb des Gartenzauns, ganz genau auf Höhe der Tür, ebenfalls ein paar Büsche standen, in denen sie sich verkriechen konnte. Leise schlich sie in ihr neues Versteck, kroch hinein, hoffte, dass sie von hier aus etwas besser verstehen konnte. Am Ende waren es wegen des Wetters wieder nur Wortfetzen, doch Annika war erleichtert, überhaupt etwas mitzubekommen. Einmal meinte sie sogar, den Namen Dunja vernommen zu haben, beschwören konnte sie es aber nicht. Stattdessen war sie absolut sicher, dass Popp seiner Tochter gegenüber Worte wie Dickschädel und Idiotin benutzte, was sie schmunzeln ließ. Genauso hatte sie diesen Typen eingeschätzt. Er musste mit dem Kopf durch die Wand, egal, was es kostete.

»DU KANNST MICH MAL«, hörte sie Andrea plötzlich kreischen, woraufhin Alfred Popp zurückschrie, dass er kein Problem damit habe, sie übers Wochenende in U-Haft zu stecken, damit sie in Sicherheit sei.

Das Ganze ging hin und her, bis Popp schließlich entnervt aufgab und zu seinem Wagen stürzte. Seine Tochter kam ihm nach, schrie immer noch auf ihn ein. Blitzschnell schoss Annika aus ihrem Versteck hervor, schlich ein paar Büsche weiter vor, wo sie am ehesten was mitbekam.

»*… gewusst, dass uns das alles irgendwann einholt.*« Popps Stimme klang verzweifelt.

»*… nichts getan!*« Andrea hingegen hörte sich wie gewohnt stur und bockig an.

»*… weiter versuchen … einzureden … nichts passiert … du und ich wissen … wirklich los ist.*«

Annika schob ihren Kopf durch die Äste, linste auf die Szene, die sich vor ihr abspielte, spürte, wie ihr Puls sich beschleunigte, als sie Popps Gesicht sah. Der Mann stand kurz davor, die Nerven zu verlieren.

Sie hatte also recht gehabt, dass Popp mehr wusste, als er zugab. Die Frage war nur, was genau sein Wissen umfasste und inwiefern das mit den Morden zusammenhing. Und wie sich letztlich alles mit dem vereinbaren ließ, was Dunja widerfahren war.

Der Klingelton eines Handys kreischte los. Es war das Lied einer Rockband aus den 60ern. Annika verzog das Gesicht, fragte sich, wie jemand dieses Gedudel Tag für Tag ertragen konnte. Popp nahm das Gespräch an, hörte zu, schrie in den Hörer, dass er auf dem Weg sei. Annika spürte am Klang seiner Stimme, dass etwas passiert sein musste, und tatsächlich … Nur Sekunden später sah sie, wie Popp seine Tochter bei den Armen packte, sie ernst ansah, eindringlich auf sie einredete. Andrea brach in Tränen aus und stieß einen nicht jugendfreien Fluch aus, doch ihr Vater sprach weiter auf sie ein und Annika meinte, etwas verstanden zu haben, das wie »*Bei mir bist du sicher*« klang.

»*Wessen Kind verdammt …?*«, schrie Andrea plötzlich und riss sich von ihrem Vater los. Anika beobachtete, wie Popp zusammenzuckte. »*Und was heißt … verschwunden sein*?«

Er sagte keinen Ton, doch seine Tochter schien auch so zu begreifen, wirkte plötzlich geschockt. Für einen Moment glaubte Annika, Andrea würde jeden Augenblick zusammensacken, doch dann fasste sich die Frau wieder. In Annika breitete sich Unbehagen aus.

»*… dich unbedingt erinnern!*«, vernahm sie Popps mahnende Stimme. Mittlerweile klang er wieder scharf und schneidend, doch Andrea drehte den Kopf weg, verschränkte die Arme.

»*… nicht, wovon du redest*«, rief sie.

So langsam ergab das alles einen Sinn.

Annika konzentrierte sich auf die Stimmen, versuchte, die Nebengeräusche so gut es ging auszublenden, dürstete nach weiteren Informationen.

»*… möglich … verquatscht hat … alle in Gefahr*!«

Andrea stieß einen Schrei aus, dann rannte sie mit fuchtelnden Armen ins Haus zurück. Popp schien einen Moment wie erstarrt, stieg schließlich lauthals fluchend in seinen Wagen, fuhr davon.

In Annikas Kopf drehte sich alles. Sie ließ die letzten Stunden Revue passieren. Andrea, die beiden toten Frauen, die Vermisste, Linda, der Streit gerade eben.

LINDA!

Popp hatte den Anruf entgegengenommen und gleich

anschließend etwas von einem Kind gesagt, das verschwunden sei.

Plötzlich hatte Annika den Gesichtsausdruck von Linda vor Augen. Er hatte Panik … wenn nicht gar Todesangst widergespiegelt.

Konnte es möglich sein, dass es Lindas Kind war, das vermisst wurde?

Und falls ja, hatten Alfred und Andrea Popp irgendwas damit zu tun? Jedenfalls schienen sie zu wissen, was hier vorging und weshalb all das passierte …

Fürchtete Alfred Popp bei alledem wirklich nur um das Leben seiner Tochter oder steckte noch etwas anderes dahinter?

Annika atmete tief durch. Dann stand sie auf und ging entschlossen auf die Haustür zu.

14

SYLT

DEZEMBER 2017

Als Nic mit Johannes Wunderlich im Schlepptau ins Präsidium kam, wartete Hanna bereits auf ihn. Sie sah übernächtigt und blass aus, im Grunde genau wie er sich fühlte. Er bat Joe Wunderlich, im Besprechungszimmer Platz zu nehmen und kurz zu warten, nahm anschließend Hanna beim Arm, ging mit ihr nach nebenan. Er räusperte sich. »Im Körper von Elke Schmidt wurde also auch so ein Teil gefunden?«

Sie nickte. »Sieht genauso aus wie bei Anna.«

»Und wieder ein D drauf?«

»Ja.«

»Du weißt, was das bedeutet, nicht wahr?«

Seufzen.

»Wir haben es mit einem Irren zu tun, der uns mit diesen Dingern etwas sagen oder auf etwas aufmerksam machen will.«

»Ganz genau«, setzte Nic drauf. »Und außerdem bedeutet es, dass wir die Kleine und deren Vater in Frieden lassen sollten. Annika Wunderlich mag vorbestraft sein, aber sie hat hiermit absolut nichts zu tun.«

»Was macht dich da so sicher?«

Nic starrte Hanna sprachlos an. »Sag bloß, du denkst auch, dass sie es gewesen sein könnte?«

Hanna stieß ein bitteres Lachen aus. »Tu ich nicht. Im Gegenteil. Um ehrlich zu sein, stimme ich mit dem, was ich denke, mit deiner Meinung überein, aber …« Sie brach seufzend ab. »Der Stein bei beiden Frauen bedeutet etwas – so weit so gut. Wir müssen jetzt herausfinden, was genau uns der Täter damit sagen will. Erst wenn wir das wissen, quasi sein Motiv kennen, können wir Popp vor den Latz knallen, dass er absolut falsch liegt. Doch bis dahin wirst du ihm wohl oder übel die Frage beantworten müssen, die ich dir vorhin gestellt habe – nämlich, was genau dich so sicher macht, dass Annika da nicht mit drin hängt.«

Nic machte eine wegwerfende Handbewegung. »Sei mir nicht böse, Hanna, aber so langsam kann ich diesen Depp nicht mehr für voll nehmen. Ich meine, was ist das denn für eine Arbeitsweise hier bei euch? Nur geradeaus zu gucken, keinen Blick seitwärts zu wagen, Hauptsache, alles tanzt nach seiner Pfeife …« Er brach ab, sah seine Kollegin ernst an. »Ich hab sogar schon gedacht, dass er das alles mit Absicht macht. Dass er ein Ziel verfolgt, indem er unser aller Blick auf ein Mädchen mit Vorgeschichte richtet.«

Hanna hob die Brauen empor. »Und warum sollte er das tun?«

Nic stöhnte. »Weiß ich doch nicht … Ich frage mich, ob hier überhaupt irgendjemand weiß, was in Popps Schädel vor sich geht.«

Hanna schüttelte den Blick, klappte den Mund auf und gleich wieder zu. Für Nic hatte es den Anschein, als habe sie etwas sagen wollen, es sich aber doch wieder anders überlegt.

»Was diese Sache angeht«, erklärte sie schließlich verhalten, »müssen wir das hinten anstellen. Es ist nur …« Sie seufzte. »Vorhin ist eine alte Dame hier aufgetaucht. Sie ist total durch den Wind, weil ihre kleine Enkeltochter verschwunden ist.«

Nic legte den Kopf schief, musterte Hanna. »Du guckst so komisch … Das ist doch nicht alles?«

Sie lachte freudlos. »So langsam kennst du deine Pappenheimer, hm?«

Er schmunzelte, wurde augenblicklich wieder ernst, als er den düsteren Schatten auf Hannas Gesicht bemerkte.

»Dieses Kind ist nicht irgendein Kind. Es handelt sich um Linda Mühlhausens Tochter Pia. Und Linda ging in dieselbe Klasse wie Anna und Elke.«

Nic stieß einen verblüfften Pfeifton aus. »Du hältst es für möglich, dass das vermisste Kind mit den Morden in Verbindung steht?«

Hanna stieß die Luft aus, nickte langsam. »Die Kleine ist gerade drei Jahre alt. Sie hat den Tag bei der Großmutter verbracht, die sie auch zeitig schlafen gelegt hat. Und als die Frau nachsehen wollte, ob alles okay ist, war das Kind aus seinem Bettchen verschwunden.«

»Wo ist die Mutter?«

»Laut Angaben der Großmutter im Möwenblick.«

»Wurde sie informiert?«

»Das hat die Großmutter bereits gemacht, aber noch keine Antwort bekommen. Die Arme ist fix und fertig.«

Nic sah Hanna an. »Dann haben wir jetzt also nicht nur zwei Mordfälle und eine Vermisste an der Backe, sondern auch noch ein verloren gegangenes Kind und eine flüchtige Zeugin?«

»Das ist wohl nicht gerade die richtige Bezeichnung für Annika Wunderlich, wie ich finde«, trötete Popp, der unbemerkt zu ihnen getreten war. Das Gesicht des Mannes war ziemlich gerötet und er schnaufte schwer, als habe er sich entweder tierisch über etwas aufgeregt oder sich schlichtweg übernommen. Wobei Alfred Popp nicht gerade dafür bekannt war, es mit dem Arbeiten zu übertreiben.

»Wir haben einen weiteren Buchstabenstein gefunden«, erklärte Hanna dem Boss. »Genau wie bei Anna wurde er in den Atemwegen von Elke Schmidt gefunden. Ich kann mir nicht vorstellen, dass Annika das bewerkstelligt hat.«

Popp grunzte abfällig. »Vielleicht ist sie nicht allein? Schon mal darüber nachgedacht?« Er sah Nic provokativ an. »Haben Sie den Vater hergeholt, wie ich es Ihnen aufgetragen habe?«

Nic bejahte, vermied es aber, den Mann dabei anzusehen. Er hatte Bedenken, dass Alfred Popp aus seinem Gesichtsausdruck lesen konnte, was er von ihm hielt. »Er sitzt im Besprechungszimmer und wartet.«

Auf Popps Gesicht erschien ein lauerndes Grinsen, dann sah er von Hanna zu Nic. »Möchte sich irgendjemand von Ihnen beiden darum kümmern?«

»Wie bereits am Telefon erwähnt, wartet draußen Annegret Wagenscheit auf uns. Ihre Enkeltochter ist verschwunden – direkt aus ihrem Bettchen.«

»Schlimm, schlimm, was im Augenblick auf der Insel los ist«, murmelte Popp und sah unschlüssig von einem zum anderen. »Dann schlage ich vor, kümmern Sie beide sich darum und ich knöpfe mir den Hotelier vor.«

»Was ist eigentlich mit der vermissten Frau?«, wollte Hanna von Nic wissen, als sie auf dem Weg in die Lobby waren, wo Lindas Mutter auf sie wartete.

Nic blieb stehen, sah Hanna an. »Die Spurensicherung ist gerade im Moment im Zimmer der Frau und sieht sich um.«

Hanna hob die Augenbrauen fragend empor. »Hast du einen Beschluss dafür?«

»Nein, aber Joe Wunderlich hat unseren Kollegen vor Ort die Schlüsselkarte zukommen lassen. Die sehen sich kurz um und niemandem wird es auffallen.«

Seine Kollegin grinste. »Wenn Popp Wind davon bekommt, reißt er dir den Arsch auf, das weißt du, stimmt's?«

Nic grinste zurück. »Und soll ich dir was sagen? Es ist mir scheißegal!«

Als sie in die Lobby traten, fiel ihnen sofort die untersetzte Frau um die siebzig auf, die ununterbrochen vor sich hin schluchzte und an ihrem Kreuz, das an einer Kette um ihren Hals hing, herumfummelte. Als sie auf sie zukamen, sprang sie auf, stürzte ihnen entgegen. »Danke, dass Sie sich Zeit für mich nehmen«, stammelte sie benommen. »Pia ist doch noch so klein, was, wenn sie bei dem Wetter da draußen ist? Nicht auszudenken, was passieren …« Sie brach ab, weinte leise.

»Sie denken, sie ist rausgegangen?«, wollte Nic wissen. »Hat sie so etwas denn schon mal gemacht?«

Die alte Frau nickte. »Im Sommer ist sie eines Abends in den Garten raus und hat geschaukelt, weil sie nicht schlafen konnte und ihr langweilig war.«

»Ist sie Schlafwandlerin?«, schaltete Hanna sich ein.

Die Frau riss den Kopf hoch. »Meine Güte … nein … ich weiß nicht.«

Hanna lächelte beruhigend, bat die Frau, ihnen zu folgen. Als sie in dem kleinen Raum neben dem Konferenzzimmer saßen, sah sie Annegret ernst an. »Haben Sie Linda kontaktiert?«

Die alte Frau nickte. »Aber sie geht nicht ran. Linda stellt immer den Klingelton leise, wenn sie nicht gestört werden will.«

»Sie ist im Möwenblick wegen des Klassentreffens?«

Nicken. »Wie ich mitbekommen habe, soll das ins Wasser fallen. Warum, weiß ich allerdings nicht.«

Nic sah Hanna an, die schüttelte beinahe unmerklich den Kopf. Wie es aussah, wusste die alte Dame nichts von den zwei Morden und es wäre wohl besser, wenn es so bliebe.

»Am besten ist, wenn wir mit Ihnen zu Ihrer Wohnung fahren und uns dort mal umsehen. Anschließend könnten wir die Umgebung abklappern, ob wir die Kleine finden.«

Annegret Wagenscheit nickte dankbar. »Ich hab Ihnen ein aktuelles Foto von Pia mitgebracht und kann Ihnen genau sagen, was sie anhat.« Sie sah zu Boden, fing wieder an zu weinen. »Nicht auszudenken, was passieren kann, sie trägt doch nur Pantoffeln und einen Schlafanzug.«

»Sonst fehlt nichts?«, fragte Hanna alarmiert. »Nicht, dass ich wüsste.«

»Ist Ihnen in letzter Zeit etwas Ungewöhnliches an dem Kind aufgefallen? Oder an Ihrer Tochter?«

Die Frau wischte sich das Gesicht ab, sah Nic verblüfft an. »Was meinen Sie?«

Er hob die Schultern, sah unschlüssig zu Hanna. »Hatte sie vor etwas Angst? Wirkte sie fahrig oder gereizt?«

»Beide waren genau wie immer. Mir ist nichts aufgefallen.«

Ein Klopfen ertönte. Kurz darauf ging die Tür auf und ein Kollege stand draußen, eine junge Frau im Schlepptau.

»Linda!«, rief die Frau und sprang von ihrem Stuhl

hoch. »Es tut mir so leid wegen Pia, ich weiß auch nicht, wie das passieren konnte.«

Die Frau ging auf ihre Mutter zu, nahm sie fest in die Arme, schob sie dann von sich weg. »Was meinst du damit, dass es dir wegen Pia leidtut?« Sie sah erst ihre Mutter an, dann Nic und Hanna, wirkte, als stünde sie vollends auf dem Schlauch.

»Ihre Tochter Pia ist aus dem Haus Ihrer Mutter verschwunden«, erklärte Hanna ihr und versuchte dabei so sanft wie möglich zu klingen.

Linda stieß einen verblüfften Laut aus, sah dann mit gerunzelter Stirn zu der alten Frau. »Was soll der Mist? Pia ist bei mir … ich hab sie vorhin abgeholt.«

Nic schnappte nach Luft. »Die Kleine ist bei Ihnen?«

Linda sah ungläubig von ihm zu ihrer Mutter, nickte langsam. »Ich habe sie nach dem Abendessen abgeholt. Das musst du doch noch wissen!«

Annegret Wagenscheit riss den Mund auf, klappte ihn wieder zu. Schließlich brach sie in Tränen aus. »Du hast sie?«

»Na klar, wer denn sonst? Ich bin so schnell wie es ging gekommen, hab sie mitgenommen. Du hast mir noch gesagt, dass sie bereits gegessen hat und gleich ins Bett kann.«

»Und wo ist Ihre Tochter im Moment?«, wollte Hanna wissen und klang misstrauisch.

»Na genau dort, wo eine Dreijährige um diese Zeit hingehört – nämlich ins Bett.«

»Wer passt jetzt auf sie auf?«, kam es von der alten Frau.

»Meine Nachbarin«, erklärte Linda ihr nachsichtig. »Bea, die kennst du doch. Ich hab deine Nachricht gelesen und hab sie gefragt, ob sie aufpassen kann, und bin so schnell es ging hergekommen.« Sie sah entschuldigend zu Nic. »Meine Mutter ist in letzter Zeit ein bisschen vergesslich«, sagte sie. »Bitte sehen Sie es ihr nach, dass sie einen solchen Wirbel veranstaltet hat.«

Nic schüttelte den Kopf. Irgendwas an dieser Sache gefiel ihm ganz und gar nicht. Hanna schien das genauso zu sehen, denn sie wirkte abwesend, als ginge sie in Gedanken alle Optionen durch: Schließlich atmete sie tief durch, sah Linda forschend an. »Dann ist bei Ihnen wirklich alles in Ordnung?«

Die Frau nickte.

Linda nahm einen Notizzettel aus dem Spender, schrieb etwas darauf, schob Linda das Papier über den Tisch. Sie las es, lachte gekünstelt. »Ich schwöre Ihnen, dass alles in bester Ordnung ist. Und es ist auch nicht so, als dass ich nicht reden könnte. Alles ist gut, bitte glauben Sie mir.«

Nachdem Nic und Hanna die beide Frauen nach draußen begleitet hatten, sahen sie einander an. »Das war komisch«, brach Nic schließlich das Schweigen.

Hanna seufzte leise. »Aber wir können nichts machen, solange Linda Mühlhausen behauptet, alles sei in bester Ordnung. Wir haben im Augenblick nicht genügend Leute, um uns um Dinge zu kümmern, die sich am Ende als Nullnummer entpuppen.«

Nic hob die Schultern, nickte dann. »Lassen wir es vorerst gut sein. Vielleicht hat sich die Großmutter wirklich nicht mehr erinnert. So was kommt vor im Alter.« Er sah unschlüssig auf seine Uhr. »Zurück zu Popp. Was wolltest du vorhin sagen?«

Hanna winkte ab. »Ist egal, bringt doch sowieso nichts.

Popp ist, wie er ist, da müssen wir eben durch. Wichtig ist, dass wir beide den Durchblick haben und uns nicht verrennen. Deswegen schlage ich vor, setzen wir uns zusammen und sortieren mal die Fakten. Falls Popp heute irgendwann noch mit Wunderlich fertig werden sollte, legen wir ihm vor, was wir haben.«

»Und du glaubst wirklich, das überzeugt ihn dann?«

»Er ist nicht bekloppt«, wandte Hanna ein. »Nur ein wenig kurzsichtig.«

Nics Magen krampfte sich zusammen. Kurzsichtig war nicht der richtige Ausdruck für das, was er von ihrer beider Vorgesetzten hielt. Viel eher kam Popp ihm verschlagen vor, manipulativ und gerissen. So, als würde er ganz bewusst diese Ermittlung in eine falsche Richtung lenken wollen. Die Frage war nur, warum er das tat.

Nic konnte nicht genau in Worte fassen, weshalb er so über den Mann dachte, doch irgendwas hielt ihn davon ab, Alfred Popp zu vertrauen. Es war wie eine Art dunkle Vorahnung, ein Bauchgefühl vielleicht – für seine neuen Kollegen pure Spinnerei, doch in München war er als Ermittler bekannt, dessen Intuition ihn meistens in die richtige Richtung lenkte.

Er sah Hanna an. »Was schlägst du jetzt vor?«

»Als Erstes schicken wir paar Leute raus, die sich nach Sonja Kirschner umsehen, die Insel umkrempeln. Draußen geht die Welt unter, da will ich kein Risiko eingehen.«

»Und danach?«

Hanna gähnte verhalten, sah auf die Uhr. »Ich würde sagen, dass wir ein paar Stunden nach Hause fahren, um zu schlafen, doch Popp wird nur einen Teil der Belegschaft weglassen.«

Nic sah Hanna an, legte den Kopf schief. »Wenn du willst, kannst du fahren, ich übernehme hier.«

Hanna grinste verhalten. »Das ist nett von dir, aber so am Arsch bin ich noch nicht.« Sie sah ihn an, verzog das Gesicht. »Die Fahndung wegen Annika ist raus?«

»Klar, alles erledigt.«

»Dann schlage ich vor, rufen wir unsere Kollegen von der Streife zu Hilfe, die sich nach Annika umsehen sollen. Die können Hotels und Pensionen abklappern, Gästehäuser und Privatpersonen, die vermieten. Unsere Kollegen sollen die Gästebücher prüfen und alle Frauen in Einzelzimmern genau unter die Lupe nehmen.«

»Du willst Popp also wieder in die Karten spielen? Ihm imponieren?«

»Sag doch, was du wirklich denkst«, schnauzte Hanna. »Du hältst mich für eine Arschkriecherin!« Sie schluckte. »Und im Grunde hast du recht. Ich hab keinen Bock auf eine Konfrontation mit Popp. Er ist ein Idiot, das wirst du auch noch mitkriegen. Doch solange wir nichts Genaues wissen, keine Hinweise haben, die in eine spezielle Richtung weisen, müssen wir mit ihm an einem Strang ziehen, selbst wenn da unsererseits eine Vermutung wäre, dass er die Ermittlungen sabotiert.«

Nic sah sie überrascht an. »Du denkst also auch, dass er irgendwas verheimlicht?«

Sie hob die Schultern. »Wäre möglich. Doch genauso kann es sein, dass er seinen Blödsinn wirklich selbst glaubt, und das, mein Lieber, macht ihn fast noch gefährlicher.«

Nic begriff, worauf sie hinauswollte. Wenn Popps Verhalten Berechnung wäre, dann würden sie ihm irgendwann dahinterkommen. Er würde Fehler machen, sich widersprechen. Die Dummheit eines Kollegen, der über ihnen stand, jedoch konnte sich unter Umständen als einer der größten Feinde ihrer Arbeit und der gesamten Ermittlung erweisen.

Hanna hielt inne, schien sich ihre nächsten Worte genau zu überlegen. »Ich bin absolut sicher, dass Annika Wunderlich nichts mit den Morden zu tun hat.« Sie stieß die Luft aus, sah Nic an. »Finden müssen wir sie aber trotzdem schnellstmöglich, denn sie war es, die Elke Schmidt vielleicht noch lebend gesehen hat. Was, wenn sie etwas weiß? Vielleicht ist ihr auf dem Weg zu Schmidts Zimmer jemand entgegengekommen. Der Mörder zum Beispiel. Falls dem so ist, könnte Annika, ohne es zu wissen, in Lebensgefahr sein.«

15

SYLT

DEZEMBER 2017

»Sie?« Andrea Popp starrte Annika verständnislos an. »Ich hab Sie doch vorhin am Eingang vom Möwenblick gesehen oder nicht?«

Annika nickte.

»Und was wollen Sie von mir? Ich meine …« Die Frau schnappte nach Luft. »Woher wissen Sie überhaupt, wo ich wohne? Sind Sie irre, hier einfach aufzutauchen? Haben Sie mich etwa gestalkt? Und wer zur Hölle sind Sie, verdammt?«

Annika verzog das Gesicht zu einem gezwungenen Grinsen, zupfte an der Perücke. »Stellen Sie sich mich mit dunkleren, dünnen Haaren vor und mit ein paar Piercings im Gesicht. Vielleicht begreifen Sie dann, was genau ich von Ihnen will.«

Andrea Popp runzelte die Stirn, dann schien sie endlich zu begreifen. »Die Kleine von Joe …«

Sie starrte Annika an. »Kein schlechter Schachzug. So erkennt Sie nicht mal Ihr Vater, nehme ich an.«

Annika schluckte. »Die Polizei hat mir keine andere Wahl gelassen. Für die bin ich eine gefährliche Irre und wenn ich denjenigen finde, der tatsächlich für all das verantwortlich ist, hab ich vielleicht den Hauch einer Chance, dass man mich endlich in Frieden lässt.«

Andreas Gesicht verdüsterte sich. »Trotzdem würde es mich interessieren, woher Sie wissen, dass ich hier wohne.«

»Ich bin Ihrem Vater vom Präsidium aus gefolgt.« Annika hielt inne, wog ihre nächsten Worte sorgsam ab. »Ich muss mit Ihnen sprechen, denn wie es aussieht, gibt es jemanden, der es auf Ihre ehemaligen Klassenkameradinnen und vielleicht sogar auf Sie selbst abgesehen hat.«

Andrea machte eine wegwerfende Handbewegung. »Jetzt fangen Sie nicht auch noch damit an«, spie sie Annika entgegen. »Die Paranoia meines Vaters ist schon nervig genug, Sie brauche ich da nicht auch noch.«

»Zwei Ihrer Klassenkameradinnen sind tot. Und zwei weitere werden vermisst. Wenn das für Sie kein Anlass zur Sorge ist, dann weiß ich auch nicht.«

Andrea sah Annika irritiert an. »Anna und Elke sind tot, okay, doch was meinen Sie damit, dass es zwei Vermisste gibt?«

»Diese Frau, die einer Ihrer männlichen Bekannten sucht. Mir fällt jetzt der Name nicht ein, aber er war vorhin auch da, als Sie und ich am Eingang geraucht haben.«

»Ach«, Andrea zog ein abfälliges Gesicht. »Das ist Carl. Der hat sich früher auch schon immer eingebildet, Sonja wäre verrückt nach ihm, doch in Wahrheit hat sie sich, genau wie alle anderen, nur über ihn lustig gemacht. Carl war damals schon der Klassenidiot, mit dem keiner was zu tun haben wollte.«

»Was soll das bedeuten?«, fragte Annika. »Es wäre also möglich, dass der Frau nichts passiert ist, dass sie einfach nur nicht von diesem Carl gefunden werden will?«

Andrea nickte grinsend. »Davon bin ich absolut überzeugt. Sonja kennt hier auf der Insel Gott und die Welt. Ich schätze, sie hat sich abgeseilt, besucht alte Bekannte, geht ihrem nervigen Verehrer aus dem Weg.«

»Okay«, murmelte Annika nachdenklich. »Damit wäre Sonja aus dem Rennen, aber was ist mit Heike? Der Verlobten meines Vaters?«

»Was soll mit ihr sein?« Andrea starrte Annika an, als habe sie eine Bekloppte vor sich.

»Mein Vater ist sicher, dass Heike was zugestoßen ist.«

Andrea stieß ein freudloses Lachen aus. »Joe sieht nur, was er sehen will«, erklärte sie schließlich. »Natürlich ist es schwer für ihn, sich einzugestehen, dass seine junge Flamme kalte Füße bekommen hat. Und deswegen fantasiert er sich jetzt eine hanebüchene Geschichte zusammen, dass jemand ihr etwas angetan hat. In Wahrheit war Heike viel zu jung für Joe und hat das erst geschnallt, als es fast zu spät war. Sie hatte quasi zwei Möglichkeiten: Die Hochzeit platzen zu lassen und abhauen oder Augen zu und durch.«

»Sie hätte auch einfach sagen können, dass sie es sich anders überlegt hat. Mein Vater hätte es akzeptiert und sie in Ruhe gelassen, da bin ich sicher.«

»Aber Heike ist nicht so drauf«, erklärte Andrea. »Heike war schon immer eine Dramaqueen. Bei ihr ist nichts im Stillen vonstattengegangen und nachdem die ganze Insel seit Wochen von nichts anderem sprach als von ihrer Hochzeit, dachte sie wohl, es sei besser, stillschweigend zu verschwinden, statt von nun an als die Frau bekannt zu sein, die Joe das Herz gebrochen hat.«

»Das ist mir ehrlich gesagt zu weit hergeholt«, sagte Annika. »Das mit Sonja – okay. Aber dass Heike nur aus

Sorge um ihr Image abgehauen sein soll, kann ich mir nicht vorstellen.«

»Sie hat immer davon geträumt, ins Ausland zu gehen«, sagte Andrea überzeugt. »Als Teenager schon. Und nachdem ihr klar wurde, dass sie Joe nicht heiraten will, hat sie sich dazu entschieden, endlich doch noch ihren Traum zu leben. Warum auch nicht? Sie war halt einfach nur zu feige, Joe zu sagen, was los ist, aber das ist auch schon alles.«

Annika ließ Andreas Worte wirken, seufzte. Im Grunde kannte sie Heike nicht, konnte nicht beurteilen, ob Andrea recht haben könnte. Fakt war, dass Joe in dieser Hinsicht sicherlich ein wenig überemotional reagierte, was auch verständlich war.

Blieben also nur noch die beiden toten Frauen. »Macht es Ihnen keine Angst, dass Anna Weigl und Elke Schmidt tot sind? Und nachdem ich es nicht war – auch wenn Ihr Vater nach wie vor anderer Meinung ist –, muss es jemanden da draußen geben, der durchgeknallt genug ist, Leute abzuschlachten.«

Andrea sah betreten zur Seite, wodurch Annika merkte, dass sie einen wunden Punkt getroffen hatte.

Doch dann hatte Andrea sich innerhalb von Sekunden wieder im Griff. »Elke und Anna waren einander vom Typ her sehr ähnlich«, mutmaßte sie dann, doch Annika sah, dass sie davon selbst nicht überzeugt schien. »Vielleicht ist es jemand vollkommen Fremdes und beide Frauen sind nur Zufallsopfer geworden, weil sie in sein Beuteschema fielen.«

»Als ich in Elkes Zimmer kam, hat sie noch gelebt«, erklärte Annika. »Und sie hat etwas von einer Dunja gesagt, und dass die Vergangenheit sie einholt.«

Andrea stand stocksteif da, verzog keine Miene.

Dennoch erkannte Annika, dass Andreas Augen sich innerhalb der letzten Sekunden verdüstert hatten.

»Ich muss jetzt rein«, erklärte sie Annika und klang plötzlich seltsam monoton. Fast so wie ihr Vater vorhin, als sie beide belauscht hatte.

»Wenn Sie etwas wissen, dann müssen Sie es sagen. Es geht hier um Menschenleben.«

Andrea sah sie von oben herab an. »Ihnen geht es doch nur um die eigene Haut«, gab sie zurück. Dann seufzte sie. »Ich weiß wirklich nicht, was Sie meinen. Und jetzt möchte ich, dass Sie gehen.«

»Und was war das vorhin mit dieser Lisa? Sie hat geweint, als ich Sie beide beobachtet habe. Und wie es aussieht, gibt es irgendwo ein vermisstes Kind.«

Andrea sah sie irritiert an. »Lisa? Sie meinen Linda … Linda Mühlhausen.« Ihr Mund klappte auf. »Woher wissen Sie eigentlich das von dem Kind? Haben Sie meinen Vater und mich etwa belauscht?«

Annika hob die Schultern. »Irgendwas musste ich tun, wenn es sonst keiner für nötig hält. Fakt ist jedenfalls, dass Linda mit der Sache zu tun hat, denn als ich sie auf all das angesprochen habe, musste sie auf einmal ebenfalls weg. Ganz genau wie Sie jetzt.«

Andrea starrte sie schweigend an, das Gesicht zu einer Maske erstarrt. Annika begriff, dass sie auch aus ihr nichts herausgekommen würde. Sie seufzte innerlich. »Sind Sie wenigstens so nett und sagen mir, wo ich diese Linda finde?« Andreas Gesichtsausdruck verschloss sich noch weiter.

»Dachte ich mir schon«, murmelte Annika und grinste in sich hinein. »Ich gehe jetzt wieder. Falls Sie es sich noch anders überlegen sollten, kontaktieren Sie bitte meinen Vater.«

. . .

Zurück in Opa Seligs Wagen stieß Annika ein Lachen aus. Es war so einfach gewesen, Lindas Nachnamen herauszufinden, jetzt musste sie nur das Glück haben, dass Lindas Adresse oder wenigstens ihre Telefonnummer im Internet verzeichnet war. Sie zog ihr Smartphone hervor, gab den Namen der Frau in die Googlesuche ein, fing an zu lesen, seufzte schließlich erleichtert auf. Dann hielt sie inne. *Verdammt*, dachte sie. Ihr Smartphone! Was, wenn die Bullen es orten konnten? Kurz erwog sie, die SIM-Karte herauszunehmen und wegzuwerfen, doch ein Blick auf die Uhr sagte ihr, dass es um diese Zeit schwer wäre, noch irgendwo eine Prepaidkarte aufzutreiben. Sie musste es eben so riskieren. Sie wählte die Nummer, wartete ab. Es dauerte nur bis zum zweiten Klingelton, dann war Linda schon am Apparat. Sie klang nervös und gehetzt, beinahe panisch. »Ich bin es noch mal«, erklärte sie. »Vom Möwenblick vorhin. Wir haben uns unterhalten.«

Stille am anderen Ende. Dann ertönte ein leises Schluchzen. »Warum lassen Sie mich nicht in Ruhe?«, kam es von Linda.

»Ich will Ihnen doch nur helfen!«, gab Annika zurück. »Diese Morde, die vermissten Frauen. Wollen Sie wirklich abwarten, bis es auch Sie erwischt … oder Ihr Kind?«

Es war ein Versuch und Annika wusste nicht, ob es funktionieren würde, doch dann hörte sie es. Ein hektisches Atmen, dann ein abruptes Keuchen. »Woher wissen Sie von Pia? Haben Sie was damit zu tun?«

Annika schloss die Augen.

Das war ein Volltreffer.

»Nein, ich hab nichts damit am Hut. Genauso wenig

wie mit den Morden an den Frauen. Oder damit, dass zwei Ihrer Klassenkameradinnen vermisst werden.«

»Woher wissen Sie es dann?« Lindas Stimme klang zittrig und schwach.

»Ich habe Alfred Popp und seine Tochter belauscht, als sie von einem verschwundenen Kind sprachen. Und nachdem ich Sie vorhin habe weinen sehen, musste ich nur eins und eins zusammenzählen.«

Inzwischen heulte Linda hemmungslos. »Pia wurde aus dem Haus meiner Mutter entführt«, erklärte sie. »Der Entführer hat mich mit verzerrter Stimme angerufen und gesagt, dass er sie tötet, sollte ich oder sonst jemand die Polizei einschalten. Ich sollte auf weitere Anweisungen warten, doch zwischenzeitlich ist meine Mutter zur Polizei gegangen. Verstehen Sie, was ich sage?« Die Frau heulte noch lauter. »Was, wenn Pia längst tot ist?«

»Das glaube ich nicht«, sagte Annika und meinte es auch so. »Wer auch immer das getan hat, will etwas von Ihnen. Und derjenige weiß, dass Sie nur kooperieren, solange Pia noch lebt.« Sie brach ab, überlegte einen Augenblick. »Denken Sie, dass das alles mit Dunja zusammenhängt?«

Schweigen.

»Hallo? Sind Sie noch dran?«

»Ich weiß nicht, wovon Sie sprechen«, sagte Linda schließlich matt und Annika stöhnte innerlich.

»Warum lügen Sie selbst jetzt noch? Ich meine, Ihre Tochter wurde entführt und wie es aussieht, hängt alles mit Ihrer aller Vergangenheit zusammen. Was ist damals vorgefallen, das jetzt solch grauenvolle Ereignisse nach sich zieht?«

»Wir haben es damals geschworen«, stieß Linda nach einigen Sekunden des Schweigens schließlich aus. »Und wir haben einander versprochen, dass wir nie wieder ein Wort darüber verlieren.«

»Was haben Sie geschworen? Und was einander versprochen? Was zum Teufel ist damals passiert?«

»Das geht Sie nichts an!«

»Mag sein, aber deswegen sind Ihre Tochter und vielleicht noch mehr Menschen trotzdem in großer Gefahr.« Annika holte tief Luft. »Eigentlich bleibt Ihnen gar keine andere Wahl, wenn Sie noch etwas retten wollen. Sie müssen zur Polizei und wenigstens dort die Wahrheit sagen.«

»Ich kann nicht«, sagte Linda und klang gepresst. »Ich hoffe von ganzem Herzen, dass Pia überhaupt noch lebt, und werde deshalb kein weiteres Risiko eingehen. Ich tue alles, was er verlangt, um meine Kleine zu retten. Der Rest ist mir egal.«

»Es ist also ein Mann, der Ihre Tochter hat?«

»Zumindest war es eine männliche Stimme«, gab Linda zurück.

Annika überlegte. »Aber das ist der ultimative Beweis dafür, dass das alles nichts mit meiner Bekannten, sondern mit Ihrer aller Vergangenheit zu tun hat. Mit Dunja.«

Linda am anderen Ende sog die Luft scharf ein.

»Sie müssen mir versprechen, dass Sie der Polizei nichts von Pias Entführung erzählen«, flehte sie Annika mit zittriger Stimme an. »Wer auch immer meine Tochter hat, überwacht sicherlich dieses Haus. Wenn er mitbekommt, dass ich Kontakt zur Polizei habe – durch wessen Schuld auch immer –, verliere ich mein Kind und das wäre dann allein Ihre Schuld!«

16

SYLT

DEZEMBER 2017

Nic gähnte herzhaft. Der gestrige Arbeitstag hatte bis heute Morgen vier Uhr gedauert, sodass er letztendlich nur knappe drei Stunden Schlaf bekommen hatte. Um kurz nach acht Uhr hatte er bereits wieder im Präsidium auf der Matte gestanden, ohne Kaffee und ohne Frühstück, genau wie Hanna und all die anderen. Von Carl Limmer wusste er, dass Sonja Kirschner noch immer nicht im Hotel aufgetaucht war, was ihn veranlasst hatte, einige Nachforschungen in Hinsicht alter Bekannter der Frau anzustellen, damit er einen Ansatzpunkt hatte, wo er zu suchen anfangen sollte. Doch egal, in welche Richtung Hanna und er auch dachten, Sonja blieb wie vom Erdboden verschwunden. Seltsam, dass der Gedanke an Sonja bei ihm eine Assoziation zu Heike – Wunderlichs Verlobter – auslöste. War das ein Zeichen?

Nic beschloss, es als ein solches zu behandeln, doch zuvor musste er sich noch um etwas anderes kümmern. Alfred Popp hatte heute Morgen eine Konferenz abgehalten, in der er das gesamte Team auf Annika Wunderlich und die Suche nach ihr angespitzt hatte, nachdem die

Hotelaktion vom gestrigen Abend erfolglos geblieben war. Deswegen waren einige Kollegen mittlerweile damit beschäftigt, inkognito das Hotel Möwenblick zu überwachen, andere fuhren die Insel ab, ob sie den Wagen des Vaters irgendwo stehen sahen, wieder andere überprüften Tankstellen und abgelegene Kneipen oder unterstützten das Team vom Abend bei der Überprüfung der Inselhotels.

Nic seufzte. Er persönlich war sicher, dass Annika den Wagen des Vaters längst abgestoßen hatte und auch niemals in Betracht ziehen würde, sich in einem Hotel einzumieten. So wie er die junge Frau kennengelernt hatte, schien sie ziemlich schlau zu sein. Bestimmt hatte sie sich ein sicheres Versteck gesucht, von dem aus sie alles mit Argusaugen beobachtete.

Ganz im Gegensatz zu seinem vollkommen verblödeten und verbohrten Chef. Popp hatte angewiesen, dass er sich um die Leute im Hotel kümmern und das Klassentreffen offiziell unterbinden sollte. Nic war sicher, dass diese Aufgabe die Strafe dafür sein sollte, dass er sich mit seiner Meinung gegen seinen Boss stellte. Popp wollte ihn aus dem Weg haben, doch Nic war darüber gar nicht böse. Er hatte sich sowieso vorgenommen, die ehemaligen Klassenkameraden der toten Frauen zu befragen, ob es irgendwas in der gemeinsamen Vergangenheit gab, auf das sich die Ereignisse der letzten Tage beziehen ließen. Sowohl Hanna als auch Nic waren mittlerweile sicher, dass der Buchstabe D auf den Steinen, die in den Körpern der Opfer gefunden worden waren, ein Hinweis zum Motiv des Täters darstellten, was bedeutete, dass damals irgendwas passiert sein musste, in das sowohl die toten Frauen als auch die Vermisste verwickelt waren. Vielleicht sogar Heike, Wunderlichs verschollene Flamme.

Deswegen hatte er ein Treffen der Ehemaligen in der

Lobby des Hotels angesetzt, bei dem er versuchen würde, etwas herauszufinden, das Hanna und ihn weiterbrachte. Er sah auf die Uhr, dann zu den Wartenden.

»Sollen wir anfangen?«, rief er und wartete, bis das Gemurmel verstummte. Er sah reihum, brachte das erste seiner Anliegen direkt auf den Punkt. »Wie Sie alle wissen, sind zwei junge Frauen tot«, erklärte er und sah in die betroffenen Gesichter der Anwesenden. »Eine weitere Frau wird aktuell vermisst – Sonja Kirschner. Weiß jemand etwas über Sonjas Aufenthaltsort?«

Allgemeines Kopfschütteln. Dann ein verhaltenes Schluchzen von einer Frau aus der hinteren Reihe. Nics Blick streifte Limmer, der mit düsterem Gesichtsausdruck auf seinem Stuhl saß und zornig dreinblickte. Als er heute Morgen erneut im Präsidium gewesen war und darum gebeten hatte, Sonjas Verschwinden mehr Beachtung zu schenken, hatte Popp kurzerhand die Gelegenheit ergriffen und ihn selbst befragt. Nic hatte anschließend das Gesprächsprotokoll gelesen und festgestellt, dass er den Mann wie einen Verdächtigen behandelt hatte, obwohl er zuvor nicht einmal in Betracht ziehen wollte, dass Sonja etwas zugestoßen sein könnte.

Nic konnte nicht in Worte fassen, wie sehr er seinen Chef verachtete, vor allem dafür, wie er mit den Leuten umging, die eigentlich tröstende Worte nötig hatten.

Er seufzte. »Wir tun alles, was in unserer Macht steht, um Sonja wohlbehalten zu finden sowie den Mörder von Anna und Elke zu ergreifen, doch dafür brauchen wir Ihre Hilfe. Was immer Ihnen einfällt – alles könnte von Belang sein. Doch zuvor muss ich Sie alle bitten, mir dabei zu helfen, eine Liste mit Namen zu erstellen. Ich will wissen, wer damals alles in Ihrer Klasse gewesen ist. Ich muss diese Liste mit den hier Anwesenden vergleichen, damit ich weiß, wer nicht zum Treffen gekommen ist.«

»Andrea Popp hat alles, was Sie brauchen«, kam es von einem Mann weiter hinten. »Sie hat uns alle kontaktiert und zuvor über Social Media aufgespürt.«

Nic seufzte. »Nur leider ist Andrea Popp gerade nicht hier, sodass ich auf Sie alle und Ihre Hilfe ausweichen muss.«

»Aber die Namen stimmen teilweise nicht mehr überein«, schaltete sich eine Frau ein. »Einige von uns haben geheiratet, heißen jetzt anders.«

»Dann bauen wir die Liste eben so auf, dass beide Namen darauf stehen. Sowohl die Mädchennamen Ihrer ehemaligen Kameradinnen als auch die neuen Namen. Das macht es mir einfacher, wenn Sie verstehen.« Nic räusperte sich, sah auf die Uhr. Schließlich sah er freundlich lächelnd in die Runde. »Was dagegen, wenn wir gleich anfangen?«

Gemurmel erklang, einige schüttelten die Köpfe.

»Ach, bevor ich es vergesse«, sagte Nic und hob beschwichtigend die Hände. »Ich hoffe, dass es in Ihrer aller Sinn ist, dass das Klassentreffen nun definitiv ins Wasser fällt, in Ordnung?« Er sah nacheinander in die Gesichter der Anwesenden. »Ganz davon abgesehen, dass die inzwischen auswärts Lebenden unter Ihnen wegen des Wetters sowieso noch hier festsitzen, muss ich dennoch allgemein darauf bestehen, dass niemand von Ihnen allen die Insel vorerst verlässt.«

Einige der Anwesenden nickten verständnisvoll, wieder andere sahen genervt aus und tuschelten aufgeregt.

Nic legte einen neutralen Gesichtsausdruck auf, sah sich um. »Das alles ist nur eine reine Vorsichtsmaßnahme«, erklärte er. »Sie alle sind wichtige Zeugen in den Mordfällen, daher muss ich darauf bestehen.«

»Gilt das auch für Mitbringsel?«, wollte eine Frau wissen, die nicht zur Klasse gehörte und lediglich ihren Freund begleitete.

Nic überlegte, sah zu Lennard Hofbauer, der mit blassem Gesicht auf seinem Stuhl saß und trübsinnig vor sich hin starrte. »Auch Sie muss ich um Geduld bitten«, sagte Nic schließlich. »Keiner verlässt die Insel, es sei denn, meine Kollegen oder ich geben das Okay dafür.«

Er räusperte sich, zog Block und Stift aus der Tasche seines Jacketts. »Fangen wir also mit der Namensliste an.«

Als er am frühen Abend zurück ins Büro kam, spürte er, dass eine Migräne-Attacke im Anmarsch war. Er bekam diesen nervigen Mist immer dann, wenn er nicht genug Schlaf abkriegte oder sich über irgendetwas tierisch aufregte. In diesem Falle schien es eine Kombination aus beidem zu sein, denn die Schmerzen hatten angefangen, als er vor der Tür zum Büro Popps lautes Geplärre vernommen hatte.

Er seufzte, sah auf die Uhr. Das Erstellen der Liste hatte extrem viel Zeit in Anspruch genommen, weil eine der anwesenden Damen quasi über fast jeden der fehlenden Leute etwas zu berichten wusste.

Nic hatte schließlich durchgreifen und die Frau mit ihrem starken Mitteilungsbedürfnis maßregeln müssen, um endlich fertig zu werden. Jetzt stand ihm ein Gespräch mit Popp bevor, dem er die Liste vorzulegen gedachte, um sein Einverständnis zur weiteren Untersuchung zu bekommen.

Er ließ sich einen Kaffee aus dem Automaten, trank

einen Schluck, genoss die Ruhe vor dem Sturm. Als aus Popps Büro kein Laut mehr kam, stand Nic auf, klopfte, öffnete die Tür. Sein Chef zuckte zusammen und wirbelte herum, starrte ihn verärgert an. Er telefonierte noch immer, hatte aber mehr oder weniger geflüstert, beendete jetzt jedoch völlig überstürzt das Gespräch. Danach wurde er auf einen Schlag erst knallrot und anschließend blass. Er musste Nic in der Kaffeeküche gehört und deswegen leiser gesprochen haben, was Nic fälschlicherweise so interpretiert hatte, als dass das Telefonat seinen Chefs beendet war.

»Was wollen Sie?«, herrschte Popp ihn an.

Nic räusperte sich, wollte gerade loslegen, dann fiel ihm das Zucken auf. Popps linkes Augenlid zuckte nervös auf und ab, genau wie der kleine Finger seiner linken Hand. »Ich wollte nur kurz Bescheid geben, dass ich die Sache geklärt habe. Die Leute im Hotel wissen Bescheid. Keine Party, niemand darf die Insel verlassen und jeder von ihnen soll sich auf Abruf bereithalten.«

Popp runzelte die Stirn und Nic befürchtete schon, dass er ihn gleich fragen würde, ob das alles sei und ob er ihn nur wegen dieses belanglosen Mists gestört habe, doch dann nickte er knapp, fuhr sich fahrig über die schweißbedeckte Stirn. »Ich muss jetzt weg«, erklärte er schließlich und schob sich an Nic vorbei. Er sah auf die Uhr, seufzte. »Ich glaube auch nicht, dass ich so schnell wieder herkomme, weil ich mich um einige wichtige interne Dinge kümmern muss.«

Nic sah Popp an. »Soll ich hierbleiben und die Stellung halten, bis einer von den anderen kommt?«

Popp nickte knapp. »Vielleicht könnten Sie noch ein wenig herumtelefonieren, in Bezug auf die Liste der Bekannten von Frau Kirschner. Wie ich mitbekommen habe, konnten wir einige von denen bislang nicht erreichen.«

Als Popp gegangen war, ging ihm ein Gedanke nicht mehr aus dem Kopf. Warum war sein Boss zusammengezuckt, als er in sein Büro gekommen war? Er hatte fast ertappt gewirkt, so als habe er ihn bei etwas erwischt, das im Verborgenen bleiben sollte.

Nic stieß die Luft aus, ging zum Schreibtisch seines Vorgesetzten, hob den Hörer ab, drückte auf Wahlwiederholung. Es klingelte ein paar Mal, dann hob eine Frau mittleren Alters ab, meldete sich mit dem Namen Pohl. Nic runzelte die Stirn, erklärte, dass er sich verwählt habe, legte wieder auf. Er ging zu seinem Schreibtisch zurück, nahm die Liste, die er mit den Leuten vorhin erstellt hatte, überflog sie. Bei einem der Namen stutzte er.

Ihm wurde heiß und kalt zugleich.

Marlene Pohl!

Die Dame am Telefon eben hatte denselben Nachnamen gehabt und Popp hatte mit ihr telefoniert, als Nic ins Zimmer gekommen war. Das musste etwas zu bedeuten haben. Er setzte sich, las die Namen noch einmal von unten nach oben. Von ehemals vierundzwanzig Schülern hatten nur sechzehn auf die Einladung zum Klassentreffen geantwortet. Drei waren bereits verstorben. Drei ins Ausland gezogen und zwei Frauen hatten wegen ihrer fortgeschrittenen Schwangerschaft beziehungsweise der erst kürzlich stattgefundenen Entbindung nicht gekonnt. Zwei von den dreien im Ausland lebenden Ehemaligen mussten bezüglich der Recherche erst mal ganz weit hinten anstehen. Einer lebte in Australien, der andere in Kanada. Und Heike ja angeblich in Spanien, doch das war eine andere Geschichte. Nic bezweifelte, dass einer von den beiden in Australien und Kanada lebenden Männern mehr wusste als die Leute hier vor Ort, daher würde er sich um die beiden Herren ganz zum Schluss kümmern. Die wegen Schwangerschaft und Geburt verhinderten Frauen würde er ebenfalls erst die Tage anrufen. Blieben die drei Todesfälle, denen nachzugehen sich definitiv lohnte. Einer der Toten war Sebastian Ohnesorg. Der junge Mann war vor etwas mehr als einem Jahr bei einem Autounfall ums Leben gekommen. Marlene Pohl, die Tochter der Frau, mit der sein Boss eben telefoniert hatte, war vor einigen Jahren an Brustkrebs gestorben. Und die dritte Tote im Bunde, eine Dunja Berger, war als junges Mädchen durch ein tragisches Unglück hier auf der Insel ums Leben gekommen.

Nic fand, dass vor allem diese Dunja es wert war, einmal näher hinzusehen. Zumal der Anfangsbuchstabe ihres Namens mit den Steinen übereinstimmte, die in den Leichen gefunden worden waren. Von ihren ehemaligen Klassenkameraden wusste er, dass sie in einem alten Nazibunker hier auf der Insel gestorben war, dass aber bis heute niemand genau wusste, wie es zu der Tragödie überhaupt hatte kommen können. Das Tragische an der Geschichte: Das Mädchen war Asthmatikerin gewesen und hatte ihr Spray an jenem Tag nicht dabei gehabt. Die Polizei vermutete deshalb, dass sie wegen der feuchtkalten Luft im Bunker einen Anfall bekommen hatte und hysterisch wurde, deswegen stürzte und am Zusammenspiel des Blutverlusts und dem Sauerstoffmangel starb. Anfangs hatte man wegen der schweren Kopfverletzung angenommen, dass das Mädchen entführt und ermordet worden war, doch letztendlich hatte sich dieser Gedanke als nichtig herauskristallisiert. Es hatte weder eine Forderung an die Eltern gegeben, noch war etwas gefunden worden, das auf sexuellen Missbrauch hingedeutet hatte.

Und so wurde schließlich eine alte Frau für den Tod des Kindes verantwortlich gemacht. Nicht offiziell und von Rechtswegen, doch für den Großteil der Inselbewohner schien zumindest bis heute festzustehen, dass alles ihre Schuld war, weil sich der Bunker auf ihrem Grund und Boden befand und nur sie den Schlüssel dafür gehabt hatte.

Nic hätte gerne mit Adelheid gesprochen, doch die war mittlerweile ebenfalls gestorben – an einem Herzinfarkt, wie ihm zu Ohren gekommen war.

So blieb ihm nichts anderes übrig, als die internen Datenbanken durchzugehen und im Archiv nachzusehen, ob er die alte Akte von Dunja Berger fand.

Alles in allem dauerte es nur knappe fünfundzwanzig Minuten, bis er das Gesuchte zusammen hatte. Er setzte sich an seinen Schreibtisch zurück, fing an zu lesen. Als Erstes fiel ihm auf, dass Alfred Popp im Fall Berger der leitende Ermittler gewesen war.

Bestand ein Zusammenhang zwischen seiner damaligen Tätigkeit und dem heutigen Anruf bei der Mutter von Marlene Pohl? Und falls dem so war, bedeutete das dann, dass der Fall Berger mit den Morden hier zusammenhing? Vielleicht sogar mit dem Verschwinden von Sonja und Wunderlichs Verlobter? Er stand auf, ging erneut in Popps Büro, drückte noch einmal auf Wahlwiederholung.

Es dauerte eine Weile, bis abgehoben wurde, und diesmal stellte Nic sich der Frau ganz offiziell vor. »Es tut mir leid, dass ich Sie stören muss«, erklärte er. »Aber ich müsste dringend wissen, weshalb mein Kollege vorhin bei Ihnen angerufen hat. Wir sind hier mitten in einer Mordermittlung und Alfred Popp hat das Protokoll versehentlich mitgenommen, als er gegangen ist, und es würde mir wirklich die Arbeit erleichtern, zu wissen, woran er zuletzt gesessen hat.«

Die Frau am anderen Ende stieß einen langen Seufzer aus, räusperte sich. »Alfred und ich kennen einander schon sehr lange«, erklärte sie. »Unsere Mädchen waren früher befreundet, bis meine Ehe in die Brüche ging und wir wegzogen. Inzwischen ist meine Tochter leider an Krebs gestorben, doch Alfred hat sich noch daran erinnert, dass seine Andrea und meine Marlene mal ganz eng miteinander waren, und wollte etwas wissen, das die Zeit vor ihrem Tod betrifft.«

Nic horchte auf, hielt die Luft an.

Er spürte deutlich, dass er ganz kurz davor stand, den Weg in die richtige Richtung einzuschlagen.

»Was genau hat er denn gefragt?«

Die Frau zögerte einen Moment, dann atmete sie tief durch. »Ich weiß nicht, ob es Alfred recht ist, wenn ich unser vertrauliches Gespräch ausplaudere.«

»Wir alle hier im Präsidium ziehen an einem Strang«, erklärte er. »Was Alfred weiß, wissen wir alle, wir arbeiten ganz eng zusammen, als Team, verstehen Sie?«

Wieder ein Seufzen. »Na gut«, sagte die Frau schließlich. »Er hat wegen Dunja Berger angerufen. Sie war eine ehemalige Klassenkameradin unserer Töchter und lebte zum Zeitpunkt der damaligen Tragödie noch nicht besonders lange auf der Insel. Sie und ihre Familie waren erst relativ neu zugezogen, deswegen bemühte die kleine Dunja sich auch um eine Freundschaft mit meiner Marlene und Andrea, bis das Unglück geschah … Ihr Tod gibt uns allen heute noch Rätsel auf. Alfred denkt wohl darüber nach, den Fall neu aufzurollen, und wollte deswegen wissen, ob Marlene sich noch an etwas erinnert oder mir gegenüber mal über Dunja gesprochen hat.«

17

SYLT

DEZEMBER 2017

Ihr Herz hämmerte so heftig in ihrer Brust, dass das Klopfen bis in ihren Kopf widerhallte. Mittlerweile hatte sie über den Tag verteilt so viel Kaffee getrunken und dazu kaum etwas gegessen, dass ihr Magen langsam anfing, sich gegen das viele Koffein zu wehren. Opa Selig sah sie über seine Brille hinweg an. »Schmeckt dir meine Suppe nicht?«

Annika verzog das Gesicht. »Doch, doch, aber irgendwie hab ich keinen Appetit.«

Nachdem sie gestern von Andrea weggefahren war, hatte sie keine andere Wahl gehabt, als zu Opa Selig zurückzukommen und ihn zu bitten, ihr eine Nacht lang Unterschlupf zu gewähren. Sowohl Linda als auch Andrea hatten sie in ihrem veränderten Aufzug gesehen und die Gefahr war daher viel zu groß, sich draußen aufzuhalten. Hinzu kam, dass das Unwetter an Stärke weiter zunahm, sodass es mittlerweile beinahe lebensgefährlich war, nicht drinnen zu bleiben. Opa Selig hatte ihr, ohne zu zögern, den Schlüssel zu Adelheids Haus gegeben und gesagt, dass sie so lange bleiben könne, wie sie wollte, doch ausnutzen wollte sie seine Großzügigkeit nicht. Ganz davon abgesehen, dass sie eine polizeilich gesuchte Person war und er sich strafbar machte, in dem er sie wissentlich versteckte. Sie nahm einen Löffel von der Fischsuppe, lächelte Opa Selig dankbar an. »Schmeckt super.«

»Vielleicht schaffst du ja wenigstens den einen Teller. Das wäre gut, um bei Kräften zu bleiben.«

Annika nickte, nahm einen weiteren Löffel. Schließlich lehnte sie sich zurück. In der vergangenen Nacht hatte sie fast kein Auge zugetan. Alles Mögliche war ihr im Kopf herumgegangen, zudem hatte ihr Vater an die fünfzehn Mal auf ihrem Handy angerufen. Er machte sich große Sorgen um sie, so viel stand fest, trotzdem hatte sie es nicht über sich gebracht, einen seiner Anrufe anzunehmen.

Sie seufzte, zog das Handy aus der Gesäßtasche ihrer Jeans, wählte die Nummer ihres Vaters. Es dauerte keine zwei Sekunden, bis er am Apparat war.

»Wo bist du?« Seine Stimme klang brüchig und rau.

»Das tut nichts zur Sache«, erklärte Annika. »Warum hast du angerufen?«

Er lachte bitter. »Das fragst du noch? Da draußen herrscht Weltuntergangsstimmung und du bist nicht hier! Ganz davon abgesehen, dass die Polizei inzwischen von deinem veränderten Aussehen weiß.«

»Andrea Popp hat gequatscht?«

»Sieht wohl ganz so aus.«

»Ich bin in Sicherheit«, versuchte Annika, ihn zu beruhigen. »Und es geht mir einigermaßen gut.« Sie seufzte. »Du musst doch verstehen, dass ich nicht einfach zu dir kommen kann. Die Bullen würden mich schnappen und einsperren und das, obwohl ich nichts getan habe.« Es raschelte in der Leitung.

»Frau Wunderlich?«, ertönte plötzlich eine männliche

Stimme, die Annika vage bekannt vorkam. »Ich bin Nicolas Brandl von der Kripo. Ich muss Ihnen dringend ans Herz legen, herzukommen.«

Annika stieß einen Seufzer aus, schloss die Augen. Die Polizei war bei ihrem Vater, überwachte wahrscheinlich sein Telefon samt Online-Aktivitäten. Sie zwangen ihn, zu kooperieren. Deswegen hatte er die vergangene Nacht so oft versucht, sie zu erreichen. Er wollte, dass sie zu ihm kam, damit die Polizei ihn in Ruhe ließ. Annika konnte das natürlich nachvollziehen, dennoch versetzte es ihr einen Stich mitten ins Herz. Kurz erwog sie, wieder aufzulegen, als die Stimme des Polizisten sich in ihr Bewusstsein drängte.

»Es wird Ihnen nichts passieren, das versichere ich Ihnen«, erklärte er erneut und obwohl der Mann ehrlich klang, glaubte sie ihm nicht.

»Ich kann nicht«, sagte sie stattdessen. »Ich hab nichts getan und sehe nicht ein, mich von euch wegsperren zu lassen.«

»Hören Sie«, versuchte es Brandl erneut. »Sie sind eine wichtige Zeugin in dem Mordfall an Elke Schmidt. Wir wissen, dass Sie sie gefunden haben, weil Ihre Fingerabdrücke überall im Zimmer waren und auf dem Notfallkasten im Gang.« Er brach ab, räusperte sich. »Mir ist klar, dass Sie nichts mit den beiden Morden zu tun haben. Und auch nichts damit, dass eine weitere Frau vermisst wird. Doch gerade deswegen müssen Sie herkommen und mit mir sprechen, anders kann auch ich Ihnen nicht helfen.«

»Sie hat noch gelebt«, rutschte es Annika heraus, ehe sie sich bremsen konnte.

»Sie sprechen von Elke?« Der Bulle klang plötzlich gepresst.

Annika stöhnte innerlich, holte tief Luft. »Als ich ins

Zimmer kam, um die Arbeit des Zimmermädchens zu kontrollieren, fand ich Frau Schmidt im Badezimmer. Jemand hat ihr das Silbertablett aus dem Wohnraum in den Hals gerammt. Sie hat geröchelt und sah aus, als würde sie jeden Moment ersticken, deswegen bin ich näher hin.« Annika spürte, wie ihr Herz wieder zu hämmern begann, verdrängte die schrecklichen Bilder aus ihrem Kopf. Als sie sich wieder im Griff hatte, räusperte sie sich. »Sie hat etwas von einer Dunja gesagt. Und dass jemand sie alle holen wird. Mehr weiß ich auch nicht.«

»Und Sie sind absolut sicher, dass Elke Schmidt den Namen Dunja erwähnt hat?«

»Ja«, sagte Annika fest.

»Sonst hat sie nichts gesagt?«

»Sie konnte nicht mehr. Sie starb, als ich dabei war. Hat sich noch meinen Arm gegriffen, weil sie nicht alleine bleiben wollte.«

»Das tut mir sehr leid«, sagte Nicolas Brandl. »Was Sie erlebt haben, ist furchtbar.«

Annika spürte, wie ihr die Tränen über die Wangen liefen. »Dann können Sie sich vielleicht ansatzweise vorstellen, wie es mir geht, nachdem ihr saudämlicher Kollege mich für diese Tat verantwortlich hält.«

Erneut ertönte ein Rascheln, dann war ihr Vater wieder dran. »Tut mir leid«, sagte er, weil er wusste, dass sie sauer war, weil er ihr zu Anfang des Gesprächs verschwiegen hatte, dass ein Polizeibeamter anwesend war. »Ich hab die ganze Nacht versucht, dich zu erreichen, hab mir solche Sorgen gemacht, dass ich gar nicht anders konnte, als zur Polizei zu gehen. Ich wollte versuchen, Alfred davon zu überzeugen, dass du nichts mit alledem am Hut hast. Ich wollte, dass er die Voraussetzungen der Suche nach dir ändert, in der Hoffnung, dass du dann herkommst.«

»Gibst du mir den Polizisten noch mal«, sagte sie, ohne auf seine Entschuldigung einzugehen. Seufzend reichte er den Hörer weiter.

»Ja?«

»Sie können aufhören, meinen Vater zu belagern und zu nerven. Er weiß weder, wo ich bin, noch werde ich es ihm sagen. Und ich komme auch nicht vorbei, solange ich nicht ganz sicher weiß, was das alles zu bedeuten hat.« Sie stieß die Luft aus, drängte die Tränen zurück. »Dabei hab ich wirklich alles versucht«, fuhr sie fort. »Ich war bei Andrea Popp, weil ich sicher bin, dass sie etwas weiß. Und ich hab mit Linda Mühlhausen gesprochen und sie quasi angefleht, mich zur Polizei zu begleiten, falls auch sie in die Geschichte mit dieser Dunja involviert ist und sich denken kann, was hier vor sich geht. Doch weder Andrea und noch Linda waren bereit, das für mich zu tun, geschweige denn mir zu sagen, was das alles bedeuten könnte.«

»Wie kommen Sie darauf, dass diese beiden Frauen etwas wissen könnten?«

»Beide sind mit den toten Frauen in eine Klasse gegangen. Beide kannten Dunja. Und dann ist da noch die Sache mit Lindas To…«

Hektisch brach Annika ab, schloss die Augen. Sie könnte sich ohrfeigen, weil sie nicht aufgepasst hatte.

»Was ist mit Lindas Tochter?«, fragte der Polizist argwöhnisch.

Annika stöhnte innerlich. Sie atmete tief durch. »Gar nichts«, sagte sie schließlich im Brustton der Überzeugung. »Ich weiß nur, dass Linda nicht mit mir reden und mich auch nicht aufs Präsidium begleiten will, weil sie Angst hat, dass, wer immer hinter allem steckt, ihrer Tochter etwas antun könnte.«

. . .

Nachdem Annika das Gespräch abrupt beendet hatte, sah sie Opa Selig an. »Ich glaube, ich hab Mist gebaut«, sagte sie. »Wenn der Polizist jetzt irgendwelche Schritte bezüglich Lindas Tochter einleitet, weil er wegen mir misstrauisch geworden ist, bin ich schuld, wenn der Kleinen was passiert.«

Opa Selig starrte sie irritiert an, deswegen erzählte Annika ihm in Kurzform, was sie von Linda wusste. Der alte Mann stöhnte. »Und du bist sicher, dass dir das Ganze nicht zu heiß wird und über den Kopf wächst?«, fragte er. »Vielleicht ist es doch besser, wenn du dich stellst. Da scheint jemand wirklich Gefährliches unterwegs zu sein und so wie es sich für mich anhört, macht er vor nichts und niemandem Halt, auch vor kleinen Kindern nicht.«

Annika schüttelte den Kopf und schob ihren Teller von sich weg. »Was denkst du, wie oft ich mir darüber in der letzten Nacht Gedanken gemacht habe? Aber wenn ich mich jetzt stelle, ist da außer der unfähigen Polizei keiner, der sich die Mühe macht, hinter das Ganze zu blicken.«

»Was gedenkst du zu tun?«

Annika seufzte, klappte die Schutzkappe des Handys um, entnahm die SIM-Karte. »Als Erstes sorge ich dafür, dass mich keiner mehr aufspüren kann. Ich werde auch nicht mehr herkommen, denn falls die Polizei bereits dabei ist, mich zu orten, wissen sie bald, dass ich hier gewesen bin.« Sie lächelte, als sie Opa Seligs erschrockenes Gesicht sah. »Sag, dass du nicht wusstest, dass ich in Adelheids Haus war. Sag ihnen, ich habe mich einfach reingeschlichen.«

Er grinste. »Die Polizei ist mir egal, was sollen dir mir schon tun? Ich hab einer hilflosen Frau geholfen, die

Schutz vor dem Unwetter gesucht hat. Wer will mich dafür bestrafen?«

Er seufzte. »Ich mach mir um dich Sorgen. Du bist mir nämlich sehr ans Herz gewachsen.«

Annika griff über den Tisch nach seiner Hand, drückte sie. »Ich entsorge als Erstes die SIM-Karte am Strand, vergrabe sie oder werfe sie ins Wasser. Und wenn es dunkel ist, mache ich mich auf den Weg zum Hotel und sehe zu, dass ich irgendwie reinkomme. Ich muss mit einem der Teilnehmer von dem Treffen sprechen, vielleicht mit dem Mann des ersten Opfers oder mit sonst wem. Irgendjemand muss etwas wissen. Und ansonsten …« Sie überlegte. »Ich könnte versuchen, herauszufinden, wo die Familie von Dunja inzwischen lebt. Wenn sie hier auf Sylt sind, kann ich sie direkt fragen, was damals passiert ist. Vielleicht finde ich so heraus, wer hinter allem steckt.« Sie stand auf, nahm ihre Jacke von der Stuhllehne.

Opa Selig hielt sie am Arm zurück. »Das alles ist Arbeit der Polizei«, versuchte er, sie zum Umdenken zu bewegen, doch Annika wollte nichts davon hören.

»Ich hab keine andere Wahl«, erklärte sie. »Entweder ich finde raus, wer diese Frauen tatsächlich umgebracht hat und vor allem warum, oder ich verbringe den Rest meines Lebens hinter schwedischen Gardinen, ohne wenigstens versucht zu haben, meine Haut zu retten.«

Als Annika die Straße in Richtung Möwenblick einbog, kam ihr ein Gedankenblitz. Ein heranfahrender Wagen würde zu viel Aufmerksamkeit auf sich ziehen, daher wäre es sicherer, die letzten paar Hundert Meter zu Fuß zu gehen. Sie warf einen Blick durch die Seitenscheibe nach draußen erzitterte augenblicklich. Der Sturm bog die

Bäume und Sträucher in unnatürlichem Winkel in Richtung Boden. Hinzukam der Regen, der inzwischen wieder quer daherkam und so heftig war, dass weder Schirm noch Kapuze sie schützen konnten. Sie würde innerhalb von Sekunden bis auf die Knochen durchnässt sein, doch so sehr sie auch grübelte, zu Fuß weiterzugehen, schien ihre einzige Chance zu sein. Sie stellte Opa Seligs Smart am Straßenrand ab, schaltete den Motor aus und wollte gerade aussteigen und loslaufen, als aus beiden Richtungen Scheinwerferlicht auf sie zukam. Annika rutschte in ihrem Sitz nach unten, wartete, bis die Autos vorbeigefahren waren, doch seltsamerweise wurde das Licht immer heller, die Geräusche lauter. Sie rutschte tiefer nach unten, klemmte mittlerweile zwischen Lenkrad und ihrem Sitz fest, als sie wildes Geschrei vernahm. Sie glaubte, Andreas Stimme zu hören, die gegen den Sturm anschrie. Dann erklang das Gebrüll eines Mannes. Annika zog den Hebel an ihrem Sitz nach vorn, bis die Lehne nach hinten weg klappte. Anschließend robbte sie über die Liegefläche bis auf die Rückbank, schob sich ein Stückchen nach oben, spähte durch die Windschutzscheibe nach draußen. Sie erkannte Andrea Popp in einen dicken Anorak gehüllt vor ihrem Wagen stehen. Die Frau zitterte vor Kälte, versuchte, sich mit aller Kraft gegen den Sturm zu behaupten und nicht mitgerissen zu werden. Sie fuchtelte mit den Armen, versuchte, sich so mit einem Mann zu verständigen, der Annika den Rücken zugewandt hatte. Beide wirkten aufgebracht, panisch beinahe. Andrea schrie dem Mann etwas entgegen, von dem Annika zu verstehen glaubte, dass es um deren Vater ging. Sie beobachtete weiter, wie der Mann Andrea in die Arme nahm, an sich drückte, beruhigend auf sie einredete. Dann setzte er sich in deren Wagen, fuhr ihn ebenfalls an den Straßenrand, ließ die offensichtlich verstörte Frau anschließend bei sich einsteigen. Annika erkannte wegen des Wetters, und weil der Mann seine Kapuze tief ins Gesicht gezogen hatte, nicht, um wen genau es sich handelte, vermutete aber, dass es einer der Männer von dem Klassentreffen war.

Als der Wagen gewendet hatte und davonfuhr, musste Annika sich zusammenreißen, um den beiden nicht unmittelbar hinterherzufahren. In Gedanken zählte sie langsam bis fünf. Die eben beobachtete Szene ging ihr nicht mehr aus dem Kopf. Fakt war, dass etwas passiert sein musste. Etwas, das Andrea schwer mitnahm, sie zutiefst verängstigte. Und in Anbetracht der Tatsache, dass Annika sicher war, ein paar Mal das Wort Vater verstanden zu haben, passte alles wirklich gut zusammen. Was immer auch vorgefallen war, betraf Andrea Popps Vater. Und da sie, Annika, von eben diesem Mann für eine Mörderin gehalten wurde, war es umso wichtiger, herauszufinden, was genau mit Alfred Popp los war.

Sie holte tief Luft, drehte den Zündschlüssel herum, wendete den Wagen. Dann trat sie aufs Gas.

18

SYLT

DEZEMBER 2017

Nic sah Johannes Wunderlich ernst an. »Ich bin mir absolut sicher und zu hundert Prozent davon überzeugt, dass Annika nichts mit den Morden und den Entführungen zu tun hat.«

Johannes Wunderlich starrte ihn an. »Die Frau ist noch immer nicht wieder aufgetaucht? Und was meinen Sie mit Entführungen?«

Nic verzog das Gesicht. »Wir wissen noch nichts Genaues, haben um ehrlich zu sein auch keinerlei Anhaltspunkte dafür, dass sie in Gefahr schwebt. Allerdings macht es mich persönlich doch stutzig, dass sie genau jetzt verschwunden ist, nachdem bereits zwei ihrer ehemaligen Freundinnen ermordet wurden.«

Er stieß die Luft aus. »Außerdem besteht Anlass zur Sorge hinsichtlich des Kindes einer Frau, die ebenfalls mit den toten Frauen in eine Klasse ging.« Nic brach ab, suchte nach Worten. »Doch diesbezüglich tappen wir genauso im Dunkeln wie in Bezug auf Sonja Kirschner.«

Nic räusperte sich. »Was ich sagen wollte, Herr Wunderlich.« Er suchte nach Worten, doch ihm wollte partout nicht einfallen, wie er sein Anliegen so verpacken konnte, dass es bei Joe Wunderlich nicht erschreckend rüberkam. »Ich halte Ihre Tochter wie gesagt nicht für die Täterin hinsichtlich all dieser Verbrechen.« Er seufzte, schluckte hart. »Doch genau das macht mir große Sorgen. Annika ist ein Sturkopf, wie mir scheint. Jemand, der mit dem Kopf durch die Wand muss. Und sie hat mir eben gesagt, dass sie nicht zu uns kommen und stattdessen selbst nach dem wahren Täter suchen wird.« Er sah Johannes Wunderlich an, hatte Mühe, dessen Blick standzuhalten. »Sie wissen, auf was ich hinauswill?«

Johannes nickte. »Wenn es Annika nicht gewesen ist, wovon wir beide fest ausgehen, und sie vollkommen auf sich allein gestellt nach dem wahren Täter suchen will, schwebt meine Tochter in allerhöchster Gefahr.«

Nic sah Johannes an, nickte. »Es tut mir wirklich leid«, erklärte er schließlich. »Ich hab versucht, sie zum Herkommen zu bewegen, aber sie hat zu viel Angst, was ich absolut nachvollziehen kann, nachdem mein Vorgesetzter sie derart anmaßend behandelt hat.« Nic schüttelte den Kopf. »Ich hab Annikas Handynummer von Ihnen, damit werde ich den Anbieter herausfinden und sie orten können. Allerdings kann das eine Weile dauern und ich weiß nicht, wie schnell Ihre Tochter ist, was sie als Nächstes vorhat und wie viel Zeit ihr noch bleibt.«

Nic beobachtete, wie Joe blass wurde und sich an einer der Stuhllehnen festkrallte. »Sylt ist eine winzig kleine Insel, es muss Ihnen und Ihren Kollegen doch irgendwie möglich sein, meine Tochter aufzuspüren, ehe ihr etwas passiert!«

»Wir haben zwei tote Frauen, Herr Wunderlich, mindestens eine Vermisste und vielleicht sogar noch ein verschwundenes Kind. Die Mordermittlung hat einen

Großteil unseres Personals in Beschlag genommen, hinzukommt das Unwetter, wegen dem wir ein paar Kollegen auf Abruf stellen mussten. Ich kann im Moment nicht noch mehr Leute für die Suche nach ihr abziehen.«

Als Nic wieder allein im Büro war, spürte er, wie sich sein Magen verknotete. Wunderlich hatte wie ein gebrochener Mann gewirkt, als er das Präsidium vor einer viertel Stunde verlassen hatte, seither ging ihm dessen verstörter Gesichtsausdruck nicht mehr aus dem Kopf. Er verstand Wunderlich, der Mann wollte seine Tochter wohlbehalten zurück, doch was Nic gesagt hatte, war die unumstößliche Wahrheit gewesen. Popp hatte schon etliche Leute mit der Suche nach der jungen Frau beauftragt. Und die waren noch immer rund um die Uhr damit beschäftigt, Annika aufzuspüren. Im Augenblick war Nic der Einzige, der versuchen konnte, in eine andere Richtung zu ermitteln, in der Hoffnung, dass es die Richtige war.

Er sah auf die Uhr, seufzte. Dann suchte er in seinem Handy nach Hannas Kontakt, tippte ihn an. Als seine Kollegin dran war, bat er sie ohne weitere Erklärung, zu ihm ins Präsidium zu kommen. Nachdem er aufgelegt hatte, ließ er die Szene mit Popp noch mal Revue passieren. Die Tatsache, dass er ertappt gewirkt hatte, als Nic ihn beim Telefonieren gesehen hatte, war Punkt eins auf der Liste mit Hinweisen, denen es nachzugehen lohnen konnte. Dann die Person, die er angerufen hatte, sowie den Grund des Anrufs. Es war um diese Dunja gegangen. Und eine verstorbene Dunja stand auf der Liste der ehemaligen Klassenkameraden. Das musste etwas zu bedeuten haben, da war Nic absolut überzeugt. Als Nächstes der Fakt, dass auf den Steinen, die im Innern der Leichen gefunden worden waren, der Buchstabe D drauf war. D für Dunja – das könnte durchaus Sinn ergeben.

Linda Mühlhausens seltsames Verhalten. Andrea Popp, die nahezu manisch wirkte, wenn es um die Vorbereitung des Klassentreffens ging. War es nicht so, dass Verdrängung zu solchen Reaktionen führen konnte? Und zu guter Letzt sein Vorgesetzter. Popp war Andreas Vater. Wenn Andrea in was auch immer für eine Geschichte verwickelt war und Popp davon wusste, ergäbe es durchaus Sinn, dass er die Ermittlung in eine falsche Richtung lenkte, um von seiner Tochter abzulenken. Er tippte den Namen Dunja Berger in die interne Suchmaschine ein, las erneut alle Berichte, starrte auf die Unterschriften von Alfred Popp, dem damaligen leitenden Ermittler. Schließlich jagte er den Namen Ralf Berger – Dunjas Vater – durch das Personenregister, atmete erleichtert auf, als die Maschine ein Ergebnis ausspuckte.

Er spürte einen Luftzug hinter sich, wirbelte herum. Hanna sah ihn fragend an. »Was ist los?«

Er schüttelte den Kopf. »Ich weiß es nicht zu hundert Prozent genau, aber würdest du mich für eine oder zwei Stunden hier vertreten? Falls Popp fragt, bin ich bei Wunderlich.«

Hanna hob die Augenbrauen empor, sagte aber nichts. Schließlich nickte sie. »Okay. Zisch ab.«

Familie Berger wohnte in einem nett aussehenden Häuschen am Rand von Munkmarsch. Die Familie schien aus echten Weihnachtsfans zu bestehen, denn auf dem Grundstück tummelten sich beleuchtete Weihnachtsmänner, Hirsche und andere weihnachtliche Lichterdekorationen, sodass Nic sich wie im Winterwunderland vorkam, als er die Gartenpforte durchschritt und auf die Haustür zuging. Er klingelte und es dauerte keine zwei Sekunden, als bereits die Tür aufgerissen wurde. Ein Mädchen, maximal zehn, zwölf Jahre alt, stand vor ihm, sah ihn mit großen Augen an.

»Mein Name ist Nicolas Brandl von der Kriminalpolizei«, stellte er sich vor. »Ich möchte bitte mit Ralf Berger sprechen.«

Die Augen des Mädchens wurden noch größer. Sie trat beiseite und ließ ihn ein. Dann rief sie ängstlich nach ihrem Vater.

Ralf Berger runzelte irritiert die Stirn, als er auf Nic zukam. »Was kann ich für Sie tun?«, fragte er und schien zu überlegen, wo er Nic einordnen sollte.

»Kripo Sylt«, half er ihm auf die Sprünge und lächelte. »Ich bin hier, weil ich dringend mit Ihnen über Ihre Tochter sprechen muss.«

Der Blick des Mannes zuckte erschrocken zu dem Kind, dann wieder zu Nic.

Der lächelte entschuldigend. »Ich meinte Ihre verstorbene Tochter.«

Das Gesicht des Mannes verdüsterte sich. »Dunja ist seit vielen Jahren tot und ich habe lange gebraucht, das alles zu verarbeiten. Jetzt hab ich eine neue Familie, eine neue Frau, eine Tochter, der es gut geht. Ich wüsste wirklich nicht, warum …«

»Ich wäre nicht hier, wenn es nicht wichtig wäre«, unterbrach Nic den Mann und sah ihn fest an. »Und ich muss Sie darum bitten, dass wir beide uns ungestört unterhalten können.« Er warf einen Seitenblick auf das Kind, dann wieder zu Ralf Berger. Der verstand, wurde blass.

»Geh in dein Zimmer, Schätzchen«, sagte er liebevoll

zu seiner Tochter, gab ihr einen zärtlichen Klaps auf die Schulter.

Dann geleitete er Nic in den Wohnraum, ließ ihn an dem großen Tisch im Essbereich des Wohnzimmers Platz nehmen.

»Ich rede nicht gern über Dunja«, erklärte er Nic schließlich. »Oder anders ausgedrückt – ich versuche, es zu vermeiden, weil es mich unweigerlich daran erinnert, was ihr zugestoßen ist und dass sie quasi mehr oder weniger gewaltsam aus unserer Mitte gerissen wurde.« Er musterte Nic, räusperte sich. »Meine Ex-Frau Laura, Dunjas Mutter, verließ mich kurz nach Dunjas Tod. Sie konnte einfach nicht mehr mit dem Mann leben, dessen Aussehen sie tagtäglich an ihre geliebte Tochter erinnerte. Sie ging, um sich selbst zu schützen, doch im Endeffekt …« Er stockte, barg das Gesicht in seinen Händen. »Acht Jahre nach unserer Trennung hat es auch sie erwischt. Sie starb an plötzlichem Herzversagen und als unser Sohn – damals gerade achtzehn Jahre alt - sie fand, war es bereits zu spät. Ich erfuhr erst nach ihrem Tod, dass sie jahrelang starke Beruhigungsmittel und weitere Mittelchen genommen hat, weil sie nicht über Dunjas Tod hinweg gekommen ist. Diese Tabletten führten letztendlich zu dem Herzstillstand.«

»Sie haben einen Sohn aus erster Ehe?«

Berger nickte trübsinnig. »Ivo, ja. Er wollte nach der Trennung mit seiner Mutter mitgehen, konnte sie aber auch nicht aus ihrem Loch ziehen, war viele Jahre auf sich alleine gestellt, musste für sie da sein, anstatt sie für ihn. Ich glaube, er hat es mir nie verziehen, dass ich nicht um meine damalige Frau und unsere Familie gekämpft habe, und gibt mir die Schuld am Tod seiner Mutter und an der Trennung im Allgemeinen, sogar an Dunjas Tod.« Er seufzte, wischte sich über die Augen. »Wir haben früher in Hamburg gelebt, bis ich dieses Haus hier geerbt und meine Familie überredet habe, in meine alte Heimat zu ziehen. Dunja und Ivo waren davon gar nicht begeistert, weil sie in Hamburg einen großen Freundeskreis hatten, doch am Ende konnten meine Exfrau und ich uns bei den Kindern durchsetzen. Als es zur Tragödie kam, warf meine damalige Frau mir vor, dass alles meine Schuld sei. Sie hielt es irgendwann nicht mehr hier aus, konnte auch meine Anwesenheit nicht mehr ertragen, verließ mich. Und was Ivo angeht – ihn hab ich nach der Trennung von meiner Frau kaum noch zu Gesicht bekommen, denn er kam überhaupt nicht mit meiner zweiten Frau zurecht, hat meine neue Familie regelrecht boykottiert. Ich glaube, er war seit Dunjas Tod nur noch ein oder zweimal auf Sylt und auch da nur für jeweils einen Nachmittag.«

Nic verzog das Gesicht. »Irgendwann wird er Ihnen vergeben, da bin ich sicher.«

Der Mann hob die Schultern. »Das denke ich nicht, um ehrlich zu sein. Eine Zeit lang hat es zwar ganz danach ausgesehen. Das war, nachdem Alice geboren wurde, doch irgendwann hat er sich wieder in sich selbst zurückgezogen. Und jetzt …« Er hielt inne, suchte nach Worten. »Er ruft wenn überhaupt nur alle paar Jahre mal kurz bei mir durch.«

»Standen Sie sich denn früher nahe?«

Bergers Augen füllten sich mit Tränen. Er nickte.

»Er ist im Augenblick furchtbar wütend auf mich … auf uns alle, schätze ich, doch darüber will ich jetzt wirklich nicht reden.«

Nic sah den Mann an, legte den Kopf schief. »Die Sache ist die, Herr Berger, ich würde Sie nicht mit der Vergangenheit belästigen, wenn es nicht wichtig wäre.« Er räusperte sich. »Bestimmt haben Sie von den beiden toten Frauen von Rantum gehört?«

Der Mann nickte.

»Beide wurden ermordet, nachdem sie wegen eines Klassentreffens auf die Insel kamen. Und dieses Treffen …« Nic brach ab, suchte nach Worten. »Es handelt sich dabei um die ehemalige Klasse, in die auch Ihre Tochter ging.«

Nic holte tief Luft, strich sich durch die Haare. »Wir haben Grund zu der Annahme, dass es bei dem Tod der beiden Frauen in irgendeiner Weise um Dunja geht oder um das, was ihr widerfahren ist.«

Ralf Berger schoss von seinem Stuhl hoch, starrte Nic fassungslos an. »Wie meinen Sie das?«

Nic machte eine Geste, dass er sich wieder setzen solle. Dann lehnte er sich zurück, sah den Mann an. »Wir haben eindeutige Hinweise bezüglich dieser Vermutung gefunden. Was genau, darf ich aus ermittlungstaktischen Gründen nicht sagen, das verstehen Sie doch sicher?«

Der Mann schluckte schwer, hielt Nics Blick stand, nickte.

»Ich weiß aus der Akte rund um den Fall, dass Ihre Tochter krank war. Sie litt an Asthma, hatte an jenem Tag ihr Medikament nicht bei sich.«

Ralf Berger seufzte. »Das Mittel heißt Salbutamol und ist ein Notfallspray, das in akuten Fällen von Atemnot eingesetzt wird.«

»Aber es stimmt, dass sie es nicht bei sich hatte, als man sie fand?«

Berger nickte.

»Und so wie ich es aus den damaligen Ermittlungsprotokollen entnehme, ging man zuerst von einer Entführung aus, später verfolgte man diesen Ansatz aber mangels an

Beweisen nicht weiter, kam stattdessen auf die alte Dame als Schuldige, weil sich auf deren Grundstück der Bunker befand, in dem Dunja gefunden wurde. Sie muss Ihre Tochter versehentlich eingesperrt haben. Und als Dunja einen Anfall bekam und bemerkte, dass sie ihr Spray nicht hatte, wurde sie hysterisch und stürzte schwer.«

Nic beobachtete Bergers Reaktion und tatsächlich schien es, als zucke er unter jedem seiner Worte wie unter Schmerzen zusammen. »Haben Sie diese Auflösung niemals angezweifelt?«, wollte er wissen.

»Warum sollte ich? Alfred Popp hat mir damals lang und breit erklärt, dass es so gewesen ist, und mir auch die Gründe aufgezählt, die ihn zu dieser Lösung gebracht haben. Wieso sollte ich die Aussage eines Kriminalbeamten anzweifeln? Und selbst wenn, was hätte das gebracht?«

Nic verschränkte die Arme vor der Brust, durchbohrte Ralf Berger mit seinem Blick.

Der hüstelte betreten.

»Was damals wirklich passiert ist, spielt doch sowieso gar keine Rolle mehr«, sagte er, als Nic schon dachte, von Berger käme nichts mehr. »Nichts kann mir mein kleines Mädchen zurückbringen. Oder meine Ex-Frau von den Toten auferstehen lassen. Beide sind nicht mehr hier und keiner, weder Sie noch ich, kann daran etwas ändern.«

»Ich finde schon, dass es eine Rolle spielt, was Dunja tatsächlich widerfahren ist.«

Berger zuckte zusammen. Dann warf er einen Blick über seine Schulter. »Ich bin verheiratet, habe eine Frau, ein Kind. Ich muss mich um diese beiden Menschen kümmern, für sie da sein, beide lieben, weil sie es sind, die jetzt mein Leben teilen. Warum soll ich in der Vergangenheit leben, beklagen, was ich damals alles verloren habe und damit die Gefahr eingehen, auch noch zu verlieren, was mir als zweite Chance geschenkt wurde?«

Nics Magen zog sich bei den Worten des Mannes zusammen. Dann schoss eine Idee durch seinen Kopf. »Sagt Ihnen der Name Marlene Pohl irgendetwas?«

Bergers Augenlid begann zu zucken.

Bingo, dachte Nic.

»Ich weiß nur, dass sie schwer krank ist«, sagte Berger schließlich und klang dabei unsicher.

»War«, berichtigte Nic ihn. »Die Frau ist inzwischen tot. Sie starb an Brustkrebs.« Der Mann verzog das Gesicht, doch Nic erkannte an dem Ausdruck in seinen Augen, dass er das längst wusste.

»Diese Marlene, kann es sein, dass sie bei Ihnen war, kurz bevor sie starb?«

Schweigen.

»Herr Berger«, mahnte Nic sanft. »Hier geht es um Menschenleben.«

»Ich will nicht, dass alles wieder hochkommt«, sagte Ralf leise. »Meine Frau und ich haben damals entschieden, diese Sache auf sich beruhen zu lassen. Wir wussten, wenn wir dagegen angehen, gibt das einen riesigen Wirbel, alles holt mich … uns wieder ein, reißt meine Familie und mich in den Abgrund.« Er schnappte nach Luft. »Wir haben doch Alice … sie braucht ihren Vater, verstehen Sie?«

Nic schluckte, ahnte Schreckliches.

»Bitte«, sagte er daher nur.

Berger schloss die Augen, verschränkte seine Hände ineinander, verbog seine Finger so stark, dass Nic schon befürchtete, sie würden jeden Moment wie Streichhölzer brechen.

Die Augen des Mannes schwammen in Tränen, als er Nic ansah, sich zu sammeln versuchte.

»Adelheid hatte nichts mit Dunjas Tod zu tun«, stammelte er. »Stattdessen waren es ein paar Mädchen, mit denen Dunja nach unserem Umzug hierher befreundet sein wollte, und diese Marlene. Das alles war eine blöde Mutprobe, die ausuferte. Ein schreckliches Unglück eben. Keines der Mädchen hat gewollt, dass Dunja dabei zu Schaden kommt. Das hat mir Marlene selbst versichert. Sie hat mich zwei Wochen vor ihrem Tod angerufen, wollte reinen Tisch machen. Von ihr weiß ich auch, dass es Alfred Popp war, der alles Adelheid in die Schuhe geschoben hat. Er hat wohl irgendwie herausgefunden, was wirklich passiert ist, und hat die Protokolle gefälscht, um den Verdacht auf die alte Frau zu lenken.«

»Und Sie haben keinem außer mir jemals davon erzählt?«

Berger schluckte. »Doch, meiner Frau. Allerdings war es ihre Idee, niemandem etwas darüber zu sagen, um unsere Familie zu schützen. Deswegen bin ich mir absolut sicher, dass es außer uns beiden – und jetzt Ihnen – keiner weiß.«

»Diese Mädchen, die damals dabei waren – kennen Sie die Namen?«

Nicken. »Jeden einzelnen.«

Nic sah ihn erwartungsvoll an.

»Andrea Popp, Sonja Kirschner, Anna Weigl, Heike Zeiseweis, Elke Hausmann, Linda Wagenscheidt, Marlene selbst …« Er seufzte.

»Und da haben Sie sich nichts dabei gedacht, als sie von den beiden toten Frauen gehört haben?«

Der Mann hob die Hände. »Ich hab nur mitgekriegt, dass etwas passiert sein soll, wusste nichts Genaues. Meine Frau hat mir gesagt, dass es Mord war, doch an einen

Bezug zu Dunja hab ich als allerletztes gedacht, zumal sowieso keine Namen der Opfer veröffentlicht wurden.«

»Ich muss Sie bitten, mich aufs Revier zu begleiten«, erklärte Nic schließlich und sah Berger ernst an. »In Anbetracht der Entwicklungen ist es unerlässlich, dass Sie eine Aussage machen und uns Ihr Alibi für die Tatzeiten prüfen lassen.«

»Denken Sie etwa, ich hab den Frauen was angetan?«

»Das würde Ihnen sicher niemand verdenken können«, sagte Nic betont beiläufig, doch Berger sprang nicht darauf an.

»Ich hab nichts damit zu tun, das schwöre ich«, erklärte er erneut und seine Stimme klang, als verliere er jeden Augenblick die Nerven.

»Herr Berger«, sagte Nic so sanft und beruhigend, wie es ihm möglich war. »Sie müssen doch verstehen, dass wir Sie überprüfen müssen. Schließlich sind Sie und Ihre Frau die Einzigen, die wissen, wer den Tod Ihrer Tochter wirklich zu verantworten hat.«

Ein leises Schluchzen hinter ihnen ertönte.

Berger und Nic wirbelten gleichzeitig herum, sahen die total verstörte Alice in der Tür stehen.

»Außer Mama und Papa wissen noch Ivo und ich Bescheid, was meiner toten Halbschwester damals passiert ist«, sagte das Mädchen leise.

Nics Mund klappte auf, dann winkte er das Kind näher heran.

»Was genau meinst du?«, fragte er.

Die Kleine weinte noch heftiger, sah ihren Vater entschuldigend an. »Ich hab euren Streit damals mitbekommen«, erklärte sie. »Mama und du habt euch angeschrien und da bin ich runter geschlichen, hab gelauscht.

Ich hab mitbekommen, um was es ging, und hab es Ivo erzählt, als er mich mal angerufen hat.«

»Dein Bruder weiß wirklich alles?«, rief Berger laut.

Das Mädchen nickte.

Berger sackte auf seinem Stuhl zusammen, schlug sich mit der Hand vor die Stirn. »Jetzt ergibt das Ganze einen Sinn.« Er sah Nic an. »Sein letzter Anruf bei mir … Er hat so enttäuscht geklungen, zornig und irgendwie gebrochen. Wenn ich jetzt mal rückwärts rechne, trifft dieser Anruf so ziemlich genau auf den Zeitpunkt, nachdem uns Marlene alles erzählt hat.«

Nic sah alarmiert zu Alice, dann zu Berger. »Würden Sie Ivo zutrauen, dass er jemandem etwas zuleide tut?«

Kopfschütteln.

»Und du, Alice?«, wollte Nic wissen.

Das Mädchen hob die Schultern. »Ich weiß nicht, er hat ziemlich böse geklungen, als ich ihm alles erzählt habe.«

Nic seufzte. »Haben Sie ein Foto von Ihrem Sohn? Möglichst ein aktuelles?«

Berger schüttelte den Kopf, stand auf, nahm einen Bilderrahmen von einem der Regale oberhalb des Fernsehers, stellte es vor ihm hin. »Das hier wurde während seines letzten Besuchs aufgenommen. Ist leider fast zehn Jahre her.«

Nic starrte auf den jungen Mann auf dem Foto, spürte, wie sich alles in ihm zusammenzog. *Scheiße*, dachte er.

Der Typ auf dem Bild hatte keinen Bart, war etwas kräftiger, trug eine andere Frisur und keine Brille.

Aber er war es, daran bestand kein Zweifel.

Nic spürte, wie die Ader an seiner Schläfe anschwoll.

Scheiße! Scheiße! Scheiße!

Dann sprang er von seinem Stuhl auf.

19

SYLT

DEZEMBER 2017

Annika hatte Mühe, dem Wagen des Mannes zu folgen. Er fuhr trotz des Wetters viel zu schnell und ein paar Mal hatte sie Angst, der kleine Smart könnte in der Kurve ausbrechen und kopfüber im Graben landen. Hinzu kam, dass es schwierig war, bei diesem Tempo unauffällig zu bleiben. Als sie das Ortsschild von List passierten, spürte Annika eine Art Beklemmung in sich aufsteigen, eine dunkle Vorahnung, die ihr den Hals zuschnürte. Schließlich wurde der Wagen vor ihr langsamer, hielt vor Opa Seligs Grundstück an. Annika blieb nichts anderes übrig, als weiterzufahren und in die nächste Straße abzubiegen, den Smart dort abzustellen. Anschließend machte sie sich zu Fuß auf den Weg zurück. Der Regen peitschte ihr schmerzhaft und eiskalt ins Gesicht. Zitternd schlug sie den Kragen ihrer Jacke hoch, lief los und bog gerade um die Ecke, als der Mann Opa Selig die Hand schüttelte, ihm aufs Grundstück folgte. Auf die Entfernung konnte sie noch immer nicht erkennen, um wen es sich handelte. Sie fragte sich, was er und Andrea von dem alten Mann wollten, und versteckte sich hinter einer Hausmauer, ließ den Wagen des Typen nicht aus den Augen. Der Wind pfiff in ihren Ohren und riss an Jacke und Haaren, dass Annika innerhalb von Sekunden das Gefühl hatte, bis auf die Knochen durchgefroren zu sein. Als das Auto heftig zu wackeln begann, runzelte Annika die Stirn. Konnte das von dem Sturm kommen? Doch wenn dem so war, müssten auch die anderen parkenden Autos wackeln. Was also hatte das zu bedeuten? Die Beifahrertür ging auf und Andrea stieg aus, ging um den Wagen herum und blieb vor dem Kofferraum stehen. Auch sie wirkte – zumindest auf die Entfernung – ratlos. Der Fahrer kam zurück. Andrea rief ihm etwas entgegen, fuchtelte wild mit ihren Armen, rüttelte am Kofferraumdeckel. Annika beobachtete, wie der Mann näher kam und beruhigend auf Andrea einzureden schien. Dann kramte er in seiner Manteltasche und zog … Annika schnappte nach Luft.

War das eine Waffe?

Atemlos verfolgte sie, wie der Kerl das Ding entsicherte und es direkt auf Andreas Gesicht richtete. Er sagte etwas zu ihr, machte eine auffordernde Handbewegung. Schließlich setzte Andrea sich in Bewegung, ging auf den Eingang zu Opa Seligs Grundstück zu.

In Annikas Kopf drehte sich alles.

Wer war dieser Typ?

Und was veranstaltete er gerade?

Dann schoss ein Gedankenblitz durch ihren Kopf. Opa Seligs Haus stand auf dem Grundstück, auf dem sich auch der Bunker befand, in dem … Sie sog die Luft scharf ein. Annika stöhnte leise. Darum ging es also. Die toten Frauen, die Frau und das Kind, die verschwunden waren … all das hing tatsächlich mit Dunja zusammen. Mit ihrem Tod – genau wie sie die ganze Zeit über vermutet hatte.

Sie schluckte.

Das alles war niemals Adelheids Schuld gewesen. Doch was war dann passiert?

Und was hatten Andrea und die anderen Frauen damit zu tun gehabt?

Ein Bild tauchte vor Annikas innerem Auge auf. Sie selbst im Alter von gerade acht Jahren und wie sie wegen ihrer pummeligen Figur von ihren Mitschülern gemobbt worden war. Konnte das der Grund sein? War es möglich, dass die Frauen Dunja einen sehr üblen Streich gespielt hatten? Einen Streich, der in einer Katastrophe geendet hatte? Der Wagen fing wieder an zu wackeln und Annika fragte sich, ob es diese vermisste Frau war, die der Kerl im Kofferraum eingeschlossen hatte.

Annikas Körper verkrampfte sich.

Oder Lindas kleines Kind!

Was, wenn die Kleine im Kofferraum steckte? Sie musste furchtbare Angst haben …

Ohne nachzudenken, rannte sie los, rüttelte panisch am Deckel.

Natürlich war er zu.

Erneut wurde Annikas Innerstes von Angst geflutet. Dieser Typ hatte Andrea mit einer Waffe bedroht. Was würde er Opa Selig antun?

Sie lief auf das Gartentor zu, ging, ohne nachzudenken, hinein, lief den schmalen Weg bis zum Gästehaus entlang und dann sah sie ihn. Opa Selig lag unterhalb eines Heckenrosenstrauches am Boden und rührte sich nicht. Annika bemerkte die Platzwunde am Kopf des alten Mannes, biss sich auf die Lippen, um nicht loszuschreien. Sie mochte den alten Mann, verdankte ihm so viel und jetzt lag er hier und sie wusste nicht, was sie tun sollte.

Was sie überhaupt tun konnte.

Sie hatte die SIM-Karte ihres Handys weggeworfen, damit man sie nicht aufspüren konnte, was bedeutete, dass sie nicht einmal Hilfe rufen konnte.

Sie streckte ihre zitternde Hand aus, strich dem alten Mann sanft über die Wange.

Dann stand sie auf, sah sich um, bemerkte den schwachen Lichtstrahl am Ende des Gartens.

Der Bunker!

Wer auch immer der Typ war, er wollte Andrea antun, was Dunja angetan worden war.

Zumindest war das das Einzige, das Sinn ergab. Annika wurde klar, dass sie wenigstens versuchen musste, zu retten, was zu retten war. Plötzlich hörte sie eine schwache Stimme, die ihr vage bekannt vorkam. Eine Frau! Ihr Rufen kam vom Haupteingang und Annika wurde klar, dass das Linda war, die bereits ein paar Mal geklingelt haben musste. Sie wollte gerade losrennen und Linda warnen, als sie einen heftigen Schmerz am Hinterkopf spürte, der ihr den Atem nahm.

Die Umgebung verschwamm vor ihren Augen.

Annika spürte, wie ihr das Blut in den Nacken lief.

Ihr wurde schummerig.

Benommen ging sie in die Knie, sackte nach vorn, würgte.

Dann wurde es schwarz um sie.

Der Gestank war unerträglich und biss in ihren Atemwegen. Benommen öffnete Annika die Augen, blinzelte gegen den hämmernden Schmerz in ihrem Schädel an. Es dauerte eine Weile, bis sie in der Lage war, einen klaren Gedanken zu fassen, überhaupt zu begreifen, was hier vor sich ging und was passiert war, dann stöhnte sie leise. Der

Irre – er hatte sie erkannt und überwältigt. Was das bedeutete, wollte Annika sich gar nicht erst vorstellen. Sie blickte sich um, zuckte quiekend zurück, als sie das Unvorstellbare sah. Neben ihr lag, in etwa zwei Metern Entfernung, eine tote Frau, der der Irre die Hände hinter dem Rücken gefesselt und eine Plastiktüte über den Kopf gezogen hatte, um sie zu ersticken. Annika vermutete, dass es sich dabei um die Vermisste handelte, die von ihrem Verehrer verzweifelt gesucht wurde. Ihr Blick fiel auf Linda, die bewusstlos oder ebenfalls tot neben dem Eingang lag. Annika fragte sich unwillkürlich, wo die kleine Tochter der Frau war und ob sie überhaupt noch lebte.

Dann fiel ihr Blick auf Andrea. Der Mann hatte sie zwar gefesselt und geknebelt, doch sie schien im Gegensatz zu der Plastiktütenfrau, Linda und ihr selbst keinen Kratzer abbekommen zu haben.

Annika kämpfte verzweifelt gegen die Fesseln um ihre Hände an.

Wenn sie es doch nur hinbekommen würde, die Dinger irgendwie zu lockern. Ein Kichern ertönte. Es schien von dem dunklen Gang kurz nach dem Eingangsbereich herzukommen.

Annika riss den Kopf herum, sah Alfred Popp ins Innere des Bunkers treten. Er sah blass aus, starrte düster vor sich hin, hielt einen Benzinkanister in seiner rechten Hand. Seine Gangart wirkte staksig und monoton, fast roboterhaft, als er auf seine Tochter zuging, den Kanister ausleerte und ihn über ihr auskippte. Andrea wand sich, brüllte wütend gegen den Knebel in ihrem Mund an.

Annika begriff noch immer nicht, was hier vor sich ging.

Irgendetwas passte nicht.

Wieso sollte Alfred Popp seine eigene Tochter töten wollen?

Was konnte er überhaupt mit alldem zu tun haben?

Es sei denn, dachte Annika – und schnappte nach Luft. Warum war sie da nicht gleich drauf gekommen?

Popp hatte damals die Ermittlung um Dunjas Tod geleitet und etwas vertuscht!

Doch was?

Annikas Gedanken wirbelten wild umher.

Natürlich!

Popp musste herausgefunden haben, dass seine Tochter in den Todesfall um Dunja verwickelt war und hatte dieses pikante Detail vertuscht, alles Adelheid in die Schuhe geschoben. Seinetwegen hatte die alte Frau einen Infarkt erlitten und war schließlich daran gestorben.

Doch Annika erschloss sich noch immer nicht, wer sich hinter all den Gräueltaten verbarg. Wer hatte all diese Frauen ermordet?

Alfred Popp ganz sicher nicht.

Wieder ertönte ein Kichern, etwas lauter diesmal, dann trat ein Mann hinter Popp zu ihnen, der Annika bekannt vorkam. Dann fiel der Vorhang.

»Sie!«, rief Annika frustriert. »Das alles war geplant! Sie haben es darauf angelegt, dass ich über Ihre Füße stolpere und Anna Weigl das Zeug drüberkippe.« Sie schnappte nach Luft, starrte den Typen abfällig an. »Sie haben den Streit zwischen Ihrer Verlobten und mir provoziert, weil Sie einen Sündenbock brauchten.«

Der Mann – Annika erinnerte sich nicht mehr an seinen Namen – sah sie mitleidig an. »Ganz so ist es auch nicht. Zugegeben, als du gestolpert bist, hat mir das direkt in die Karten gespielt, aber ich hätte das alles auch durchgezogen, wenn es anders gekommen wäre.« Er stieß Popp die

Knarre in den Rücken. »Das Feuerzeug«, knurrte er und Annika sah, wie der Bulle mit zitternden Fingern in seine Tasche griff.

In ihr krampfte sich alles zusammen. Der Irre wollte sie hier unten abfackeln, sie alle bei lebendigem Leibe verbrennen.

Der Mann lachte, als er Annikas erschrockenes Gesicht sah. Dann verzog er seinen Mund zu einem bedauernden Lächeln. »Du und der Alte da draußen, ihr seid die Einzigen, um die es mir leidtut«, sagte er und Annika hatte das Gefühl, dass seine Worte ehrlich gemeint waren. »Du hast mit alldem nichts zu tun gehabt, bist unfreiwillig hier rein geraten, genau wie der alte Mann.« Er hob die Schultern. »Ich hoffe, du verstehst, dass ich trotzdem keine Ausnahme machen und dich am Leben lassen kann.«

Er kam näher, blieb vor Andrea stehen. »So wendet sich also das Blatt«, sagte er und grinste. »Du weißt, was jetzt kommt, nicht wahr? Du wirst durch die Hand deines eigenen verlogenen Vaters sterben, so wie ich es mir seit Jahren ausgemalt habe.« Er stieß ein irres Lachen aus, drehte sich zu Popp. »Es war fast schon lächerlich einfach, Sie zu verarschen und dazu zu bringen, mir zu vertrauen. Sie sind genauso blöd wie Ihre Tochter, die mir auch abgekauft hat, dass Sie in Gefahr sind und ich ihr nur helfen will.«

Andrea drehte den Kopf zur Seite und Annika kam nicht umhin, sie dafür zu bewundern. Selbst jetzt noch hielt die Frau an ihrem Stolz fest, wollte ihrem Peiniger nicht zeigen, dass sie Angst hatte.

»Weißt du, was sie getan haben?«, fragte der Mann Annika und deutete auf Andrea, Linda und die tote Frau.

Sie schluckte, nickte dann.

Er schmunzelte. »Ich dachte mir schon, dass du ziemlich schlau bist.«

»Sie haben irgendwas damit zu tun, was Dunja passiert ist«, sagte Annika leise.

Der Mann nickte bestätigend. »Sie dachten, es sei cool, wenn sie meine Schwester hier unten einsperren. Es sollte angeblich nur eine Mutprobe sein, doch am Ende starb sie.«

»Dann war es doch im Grunde ein tragisches Unglück«, gab Annika zu bedenken.

Der Mann schüttelte den Kopf. »Ganz so einfach ist es nicht. Eine der Täterinnen ist vor Jahren schwer an Krebs erkrankt und wusste wohl, dass sie sterben wird. Sie wollte unbedingt reinen Tisch vor ihrem Tod machen, hat meinem Vater alles gebeichtet. Leider hat der Waschlappen sich entschieden, seiner neuen Familie zuliebe nichts zu unternehmen. Ich wüsste wahrscheinlich bis heute nichts davon, wenn mir meine kleine Halbschwester nicht erzählt hätte, wobei sie ihre Eltern belauscht hat.«

»Aber wenn es eine Mutprobe war, hat Dunja doch freiwillig mitgemacht«, versuchte Annika erneut, das Ruder herumzureißen.

Der Mann sah Annika an, nickte. »Sie wollte mitmachen, weil sie hoffte, dass Andrea sie in ihre Clique lässt. Meine Schwester war so einsam hier auf der Insel, vermisste ihre alten Freundinnen aus Hamburg, hätte alles getan, um Anschluss zu finden. So kam es überhaupt erst zur Idee der Mutprobe. Doch an dem Tag hatte meine Schwester ihr Asthmaspray nicht dabei und das hat sie den Weibern auch gesagt – trotzdem sperrten die sie über Nacht hier unten ein. Und als sie Dunja am nächsten Morgen gefunden haben, war meine Schwester bereits tot.« Er schüttelte den Kopf, sah erst Andrea und ihren

Vater hasserfüllt an. »Wegen euch habe ich meine große Schwester, meine Mutter, meine ganze Familie verloren.« Er stieß Popp hart gegen die Schulter. »Und der hier wusste von allem und hat vertuscht, dass es die Idee seiner missratenen Tochter und ihren Freundinnen war, hat stattdessen alles einer hilflosen alten Dame in die Schuhe geschoben. Gott sei Dank kannten die Weiber mich damals nicht, wussten wahrscheinlich nicht mal, dass Dunja einen kleinen Bruder hatte, so dass ich meinen Plan ohne große Probleme in die Tat umsetzen konnte.«

Der Polizist senkte den Blick.

Annika wurde klar, dass er die ganze Zeit über nur ein Spiel gespielt hatte.

Alfred Popp hatte sehr wohl gewusst, dass Annika nichts mit alledem zu tun haben konnte. Zumindest musste es ihm spätestens nach der zweiten toten Frau klar geworden sein. Dennoch hatte er weiter Jagd auf sie machen lassen.

Er hatte sie als Sündenbock für seine Kollegen benutzt, die Aufmerksamkeit absichtlich auf sie gelenkt, damit er in Ruhe nach dem wahren Täter suchen und seine Tochter retten konnte, ohne selbst aufzufliegen.

Ein Geräusch ertönte, dann ein Brüllen. Es war Andrea, die gegen ihren Knebel anschrie, weil der Irre ihrem Vater die Knarre an die Schläfe hielt, ihn so zwang, das Feuerzeug anzumachen.

Scheiße, dachte Annika, sie wollte nicht sterben.

Nicht hier.

Nicht heute.

Und schon gar nicht auf diese beschissene Art und Weise.

»Sie müssen das nicht tun«, versuchte es Annika wieder.

Der Mann sah sie freundlich, aber distanziert an. »Das stimmt. Die Sache ist nur die – ich will es genau so haben.« Sein Lachen klang bedrohlich und dunkel wie das Grollen des näher kommenden Donners.

Annika schluckte gegen die Angst an. »Sie werden wissen, dass Sie das waren.«

Der Mann schüttelte den Kopf. »Nein, werden sie nicht. Ich hatte wirklich lange Zeit, alles penibel zu planen und bis auf den Ausrutscher mit Heike ist auch alles ziemlich glatt gegangen.«

»Heike? Die Verlobte meines Vaters?«

Er nickte zornig. »Nachdem ich wusste, wer die Verantwortlichen am Tod meiner Schwester waren, hab ich sie alle zunächst nur aus der Ferne beobachtet. Eines Tages hab ich Heike zufällig in Berlin getroffen und sie auf einen Kaffee einladen. Damals war sie bereits mit deinem Vater verlobt, hat aber trotzdem meine Einladung angenommen. Mein Ziel war, das Gespräch geschickt auf das damalige Drama um Dunja zu lenken, um herausfinden, ob sie bedauert, was passiert ist, doch sie tat so, als habe sie das Unglück nur ganz am Rande mitbekommen. Da war keine Reue meiner Schwester oder der alten Frau gegenüber – nichts. Dass ich sie umgebracht habe, war mehr oder weniger eine Kurzschlussreaktion, doch nachdem sie mir von der Hochzeit erzählt hat und dass sie sowieso vorhabe, alles platzen zu lassen und nach Spanien zu gehen, habe ich die Chance beim Schopf gepackt.«

»Sie haben sie gezwungen, einen letzten Brief an ihre Mutter zu schreiben und dann ermordet?«

Nicken.

»Und dann haben Sie dafür gesorgt, dass alles so aussieht, als habe sie lediglich kalte Füße bekommen und sei ins Ausland abgehauen.«

»Ganz genau.«

Annika seufzte. »Nachdem die Sache mit Heike so einfach war, haben Sie geplant, auch noch die anderen zu töten?«

»So ungefähr. Ich habe einen anderen Namen angenommen, mein Aussehen verändert, den Kontakt zu meiner Familie auf der Insel vollkommen abgebrochen, hatte keinerlei Kontakt zu irgend jemandem hier. Danach habe ich mit einer der damaligen Täterinnen angebandelt, mich sogar mit ihr verlobt, nach ihrem Tod öffentlich um sie getrauert, was, wie ich meine, eine schauspielerische Meisterleistung war. Alles wird so aussehen, als habe Alfred Popp nicht mehr damit leben können, dass wegen seiner Tochter ein Mädchen und wegen ihm eine alte Frau hat sterben müssen. Alle werden denken, dass er deswegen ausgetickt ist und die damals Beteiligten getötet hat. Dass er dich ebenfalls umbringen musste, ist bedauerlich, aber du bist ihm eben auf die Schliche gekommen, ehe er seinen Plan beenden konnte.«

Der Mann lachte, sah zu Andrea. »Bist du bereit?«

Sie brüllte noch immer gegen ihren Knebel an.

»Das kleine Kind«, flehte Annika mit Blick auf die immer noch bewusstlose Linda.

»Ich bin doch kein Monster«, sagte der Mann beleidigt und verzog das Gesicht. »Der Kleinen wird nichts passieren. Die Bullen werden das Mädchen im Haus des Alten finden – wohlbehalten und gesund.« Ein Klicken ertönte, kurz darauf ein lauter Knall, dann brach das Chaos aus. Die Flammen griffen in Sekundenschnelle um sich, erfassten Andreas Füße, brachten sie dazu, ihren Stolz doch endlich aufzugeben. Annika sah, wie sie zu schreien und zu zucken begann, Alfred Popp vor ihr auf die Knie sank, verzweifelt versuchte, die Flammen mit seinen bloßen Händen zu ersticken, dabei selbst Feuer fing. Die Luft wurde immer stickiger, biss Annika in der Lunge und in den Augen. Sie robbte aus letzter Kraft von der brennenden Andrea weg, sah, dass die Flammen mittlerweile auch auf Linda und die Tote übergriffen. Inzwischen tat ihr jeder Atemzug weh, kostete sie unendlich viel Kraft.

Papa, war das Letzte, was sie denken konnte, *es tut mir so leid.*

Dann versank sie im Nebel.

EPILOG, TEIL 1

SYLT, DEZEMBER 2017

Nicolas klopfte an die Tür, horchte. Zwar hatte der Arzt gesagt, die junge Frau brauche noch viel Ruhe, dennoch musste er sich vergewissern, dass es ihr gut ging. Nachdem er bei Familie Berger auf das Foto von Dunjas jüngerem Bruder gestoßen war und Lennard Hofbauer alias Ivo Berger darauf erkannt hatte, war ihm klar gewesen, wie das alles zusammenhing. Ivo Berger hatte von seiner Halbschwester die Wahrheit über den Tod von Dunja erfahren. Er hatte gehofft, dass sein Vater damit an die Öffentlichkeit ginge, damit endlich ans Licht kam, wer wirklich für den Tod seiner Schwester verantwortlich war, doch der hatte anders entschieden und geschwiegen – seiner neuen Familie und seinem eigenen Seelenfrieden zuliebe. Nic konnte beide Seiten nachvollziehen. Ralf Bergers, der nach allem, was er durchgemacht hatte, einfach nur in Ruhe leben und vergessen wollte, und auch Ivo, der sich nichts mehr wünschte, als dass die wahren Monster zur Verantwortung gezogen wurden. Als das nicht geschah, hatte er entschieden, dass er das selbst übernehmen würde. Er legte sich eine neue Identität zu, veränderte sein Aussehen, näherte sich Anna Weigl an, eine der damaligen Mittäterinnen. Und dann wartete er geduldig, bis sich ihm die Möglichkeit bot, seinen finsteren Racheplan an nur einem Wochenende in die Tat umzusetzen. Der Streit seiner »Verlobten« mit Annika war ihm da gerade recht gekommen, hatte von sich abgelenkt, seinen Plan noch wasserdichter gemacht. Alles wäre auch in seinem Sinne und genau wie von ihm geplant ausgegangen, hätte er sich nicht in einer Sache bitter getäuscht. Oder vielmehr in einer Person. Nic grinste, als er sich an das wütende Gesicht des alten Mannes erinnerte, nachdem er und seine Kollegen dessen Anwesen gestürmt hatten. Herr Selig war von Ivo niedergeschlagen und wahrscheinlich für tot gehalten worden. Das hatte der alte Herr zu seinen Gunsten genutzt und den Irren in letzter Sekunde hinterrücks niedergeschlagen, um Annika und die anderen retten zu können. Der alte Mann hatte zwar zuvor bei der Polizei angerufen und um Hilfe gebeten, doch bis sie endlich vor Ort ankamen, hatte das Feuer Andrea und ihren Vater längst getötet und Linda Mühlhausen schwer verletzt. Die alleinerziehende Mutter lag im künstlichen Koma und es würde eine lange Zeit dauern, bis ihre Wunden verheilten. Wenigstens war ihrer kleinen Tochter nichts geschehen und auch Annika hatte bis auf eine schwere Rauchgasvergiftung keine Blessuren abbekommen. Ganz im Gegensatz zu Ivo Berger selbst, der durch Seligs Schlagattacke zu Boden gegangen und ebenfalls dem Feuer zum Opfer gefallen war. Und was den alten Mann anging – Nic grinste noch breiter. Wie hatte Herr Selig vorhin im Brustton der Überzeugung gesagt – Unkraut vergeht nicht.

Nic trat in Annikas Zimmer, sah die junge Frau mit geschlossenen Augen in ihrem Bett liegen und wollte gerade den Rückzug antreten, als sie sich zu ihm drehte. »Ich bin schon wach«, sagte sie und grinste schwach. »Ich dachte nur, dass Sie mein Vater sind, der mir mit seiner Fürsorge langsam ziemlich auf den Wecker geht.« Sie zog ein genervtes Gesicht, doch an dem Ausdruck in ihren Augen erkannte Nic, dass sie die Aufmerksamkeit ihres Vaters doch genoss. Er kam zu ihr, setzte sich auf den Stuhl neben ihrem Bett, grinste. Dann wurde er auf einen Schlag ernst. »Wir wissen, was passiert ist. Der Täter hat Alfred Popp gezwungen, eine Mail an die Staatsanwaltschaft mit seinem Geständnis zu schicken.«

Annika hob die Hand. »Ich weiß, ich hab die Geschichte im Bunker schon gehört. Dunja wurde wegen einer Mutprobe eingeschlossen, hatte ihr Medikament nicht dabei, weswegen sie gestürzt und gestorben ist.«

Nic räusperte sich. »Das ist leider noch nicht alles«, sagte er mit düsterem Gesichtsausdruck. »Als die Mädchen Dunja am nächsten Tag fanden, haben sie Panik bekommen. Sie schlossen einen Pakt, niemandem etwas zu sagen, doch Andrea erzählte es trotzdem ihrem Vater. Der hat dafür gesorgt, dass alles so aussah, als wäre es Adelheids Verschulden. Der Tod der alten Frau geht also auf Alfred Popps Kappe.«

Annika nickte traurig. »Auch das wusste ich schon.« Sie seufzte. »Und Opa Selig? Was ist mit ihm?«

Nic sah sie irritiert an. Dann grinste er. »Ihm geht es wieder gut. Er hat eine Platzwunde am Kopf, aber die wird verheilen. Doch was Sie angeht …« Er brach ab, holte tief Luft. »Nicht auszudenken, was hätte passieren können, wenn der alte Mann Ivo nicht aufgehalten hätte.«

Annika riss die Augen auf. »Opa Selig hat mich gerettet?«

»Nicht nur Sie.« Nic lächelte. »Herr Selig hat Ivo mit

einem Schlag auf den Hinterkopf bewusstlos geschlagen und …« Er brach ab, wurde ernst, seufzte schließlich.

»Er hat es nicht überlebt?«

»Ivo Berger ist zusammen mit Andrea und Alfred Popp im Feuer ums Leben gekommen. Herr Selig hat nur dich und Linda retten können.«

»Linda ist am Leben?« Annika atmete erleichtert auf.

»Sie ist schwer verletzt, wird aber schon wieder werden … irgendwann.«

»Und die Kleine von Linda?«

»Pia geht es gut, sie ist bei ihrer Großmutter.«

»Gott sei Dank«, sagte Annika und schloss die Augen. Nic schätzte, dass es die Rauchvergiftung war, der damit zusammenhängende Sauerstoffmangel, der die junge Frau alle Kraft kostete.

»Wir haben Überreste eines weiteren Menschen im Bunker gefunden, wissen Sie da etwas drüber?«, fragte er schnell, bevor sie komplett wegdämmerte.

Annika nickte und sah ihn traurig an. »Neben mir im Bunker lag die Leiche einer Frau. Ich hab sie gesehen. Ivo Berger hat sie mit einer Plastiktüte erstickt. Und er hat auch zugegeben, dass er Heike, die Verlobte meines Vaters, auf dem Gewissen hat.« Nic seufzte. Sonja Kirschner war also ebenfalls tot, genau wie Heike Zeiseweis. Er stand auf, verabschiedete sich von Annika, bat sie, sich nach ihrer Entlassung bei ihm im Präsidium zu melden, damit sie eine offizielle Aussage machen konnte. Nic wollte schnellstmöglich eine Pressemeldung rausschicken, damit endlich ans Licht kam, dass die alte Frau, die Popp damals zur Schuldigen gemacht hatte, in Wahrheit ebenfalls nur ein Opfer war.

Nic fragte sich, was mit Linda Mühlhausen passieren würde. Sie war Mittäterin im Drama um Dunja – die

Einzige, die überlebt hatte – und würde mit Sicherheit rückwirkend dazu befragt, wenn nicht sogar zur Verantwortung gezogen werden.

Vollkommen zu Recht, wie Nic fand.

Er ging zur Tür, drehte sich noch mal zu Annika um. »Keine Dummheiten mehr – versprochen?«

Die junge Frau sah ihn an, hob die Brauen empor, stöhnte genervt. »Dasselbe Versprechen hat mir mein Vater vorhin auch schon abgenommen.«

Nic grinste. »Dann wissen Sie ja, wie es geht.«

EPILOG, TEIL 2

SYLT, JANUAR 2018

»Und, wie geht es jetzt weiter?«, wollte ihr Vater wissen und sah Annika lächelnd an. Sie hatten die Weihnachtsfeiertage zusammen verbracht, Silvester und den Neujahrstag ebenfalls und jetzt stand sie vor der Frage, was sie im neuen Jahr machen wollte, wie es weitergehen sollte. Es hätte die Möglichkeit gegeben, nach Augsburg zurückzukehren, nachdem Leon sie am zweiten Weihnachtsfeiertag angerufen und sich bei ihr entschuldigt hatte. Leon hatte durch Zufall herausgefunden, wer tatsächlich hinter Annikas angeblichem Diebstahl steckte, und sie quasi angefleht, zu ihm zurückzukommen. Doch so erleichtert sie auch war, dass Gisela am Ende doch noch aufgeflogen war, brachte sie es letztendlich nicht über sich, die Beziehung zu Leon neu zu beleben. Er hatte ihr zugetraut, ihn bestohlen zu haben, ihr misstraut und letztendlich nicht einmal die Möglichkeit gegeben, sich zu rechtfertigen. Wie sollte sie mit einem solchen Mann weiter Seite an Seite leben?

Annika grinste vor sich hin. Sie konnte sich nur zu gut

Leons verdattertes Gesicht vorstellen, als sie ihm gesagt hatte, dass sie in diesem speziellen Fall keine zweite Chance geben würde. Sollten Gisela und er doch glücklich miteinander werden und einer anderen Frau das Leben schwer machen – sie hatte vorerst genug von irgendwelchen Altlasten auf ihren Schultern. Hinzu kam, dass sie hier von Menschen umgeben war, die an sie geglaubt hatten – vorbehaltlos – trotz ihrer düsteren Vergangenheit. Annika sog die frische Meeresluft in ihre Lunge, sah ihren Vater lächelnd an. »Eigentlich ist es ganz nett hier.«

Joe bekam große Augen, lächelte gerührt. »Heißt das, dass du mein Angebot annimmst?«

»Zur Hälfte zumindest«, sagte sie und spürte, dass sie es tatsächlich so meinte und sich sogar darauf freute, hier auf der Insel noch mal ganz von vorne anzufangen.

»Ich nehme dein Job-Angebot an, aber wohnen will ich woanders.« Sie holte tief Luft, griff nach seiner Hand, drückte sie. »Ich muss endlich anfangen, auf eigenen Füßen zu stehen – ohne fremde Hilfe von Männern, Vätern oder Opas.«

»Opas?« Joe sah sie irritiert an.

»Opa Selig hat mir Adelheids Haus angeboten.« Sie grinste ihn an, hob die Schultern. »Ich hab das jedoch genauso abgelehnt wie dein Angebot, hier im Hotel zu wohnen.« Sie zwinkerte ihm zu, hoffte, dass er ihre Entscheidung nachvollziehen konnte. »Du bezahlst mir einfach ein faires Gehalt, wie deinen anderen Angestellten auch, und ich kann mir ohne Weiteres eine eigene Wohnung leisten und es zum allerersten Mal wirklich ohne fremde Hilfe schaffen.«

Sie legte den Kopf in den Nacken, genoss den eiskalten Wind, der in ihre Haare fuhr, sie aufwirbelte.

»Okay«, sagte ihr Vater und zog sie in seine Arme, küsste sie sanft auf die Stirn. Annika sah ihn an, stieß einen lang gezogenen, erleichterten Seufzer aus, lehnte ihren Kopf gegen seine Brust.

Sie war endlich zu Hause.

ENDE

DANKSAGUNGEN

Eine Leserin hatte bei meinem letzten Roman bemängelt, dass sich meine Danksagungen immer gleich lesen, sich in jedem Buch stark ähneln. Heute möchte ich anstatt der gewohnten Dankesrede einmal erklären, wieso ich bisher immer dasselbe geschrieben habe. Als Autorin lebe ich in einer kleinen Blase, in der während eines aktuellen Schreibprozesses nicht viel Platz für andere Dinge ist. Geschweige denn dafür, neue Leute zu treffen. Ich stehe morgens auf, schreibe bis Abends, dann gehe ich mit meinen Hunden raus, koche mit meiner Familie, wir essen, genießen den Abend zusammen. Was um mich herum geschieht, nehme ich nur sehr gefiltert wahr, einfach, weil ich mich nicht aus dieser winzigen Oase der Abgeschiedenheit heraus begeben möchte, ehe das Buch fertig ist. Und genau deswegen sind jene Menschen, denen ich in meinen Danksagungen bisher immer gesagt habe, wie froh ich bin, dass es sie gibt, auch so wichtig für mich. So unentbehrlich, dass es ich es ihnen immer und immer wieder sagen möchte, wie kostbar sie für mich sind. Und weil es bisher eben bei all meinen Büchern meist die selben

Leute waren, die mir geholfen haben, mich unterstützten, mich aufbauten, habe ich bei jedem Buch die Danksagung einfach immer übernommen. Bis heute. Bei diesem Buch handelt es sich um meinen 20. Roman und deswegen hier eine besondere Danksagung:

Zu aller erst danke ich Ihnen, liebe Leser, dass Sie dieses Buch gekauft haben. Ich hoffe von Herzen, dass Sie beim Lesen genauso viel Spaß hatten wie ich (fast immer) beim Schreiben.

Ich danke meiner Coveragentur Zero, insbesondere Kristin Pang, für über 20 tolle Cover!

Ich danke meiner Lektorin Claudia Heinen für ihre tolle Arbeit und das offene Ohr, das sie stets für mich hat.

Ich danke all jenen Lesern und Kollegen, die mich bei der Titel und Coverauswahl unterstützt haben.

Ich danke euch Bloggern da draußen, für all das, was ihr für uns Autoren macht. Eure Arbeit und Mühe ist so wertvoll – danke sehr!

Ich danke meinen Kollegen für das offene Ohr in Hinsicht auf Klappentext-Bastelarbeiten (das ist wirklich keine meiner Stärken).

Besonders danke ich Susanne, Nicole und Emilia für eure Unterstützung in Fragen rund ums neue Buch :-)

Ich danke meiner Familie, die immer für mich da ist.

Meinem Schatz – dem besten Ehemann der Welt!

Meinem Sohn.

Meinen Freunden, die mich aufbauen, wenn ich am Boden bin.

Besonderer Dank gebührt Herrn Krisselig von der Kriminalpolizei auf Sylt für seine Unterstützung bezüglich meiner unzähligen Fragen.

Eventuelle Fehler bei der Ermittlung meiner Protagonisten gehen einzig und allein auf meine Kappe oder sind meiner Fantasie geschuldet. Im Übrigen habe ich mir auch in diesem Roman wieder einige künstlerische Freiheiten genommen – welche selbstverständlich nicht verraten werden :-)

Über Mails mit Anregungen und Kritik freue ich mich unter: autorin@daniela-arnold.com.

Wenn Sie sich für Gewinnspiele und Neuigkeiten rund um meine Bücher begeistern können, dann würde ich mich freuen, wenn Sie sich in meinen Newsletter eintragen lassen. Dafür einfach eine kurze Nachricht an mich und fertig. :-)

Ihre Daniela Arnold

ÜBER DIE AUTORIN

Daniela Arnold, Jahrgang 1974, lebt mit Mann, Sohn und Hund im schönen Bayern. Seit 2002 schreibt sie als freie Journalistin und Autorin für zahlreiche Frauenzeitschriften Reportagen und Kurzgeschichten. Seit November 2014 sind insgesamt 20 Thriller aus der Feder der Autorin erschienen. Jeder einzelne von ihnen schaffte es unter die Top 100 Bestseller bei Amazon.

facebook.com/ArnoldThriller

twitter.com/damati3

instagram.com/autorin.daniela.arnold

LESEPROBE: EISBLUMENGRAB

THRILLER VON DANIELA ARNOLD

Ich hab solche Angst …

Angst vor Mami!

Frida Hagens Leben entwickelt sich zum Albtraum, als die vierjährige Tochter ihrer besten Freundin Tuva vermisst wird und alle Spuren direkt zu ihr führen. Nur Tage vor ihrem Verschwinden hatte das kleine Mädchen Frida ein furchtbares Geheimnis anvertraut, so dass sie sich nun fragen muss, wer die Frau ist, von der sie all die Jahre dachte, dass sie ihre engste Vertraute sei. Als Frida weitere tiefgreifende Veränderungen an ihrer langjährigen Freundin Tuva auffallen, macht sie sich auf die Suche nach Antworten und gerät in einen gefährlichen Strudel aus Misstrauen, Schuld und Verrat. Die Lage spitzt sich zu, als die Polizei Auroras Verschwinden mit dem Tod einer Studentin in Verbindung bringt. Die junge Frau wurde mit zertrümmertem Schädel am Ufer des Sandnessundet aufgefunden. Als weitere Leichen gefunden werden und die Polizei einen Zusammenhang zum Verschwinden des Kindes vermutet, begreift Frida, dass manche Geheimnisse besser für immer im Dunkeln bleiben.

PROLOG

Der Zeiger der Wanduhr kriecht quälend langsam voran. Es ist mollig warm im Raum, trotzdem habe ich mir die Bettdecke bis zur Nasenspitze nach oben gezogen, weil die eisige Kälte, die von meinem Innern Besitz ergriffen hat, mir von den Zehenspitzen hinauf bis in den letzten Millimeter meines Körpers steigt, mich frösteln und mit den Zähnen klappern lässt.

Kurz frage ich mich, ob es sein kann, dass ich mir etwas eingefangen habe, doch dann verwerfe ich den Gedanken wieder. Mutter besteht darauf, dass wir alle, also jedes einzelne Mitglied dieser Familie, inklusive Jasper, dem Familienhund, täglich unsere Vitamine zu uns nehmen, um den Viren da draußen zu trotzen.

Außerdem führt sie seit des Kälteeinbruchs vor drei Wochen ein strenges Regiment, was die tägliche Kleiderordnung angeht. Selbst Joe, ihr neuer Freund, ist gezwungen, sich ihr zu fügen, um einer Endlosdiskussion zum Thema Unterkühlung aus dem Weg zu gehen.

Bereitwillig zieht er sich selbst auf dem kurzen Weg zu

den Mülltonnen seinen dicken Anorak an, für den Mutter sicherlich an die 3000 Kronen bezahlt hat und alles nur, damit der werte Herr sich nichts wegholt. Ein Kichern entfährt mir, als ich an jene Szene neulich Abend denke, als ich beide in einer äußerst peinlichen Situation überrascht habe. Mutters Gesicht hat sich knallrot verfärbt, während Joe im Gegenzug recht cool reagiert und mich schulterzuckend angegrinst hat.

Nachdem Vater vor Jahren quasi über Nacht die Familie verlassen hatte, trauerte Mutter in der Abgeschiedenheit ihres Schlafzimmers und unbemerkt vom Rest der Familie um ihre verlorene große Liebe, bis ihr eines Tages Joe beim Einkaufen begegnete und sie sich Hals über Kopf ineinander verliebten.

Plötzlich spüre ich ihn wieder. Den Kloß im Hals, der immer dann hochkommt, wenn meine Gedanken um Vater schweifen und um die dunklen Schatten, die unsere Familie nach seinem Weggang über Jahre hinweg im Würgegriff hielten.

Zwar ist Joe mittlerweile zu uns gezogen, trotzdem kommt die Trauer um das, was wir verloren haben, zumindest bei mir hin und wieder noch hoch.

Entschieden dränge ich die trüben Gedanken beiseite, genieße die Stille im Haus, das Wissen, dass alle schlafen, ich im Grunde tun und lassen könnte, was ich will und wann ich es will. Als ich bemerke, dass meine Lider schwer werden, schrecke ich hoch. *Du darfst nicht einschlafen!*, befehle ich mir selbst im Stillen, überlege kurz, ob ich in die Küche gehen und mir den Rest des kalten Kaffees in der Kanne reinziehen soll. Schließlich entscheide ich mich dagegen, denn der Geschmack dieser Brühe ist so gar nicht meins.

Mein Blick streift die Uhr. Kurz vor halb fünf.

Ich spüre, wie mein Herzschlag sich beschleunigt und sich meine Körpertemperatur erhöht. Plötzlich ertrage ich die dicke Federbettdecke nicht mehr und stoße sie mit meinen Füßen von mir weg auf den Fußboden, bleibe einige Minuten einfach so auf meinem Bett liegen, starre an die Decke. Als sich der Zeiger der vollen Stunde nähert, stehe ich auf, schlüpfe leise in meine Klamotten vom Vortag, lege mich in voller Montur zurück aufs Bett. Dann endlich ist es so weit. Ich lege die Bettdecke zurück aufs Bett, stopfe einige Klamotten darunter, bis es einigermaßen danach aussieht, als handle es sich bei der Wulst um die Umrisse eines schlafenden menschlichen Körpers. Nach einem letzten Blick auf die Uhr drücke ich die Klinke zu meinem Zimmer hinunter, schleiche mich in den Gang hinaus, wo ich meinen dicken Anorak samt Stiefel anziehe und von meiner Familie unbemerkt ins Freie husche. Draußen empfängt mich ein eiskalter Wind, der die empfindliche Haut meines Gesichts zum Brennen bringt und mich erzittern lässt. Der Wind ist so stark, dass er wie das Fauchen eines wild gewordenen Tiers klingt und obwohl ich seinetwegen die Kälte selbst durch meine dicke Kleidung spüre, bin ich froh darum, denn er wird für die von mir so dringend benötigten Schneeverwehungen sorgen. Eilig laufe ich an den Häusern der Nachbarn vorbei, genieße die Stille des frühen Morgens, bis ich knappe fünfundvierzig Minuten später endlich angekommen bin. Ich beziehe Position hinter einer Ansammlung von mehreren Bäumen und warte geduldig. Als es eine knappe halbe Stunde später auch noch zu schneien beginnt, schicke ich ein stummes Stoßgebet zum Himmel. Ich schließe die Augen und frage mich, ob der Schneefall zum genau richtigen Zeitpunkt eine Art Zeichen darstellen soll. Ein Zeichen dafür, dass alles, was hier und heute geschehen wird, von einer übergeordneten Macht vorherbestimmt ist. Ich lege den Kopf in den Nacken und schließe die Augen, spüre die Kälte der Schneeflocken wie Nadelstiche auf meinem vor Aufregung erhitzten Gesicht. Als ich ein Knirschen vernehme – näher kommende Schritte auf frisch gefallenem Schnee –, kauere ich mich in meinem Versteck zusammen und warte ab.

Dann ist sie endlich da. Wie immer ist sie viel zu dünn angezogen, trägt anstelle von Anorak und Schneehose nur eines ihrer dickeren Kostüme. Das Kleidchen, das sie heute Morgen anhat, ist weiß und geht von dem engen Korsagenoberteil in einen Stufenrock über, der, wenn sie ihre Pirouetten dreht, für den Betrachter zur Blume wird.

Ich beobachte, wie sie in Rekordgeschwindigkeit in ihre Schlittschuhe schlüpft und leichtfüßig wie eine Feder aufs Eis gleitet. Ich frage mich, wie sie es schafft, seit Jahren jeden Tag im Winter früh am Morgen aufzustehen und noch vor Schulbeginn mindestens ein bis zwei Stunden in der Dunkelheit Schlittschuh zu laufen und dem Wetter zu trotzen. Wie auf Befehl kriecht mir die Kälte von den Füßen die Beine hinauf in den Oberkörper, doch sie hält sich wie immer nicht damit auf, sich warmzulaufen, sondern beginnt sofort mit einer Spirale, wechselt dann in eine ihrer einfacheren Spezialfiguren, die ihr von der Presse den Künstlernamen Eisblume einbrachte, und gipfelt schließlich in einem der schwierigsten Sprünge des Eiskunstlaufs – dem dreifachen Axel.

Ich komme nicht dagegen an, dass ich mir wünsche, dass sie fällt und sich richtig wehtut, doch wie immer meistert sie diese extreme Herausforderung mit Bravour.

Erst kürzlich hat sie mir erzählt, dass ihr Trainer überzeugt davon sei, dass ihr eine steile Karriere bevorstehe, dank der sie sogar Weltruhm erlangen könne – sofern sie bereit war, weiterhin so hart an sich und ihrer Technik zu arbeiten.

Obwohl es zu dieser Jahreszeit und um diese Uhrzeit noch stockdunkel ist, erkenne ich durch die Reflexion des Schnees, wie sie die Augen schließt und ihr Gesicht von einem Lächeln erhellt wird.

Wieder setzt sie zu einem Axel an, nimmt Anlauf, streckt ihren Körper durch, springt. Ein Stromschlag fährt durch mein Innerstes.

Wäre ich wirklich bereit und imstande hinzunehmen, was schon in der nächsten Sekunde Wirklichkeit werden könnte?

Ich hole tief Luft, spüre, wie sich mein Innerstes verkrampft, weil ich trotz allem, was zwischen uns vorgefallen ist, noch etwas empfinde und mich ihr nahe fühle, wenn ich sie ansehe.

Der Teufel in Gestalt eines wunderschönen, talentierten jungen Mädchens – eines Engels – geht es mir durch den Kopf, während ich versonnen beobachte, wie sie etwa dreißig Meter vom Ufer entfernt eine Biellmann-Pirouette dreht. Als ich schon gar nicht mehr daran glaube, passiert es schließlich doch noch. Das Eis beginnt zu knacken und für den Bruchteil einer Sekunde hält sie wie erstarrt mitten in ihrer Figur inne.

Als das Knacken lauter wird, gleitet ihr Blick ungläubig zu Boden. Ihre Körperhaltung spiegelt abgrundtiefes Entsetzen wider, während sie abzuwägen scheint, ob sie es, wenn sie schnell und schnurstracks auf das Ufer zuhielte, unbeschadet ankäme. Doch so weit kommt es gar nicht mehr, denn schon im nächsten Augenblick gibt die

Eisdecke unter ihr nach und verschlingt ihren zierlichen Körper in der eisigen Tiefe.

Einem ersten Impuls folgend, kämpfe ich gegen mein Gewissen an, das mir sagt, dass ich schleunigst nach einem herumliegenden Ast suchen und ihr zu Hilfe eilen sollte. Doch dann atme ich tief durch, rufe mir in Erinnerung, was sie mir angetan hat, was sie uns allen angetan hat und schlucke gegen die Enge in meinem Hals an. Ich war es, die ihr den »Tipp« gegeben hat, hier, an genau dieser Stelle zu üben und nicht dort, wo sie sonst immer Schlittschuh gelaufen ist. Ich war es, die ihr eingeredet hat, dass die Eisdecke mindestens zwanzig Zentimeter dick sei, obwohl sie in Wahrheit viel dünner war und aus mehrschichtigem Sandwicheis anstelle von einbruchsicherem Schwarzeis bestand.

Eine Zeit lang sehe ich zu, wie sie sich immer wieder verzweifelt an einer Eisscholle festzuhalten versucht, panisch herumzappelt und strampelnd um Hilfe schreit, obwohl sie ganz genau weiß, dass dies der schlimmste Fehler ist, den sie in dieser Situation machen kann, und dass sie hier draußen sowieso keiner hören wird.

Als ich sicher bin, dass ihre Kräfte sie in Kürze beinahe vollständig verlassen haben werden und die Kälte des Wassers ihren Körper von Sekunde zu Sekunde stärker lähmt, trete ich aus meinem Versteckt hervor und laufe langsam auf das Ufer des Sees zu. Sie ist so damit beschäftigt, sich aus ihrer misslichen Lage zu befreien, dass sie mich gar nicht bemerkt. Dann geht sie mit einer Mischung aus Gurgeln, Kreischen und Keuchen unter.

Mein Herz klopft so stark gegen meinen Brustkorb, dass ich das Gefühl habe, keine Luft mehr zu bekommen. Schließlich begreife ich, dass es sich bei diesem Gefühl um Traurigkeit handelt, denn obwohl sie kein netter Mensch ist, gehörte sie doch bis zum heutigen Tage ohne jeden Zweifel zu meinem Leben, und die Vorstellung einer Zukunft ohne sie macht mir unbeschreibliche Angst.

Ich zwinge mich, ruhig zu atmen, kämpfe gegen die Tränen an, sage mir wieder und immer wieder, dass sie diese nicht verdient hat.

Ich will mich gerade umdrehen und davongehen, als ihr Arm aus dem schmalen Spalt zwischen den dünnen Eisplatten zum Vorschein kommt und sie wenig später ihren Kopf nachschiebt. Als sie mich am Ufer stehen sieht, weiten sich ihre Augen hoffnungsvoll. Ihr Gesicht sieht wächsern aus, ihre Lippen dunkelblau, trotzdem schafft sie es noch, ein leises »Hilf mir« zu rufen und sich aus letzter Kraft an einer der Eisschollen festzuklammern. Wieder kämpfe ich mit meinem Gewissen, schlucke dagegen an, stoße dann entschlossen die Luft aus und wende meinen Blick von ihr ab, in der Hoffnung, dass sie durch diese Geste begreift, wozu ich ihretwegen fähig geworden bin, zu was für einem Menschen sie mich gemacht hat.

Als ich einen letzten Blick in ihre Richtung werfe, sehe ich gerade noch, wie sie ihr Gesicht zu einer zornigen Fratze verzieht, bevor die eisigen Wassermassen sie vollständig verschlingen.

Ich lege meinen Kopf in den Nacken, genieße die Ruhe, höre in mich hinein.

Und tatsächlich … Wo vor einigen Sekunden noch Trauer war, ist nur noch Erleichterung übrig.

Erneut schicke ich ein Stoßgebet zum Himmel, wünsche mir Unmengen an Schnee, die dafür sorgen werden, dass so schnell niemand erfährt, was soeben an diesem idyllischen Ort geschehen ist.

Dann mache ich mich auf den Rückweg und hoffe, dass

niemand bemerkt, dass ich so früh am Morgen schon auf den Beinen bin.

In Gedanken gehe ich die nächsten Schritte durch und lächle zufrieden.

So fühlt es sich also an, endlich frei zu sein …

1

TRONDHEIM

OKTOBER 2003

»Hi mein Alter, hast du die Kleine klargemacht und es ihr so richtig hart besorgt?«, wollte Gunnar wissen und lachte keckernd in den Hörer. Sander stöhnte. Sein bester Kumpel war nicht gerade für seine Feinfühligkeit bekannt. Er räusperte sich. »Wir haben nur gequatscht«, gab er schließlich zähneknirschend zu. Er konnte sich beinahe bildlich vorstellen, wie Gunnar – ein Schürzenjäger, wie er im Buche stand – bei diesen Worten vor Lachen fast zusammenbrach. Als in der nächsten Sekunde tatsächlich schallendes Gelächter aus dem Hörer dröhnte, wünschte er, nichts gesagt oder zumindest gelogen zu haben. Gunnar war ein Typ, der, was Frauen anging, nichts anbrennen ließ. Sein liebstes Hobby war, Mädels abzuschleppen und sie nach einer gemeinsamen Nacht wieder abzuschießen.

Er selbst war da ganz anders drauf. Zwar genehmigte er sich auch hin und wieder einen One-Night-Stand, doch wenn dem so war, dann setzte er die zweite Hälfte dieses … Arrangements vorher davon in Kenntnis. Und falls diese Aktion wegen seiner Ehrlichkeit scheitern sollte, nun ja, dann war es eben so.

Er war kein Mann, der Frauen vormachte, mit ihnen die ganz große Liebe auf den ersten Blick zu erleben, nur um sie in sein Bett zu bekommen.

Plötzlich hatte er sie wieder vor Augen. Zart und zierlich, dunkelblond, wunderschön und intelligent. Er mochte es, wenn Frauen sich mit ihm auf Augenhöhe unterhalten konnten, seine Interessen teilten, so wie es bei ihr der Fall war. Nachdem sie einander vorhin im Klub begegnet waren, hatte er den Vorschlag gemacht, zu verschwinden. Sie hatten sich in einen Imbiss in der Nähe verkrümelt und sich bei Kaffee und leckerem Carrot Cake ein wenig unterhalten. Als er sie dann gefragt hatte, ob sie sich vorstellen könne, noch mit zu ihm zu kommen, dachte er zuerst, sie würde ihm einen Korb geben, doch schließlich hatte sie tatsächlich zugesagt, mitzukommen. Letztendlich war es aber nur zu einer wilden Knutscherei gekommen, dann hatte sie sich nach einem Besuch in seinem Badezimmer überstürzt von ihm verabschiedet. Er hatte es bedauert, dass sie schon gehen wollte, doch letztendlich war sie sowieso kein Mädchen, das man einmal durch die Koje zog und dann wegwarf. Er kam nicht umhin, zuzugeben, dass sie ihn beeindruckt hatte, dass er sie mochte, sogar etwas für sie empfand, auch wenn das eigentlich beinahe unmöglich war, weil er sie doch erst viel zu kurz kannte.

Gunnars Stimme bohrte sich in sein Bewusstsein. Wieder stöhnte Sander, überlegte, was er tun konnte, um seinen Kumpel mit einigen wohldosierten Informationen ruhigzustellen. Schließlich atmete er tief durch. »Wir haben ziemlich wild geknutscht und ein bisschen gefummelt. Sie will mich wiedersehen, deswegen dachte ich, muss ich nichts überstürzen.«

Gunnar am anderen Ende schien über seine Worte nachzudenken, doch dann ertönte ein abfälliges Prusten. »Wie sieht es die Woche bei dir aus? Bock, noch mal um die Häuser zu ziehen?«

Sander seufzte. So sehr er Gunnar mochte, nervte ihn dessen weltfremde Art zuweilen doch sehr. Die Eltern seines Kumpels waren steinreich, was ihm sehr zugutekam. Er musste sich weder seinen Lebensunterhalt selbst verdienen, noch hatte er sonst irgendwelche Verpflichtungen. Er hingegen musste neben seinen Vorlesungen und Klausuren noch sechs Mal die Woche jobben gehen, um sich diese Bruchbude und was zu beißen leisten zu können. Er hatte schlichtweg keine Kohle übrig, um sie wie Gunnar mit vollen Händen auszugeben. »Ich passe«, gab er daher lapidar zurück. »Muss arbeiten und lernen. Aber vielleicht können wir am Wochenende ein bisschen in deiner Hütte abhängen und zocken. Was sagst du?«

Wieder ein Prusten, dann Stille. »Na gut«, kam es schließlich von Gunnar, der irgendwie nicht danach klang, als sei tatsächlich alles gut. »Und wann siehst du die Kleine wieder?«

Sander grinste. »Ich hoffe, sie meldet sich später noch. Es ist noch nicht mal zwanzig Minuten her, seit sie sich vom Acker gemacht hat. Ich denke, sie ruft an, sobald sie zu Hause ist, spätestens aber in ein paar Tagen.« Er holte tief Luft, spürte, wie sich ein warmes Gefühl in seinem Innern ausbreitete. »Sie ist wirklich etwas ganz Besonderes. Und sie schien echtes Interesse an mir zu haben.«

Den letzten Satz hatte er extra betont, worauf Gunnar sofort ansprang. »Ja, ja, ich weiß schon, was du damit sagen willst. Echt nett von dir.«

Sander verkniff sich einen Kommentar.

»Du bist der Ansicht, dass ich nur wegen der Kohle meiner Alten solch einen Erfolg bei den Mädels habe. Was auch der Grund dafür ist, dass diese Affären immer nur von kurzer Dauer sind.«

Auch darauf hin schwieg Sander wohlweislich, was Gunnar nur noch mehr auf die Palme brachte.

»Liebe vergeht, Hektar besteht«, brummte er beleidigt. »Der Spruch stammt von meinem Großvater. Außerdem sind die meisten Weiber sowieso nur billige Schlampen, die keinen Wert auf echte Gefühle legen. Warum also sollte ich so blöd sein und ihnen meine offenbaren?«

Selbst Minuten später, als Sander das Telefonat mit Gunnar beendet hatte, gingen ihm dessen Worte nicht mehr aus dem Kopf.

Bis heute hatte er seinen Freund um dessen sorgloses Leben beneidet und nur allzu gerne mit ihm getauscht, was seinen Kontostand anging.

Doch wenn der Preis für eben diesen Luxus eine derartige Verrohung von Gefühlen war – sowohl der eigenen als auch die des Umfelds –, dann legte er keinen Wert auf finanzielle Unabhängigkeit.

In Gedanken versunken, trank er den letzten Schluck Billigbier aus dem Discounter, rülpste vernehmlich und griff zu seiner Zigarettenschachtel. Als er registrierte, dass sie leer war, fluchte er.

Seufzend schlurfte er in den Gang hinaus, riss seine Jacke vom Haken, zog die Wohnungstür hinter sich zu.

Als er auf den Lichtschalter hämmerte und mal wieder nichts passierte, stieß er einen unflätigen Fluch aus. Dieses Haus gehörte wirklich zugeschissen.

Hier funktionierte überhaupt nichts. Die Heizung in seiner Wohnung war ständig im Arsch und gluckerte zu jeder Tages- und Nachtzeit, das Licht im Hausflur ging beinahe jede Woche kaputt und das Fenster im dritten Stock hatte mittlerweile seit Monaten keine Scheibe mehr, sodass es bei dieser Witterung wie Hechtsuppe zog. Auf dem Weg nach unten verfluchte er sich nicht zum ersten Mal für die scheußliche Angewohnheit des Qualmens, wegen der er zu dieser späten Stunde noch vor die Tür musste, und nahm sich vor, so schnell wie möglich von dem Dreck wegzukommen. Doch jetzt musste er unbedingt noch eine rauchen, um einen klaren Kopf zu bekommen, bevor er sich an seine Arbeit setzte.

Er war schon fast an der Haustür, als er einen merkwürdigen Gestank wahrnahm. Eine Mischung aus süßlich beißendem Schweiß und … Er runzelte die Stirn, überlegte, wo er diesen seltsamen Geruch schon einmal wahrgenommen hatte, doch es wollte ihm partout nicht einfallen. Plötzlich nahm er einen eisigen Luftzug im Nacken wahr. Nichts, was in irgendeiner Art und Weise mit der Kälte da draußen zu tun hatte, sondern viel mehr eine Art düstere Vorahnung, er neigte fast dazu, es Intuition zu nennen, eben ein Gefühl, das in seinem Innern flüsterte, dass irgendetwas Bösartiges im Begriff war, in seine Komfortzone zu platzen, ihm nahezukommen und ihm wehzutun. Vielleicht sogar Schlimmeres. Die feinen Härchen im Nacken stellten sich auf, sein Mund fühlte sich wie ausgedörrt an, die Zunge pappte an seinem Gaumen fest. Alles Symptome der Panik, die er bereits kannte, jedoch nicht in diesem Ausmaß. Instinktiv zog er die Schultern nach oben, schluckte gegen die Angst an. Ein Rascheln ließ ihn erzittern. Sein Herz fing an zu rasen. Was war hier los? Sein gesamter Körper fühlte sich an, als befände er sich in akuter Alarmbereitschaft. Bereit zum Sprung oder viel mehr zur … Flucht. Doch vor wem?

Er hörte ein leises Zischen in der Nische hinter sich und zuckte zusammen. War das ein Tier? Eine verletzte Katze oder ein Hund? Dann könnte es sich bei dem komischen Geruch um Angst handeln. Ein Tier in Todesangst. Doch dann fiel ihm ein, dass Tiere nicht nach Schweiß stanken, was bedeutete, dass es sich bei der Ursache des Geruchs um einen Menschen handeln musste. Jemand war hier. Ganz in seiner Nähe. Alles in ihm schrie danach, wegzulaufen, doch das konnte er einfach nicht. Er musste wissen, was hier los war.

»Ist da jemand?«, fragte er stattdessen und ärgerte sich darüber, dass seine Stimme genau das wiedergab, was er in seinem Innern empfand. Langsam und zögernd ging er immer weiter auf die stockdunkle Nische zu, bis sich vor ihm ein dunkler Schatten aufbaute.

Er schnappte nach Luft und wich zurück, doch es war zu spät.

Mit dem Rücken prallte er gegen einen harten Widerstand, spürte einen scharfen Schmerz am Hinterkopf, begriff schließlich, dass der dunkle Schatten vor ihm zu der Person gehörte, die hinter ihm stand und ihm eins übergebrettert hatte.

Er riss den Mund auf, wollte schreien, doch er brachte keinen Ton heraus, musste gegen den plötzlichen und überwältigenden Drang ankämpfen, loszukotzen.

Verzweifelt rang er nach Luft, begriff erst jetzt, dass dieser Jemand dabei war, ihn mit Chloroform zu betäuben.

Dann ging ihm ein Licht auf.

Das Chloroform war die Ursache des seltsamen Geruchs gewesen …

Er wollte die Hand von seinem Gesicht wegreißen,

doch der Schlag auf den Kopf und das Betäubungsmittel hatten seine Kraftreserven längst gedrosselt.

In seinem jetzigen Zustand hätte ihn wahrscheinlich sogar ein Kind K.O. schlagen können …

Der stinkende Lappen auf seinem Gesicht begann, erste Wirkung zu zeigen. Sander spürte, wie seine Glieder immer schlaffer wurden, befahl sich in Gedanken, ja nur keinen weiteren Atemzug zu nehmen, doch er kam einfach nicht gegen seinen Überlebenstrieb an. Gierig sog er die von der Chemikalie vergiftete Luft durch den Lappen tief in seine Lunge, spürte, wie ihm mehr und mehr die Sinne schwanden.

Die Person hinter ihm stieß ein bösartiges Kichern aus und als er begriff, um wen genau es sich bei seinem Angreifer handelte, hatte er für einen Augenblick das Gefühl, sein Herz würde aussetzen.

»Du weißt, dass du hier und heute sterben wirst?«

Die Stimme klang kalt und unnachgiebig, auf beängstigende Weise dunkel und auch irgendwie höhnisch, eben völlig anders, als er sie in seiner Erinnerung gespeichert hatte.

Resigniert schloss er die Augen, fragte sich, was er in der Vergangenheit getan haben mochte, um etwas so Furchtbares zu verdienen.

»Warum?«, stieß er aus letzter Kraft und durch den Lappen beinahe unverständlich aus, wohl wissend, dass er sowieso keine Antwort auf seine Frage mehr erhalten würde. Ein letztes Mal sog er die verpestete Luft ein, dann war es vorbei.

2

ALESUND

DEZEMBER 2018

»Hast du heute viel zu tun, mein Schatz?« Isak beugte sich zu ihr hinunter, küsste sie zärtlich auf den Nacken, berührte wie beiläufig die Stelle links von ihrer Wirbelsäule, an der sie empfindlich war und ihr Körper sofort reagierte. Sie schloss die Augen einen Moment, genoss den Duft ihres Mannes, eine Mischung aus Moschus und seinem Duschgel, das nach Meeresalgen roch. Sie öffnete die Lider, sah ihn an. »Tut mir leid wegen gestern Abend. Ich weiß auch nicht, was mit mir los war. Aber wenn du willst, könnte ich mir jetzt ein wenig Zeit nehmen«, schnurrte sie wohl wissend, dass Isak in weniger als einer Stunde in der Schule sein musste, wo er als Grundschullehrer unzähligen Kindern dabei half, einen guten Start in ihre Schulzeit hinzulegen, während sie ihrer Arbeit als freie Online-Redakteurin für ein Werbemagazin zumeist vom Homeoffice aus nachgehen durfte.

Sie sah zu ihm auf, ließ sich bereitwillig ein weiteres Mal küssen – diesmal auf den Mund –, bevor Isak sich auf den Weg in den Flur machte, in Mantel und Schuhe schlüpfte und zur Arbeit verschwand. Als sie schließlich allein im Haus war, die Stille sich beinahe drückend anfühlte, glitt ihr Blick wie von selbst vom Bildschirm ihres Laptops weg auf den Kalender an der Wand. Sie spürte, wie sich ihr Innerstes verkrampfte. In weniger als einer Woche war es wieder so weit. Dann würde sich herausstellen, ob sie diesmal Glück gehabt hatten und es für Isak und sie einen Grund zum Feiern gab.

Es grenzte schon fast an Ironie, dass ihrem Ehemann, dem beliebtesten Lehrer der Schule, das Vaterwerden bislang verwehrt geblieben war.

Nicht, dass es an ihm liegen würde. Bei Isak war gesundheitlich alles im grünen Bereich, wie die zahlreichen Tests, denen er sich ihr zuliebe unterzogen hatte, bestätigten.

Das Problem lag viel mehr bei ihr selbst, doch waren die Spezialisten sich bisher nicht sicher, ob es nicht doch eine hormonelle Ursache gab oder ob der psychische Druck, unter dem sie wegen ihres bisher unerfüllten Kinderwunsches stand, dafür verantwortlich war, dass sie einfach nicht schwanger wurde. Vom medizinischen Standpunkt aus betrachtet, da waren sich die Ärzte einig, war bei ihr alles in Ordnung. Sie hatte weder eine Endometriose oder Myome, noch verklebte Eileiter und auch um ihren Hormonhaushalt war alles bestens bestellt.

Also blieb am Ende nur die Psyche übrig, wie Isak ihr schonend beizubringen versucht hatte. Oder die Tatsache, dass sie seit mehr als zehn Jahren auf starke Schmerzmittel angewiesen war und diese sich negativ auf eine Empfängnis auswirkten. Frida seufzte. Seit ihrem 15. Lebensjahr litt sie unter heftigsten Migräneattacken, die oftmals so schlimm waren, dass sie nicht arbeiten konnte. Ursache ihres langjährigen Schmerzmartyriums war der

Unfalltod ihrer Eltern, den sie bis heute nicht verwunden hatte.

Am Tag ihrer Hochzeit vor sechs Jahren hatte sie sich so mies und elend gefühlt wie lange zuvor nicht mehr, was vor allem daran lag, dass sie sich für diesen so wichtigen Tag ihres Lebens gewünscht hätte, dass ihr Vater sie zum Altar begleitete. Stattdessen hatte diese Aufgabe ihr Schwiegervater übernommen, den sie zwar sehr mochte, der nun mal aber nicht ihr leiblicher Vater war.

Um genau zu sein, gab es von ihrer Familie niemanden mehr, den zu besuchen oder überhaupt Kontakt zu halten auch nur ansatzweise Sinn ergeben hätte. Eine entfernte Cousine ihrer Mutter lebte in Deutschland, eine weitere in den USA, doch keine von beiden hatte Frida in den letzten Jahren zu Gesicht bekommen.

Deswegen beschränkte sich ihre Familie auf Isak und seine Eltern, was zwar nett war, jedoch hin und wieder dafür sorgte, dass sie sich einsam fühlte, allein gelassen.

Denn so nett Isaks Mutter auch war, fühlte Frida zu ihr bei Weitem nicht dasselbe wie für ihre verstorbene Mutter, der sie alles hatte anvertrauen können. Sie erinnerte sich gern an ihre Kindheit in Krakmo. An das kleine Häuschen am Fuße des Krakmotinden, eines 916 Meter hohen Berges, von dessen Gipfel man eine atemberaubende Sicht auf das Tal und den

Kråkmovatnet – einen kristallklaren See – genießen konnte. Als Kind war Frida oft mit ihren Eltern zum Baden an den See gegangen. Mutter und sie hatten es sich auf einer Decke beim Picknick gemütlich gemacht, während Vater sich um das Abendessen gekümmert und geangelt hatte.

Es war eine schöne Zeit gewesen, doch die Erinnerung daran schmerzte, weil sie wusste, dass diese Zeiten unwiederbringlich vorbei waren, niemand ihr ihre Eltern zurückbringen konnte.

Frida zwang sich, an etwas anderes zu denken, als das Telefon klingelte. Sie warf einen Blick auf das Display und augenblicklich spürte sie, wie ein warmes Gefühl sie durchströmte. Sie hob den Hörer von der Station und lächelte beim Klang der Stimme ihrer besten Freundin. Tuva und sie hatten sich vor knapp sieben Jahren durch ihre Männer kennengelernt und waren seither nahezu unzertrennlich. Ihre Freundschaft war von Anfang an etwas ganz Besonderes gewesen. Zwischen ihnen gab es keinerlei Geheimnisse. Sie waren wie Schwestern, Seelenverwandte im Grunde, konnten einander alles anvertrauen und sei es noch so intim. Vor Tuva empfand Frida weder Scham noch Zurückhaltung, deswegen war sie die Einzige, der sie bisher anvertraut hatte, dass sie sich in die Hände einer sündteuren Fruchtbarkeitsklinik begeben hatte, in der Hoffnung, endlich schwanger zu werden. Tuva, die mit Herz und Seele in ihrer Mutterrolle aufging und Aurora vergötterte, verstand Fridas Schmerz, der mit jedem Einsetzen der monatlichen Periode einherging, weil dies bedeutete, dass sie wieder wochenlang umsonst gehofft und gezittert hatte. Tuva war es, die sie immer wieder aufrichtete und tröstete, ihr sagte, dass sie niemals aufgeben solle. Genau wie Aksel, ihr Mann, den Frida ebenfalls auf Anhieb in ihr Herz geschlossen hatte. Sie waren ein lustiges Vierergespann und es tat Frida und auch Isak gut, Zeit mit Tuva und Aksel zu verbringen. Sie verbrachten gelegentlich sogar ihre Jahresurlaube miteinander. Erst letzten Sommer waren sie zusammen in Italien gewesen, hatten sich die Sonne auf die Bäuche scheinen lassen und jeden Abend Pizza und Pasta gegessen und viel zu viel Rotwein getrunken, bis sie schließlich angesäuselt in ihre Betten gefallen waren. Sie trafen sich auch an so vielen Wochenenden im Monat wie möglich, kochten gemeinsam, aßen miteinander, saßen anschließend bis spät in die Nacht beisammen, quatschten über Gott und die Welt. Im Laufe der Jahre waren Tuva und ihr Mann zu so etwas wie Fridas zweite Familie geworden und seit Aurora – Tuvas und Aksels kleine Tochter – auf der Welt war, hatte sich das Band zwischen ihnen nur noch mehr verfestigt. Es war auch nicht so, dass Frida, weil sie selbst bislang nicht hatte Mutter werden können, ihrer Freundin dieses Glück missgönnte. Stattdessen hatte sie es von Anfang an genossen, Tuva bei der Herausforderung um ihr erstes Kind unter die Arme zu greifen, ihr zu helfen, dabei war ihr das kleine Mädchen mehr und mehr ans Herz gewachsen.

Es erfüllte Frida heute noch mit Freude und Dankbarkeit, dabei gewesen zu sein, als Aurora ihre ersten Schritte gemacht und die ersten Worte gesprochen hatte. Jetzt war die Kleine vier Jahre alt und ein stolzes Kindergartenkind, wie sie ihr immer und immer wieder voller Freude mitteilte, wann immer sie einander sahen.

Eine Weile lauschte Frida dem Geplapper ihrer Freundin, bis ihr auffiel, dass deren Stimme seltsam abgehackt und heiser klang.

»Was ist mit dir?«, fragte sie besorgt und sog die Luft ein. Tuva war vor etwas mehr als einem Monat in einen Unfall verwickelt worden, bei dem sie sich eine schwere Gehirnerschütterung und einen mehrfach gebrochenen Unterschenkel zugezogen hatte. Seither hatte sie damit zu kämpfen, ihr Familienleben trotz eines bis zum Knie eingegipsten Beines in den Griff zu bekommen.

»Ach, es ist schon okay«, wehrte Tuva ab, doch Frida wusste, dass dem nicht so war.

»Geht es dir nicht gut?«, fragte sie, jetzt vehementer, ihr

Ton ließ durchblicken, dass sie eine weitere Beschwichtigung nicht akzeptieren würde. Schließlich gab die Freundin nach, seufzte tief. »Aksel muss heute länger arbeiten, weil ein paar seiner Kollegen krank sind. Er hatte Aurora versprochen, mit ihr nach dem Kindergarten noch auf den Spielplatz zu gehen, damit sie ein wenig schaukeln kann.«

Frida lächelte. Jetzt wurde ihr klar, worum die Freundin sie bitten wollte, es aber nicht fertigbrachte, weil sie wusste, dass sie momentan viel zu viel Arbeit hatte. »Das geht in Ordnung«, sagte sie daher, ohne zu zögern, denn wenn sie sich jetzt bis zum frühen Nachmittag gehörig ins Zeug legte, wäre sie locker mit der Arbeit fertig, ehe sie die Kleine der Freundin aus der Tagesstätte abholen musste. Danach noch ein wenig mit ihr auf den Spielplatz bei der Aussichtsplattform zu fahren, käme ihr sogar mehr als gelegen, weil es ihr nach einem Tag ausgefüllt mit etlichen zu schreibenden Werbetexten sicher guttäte, ein bisschen an die frische Luft zu kommen. »Es ist absolut in Ordnung«, sagte sie daher noch einmal. »Ich hole Aurora ab und danach lassen wir uns noch ein bisschen frische Luft um die Nase pusten.«

Sie spürte, dass Tuvas Anspannung nachzulassen schien, und freute sich, der Freundin hatte helfen und ein wenig von dem zurückgeben zu können, was diese in letzter Zeit für sie getan hatte.

»Wann soll ich dir Aurora spätestens zurückbringen?«

Tuva am anderen Ende schluckte. »So gegen fünf Uhr? Und ich wäre dir dankbar, wenn du sie anschließend noch ein bisschen beschäftigen könntest, das ist mit Krücken nämlich eine ziemliche Herausforderung. Normalerweise ist Aksel dafür zuständig, bis ich wieder ganz fit bin«, erklärte sie.

»Geht klar«, gab Frida zurück. »Ich bringe sie um fünf Uhr und spiele noch mit ihr, bis Aksel kommt. Am besten machen wir jetzt Schluss, damit ich mein Zeug noch geschrieben bekomme, bis ich Aurora abhole.«

»Und was ist mit Isak? Wird es ihm nicht langsam zu viel, dass du so viel bei mir rumhängst?«

Frida schmunzelte und schüttelte den Kopf. Dann wurde ihr klar, dass Tuva das nicht sehen konnte. »Quatsch«, sagte sie schnell. »Isak weiß doch, dass du für mich dasselbe tun würdest, ginge es mir momentan so schlecht. Und außerdem? Wozu sind Freunde da, wenn nicht, um einander in brenzligen Situationen aus der Patsche zu helfen?«

Als sie ihren Wagen um halb sechs, statt fünf Uhr vorm Haus der Freundin parkte, wusste sie, dass Tuva ihr die halbstündige Verspätung nicht übel nehmen würde. »Heute waren eine Menge Kinder da«, sagte sie daher nur, als die Freundin ihr mit Krücken und schmerzverzerrtem Gesicht die Tür öffnete. »Du legst dich gleich wieder zurück aufs Sofa und ich kümmere mich um die Kleine. Wenn du willst, kann ich euch anschließend eine Kleinigkeit zum Abendessen vorbereiten. Aksel hat sicher Hunger, wenn er von der Arbeit kommt.«

Tuva schüttelte abwehrend den Kopf. »Du hast mir schon genug geholfen. Ich hab ihn vorhin angerufen und gesagt, dass er was zu essen besorgen soll, bevor er heimkommt. Ich schätze, dass er beim Italiener halten wird und uns heute Abend mit einer riesigen Pizza beglückt.« Sie schmunzelte, gab ihrer Tochter ein dickes Küsschen auf die Wange, verzog wieder das Gesicht.

»Dein Bein?«, wollte Frida wissen.

Tuva verneinte. »Meinem Bein geht es super, solange ich es nur schone. Mein Rücken ist es, der mich umbringt. Bestimmt hab ich mir durch das Laufen mit den Krücken einen Nerv im Rücken eingeklemmt. Wenn das bis zum Ende der Woche nicht besser wird, bleibt mir nichts anderes übrig, als zum Orthopäden zu gehen, um mir die berühmte Pferdespritze abzuholen.«

Frida starrte die Freundin erschrocken an. »Was soll das denn bedeuten?«

Tuva lachte, als sie Fridas Gesichtsausdruck bemerkte.

»Die ist längst nicht so schlimm, wie ihr Name uns glauben lassen will. Aksel nennt sie so, weil er Spritzen nicht ausstehen kann und wegen seines Bandscheibenvorfalls schon ein paar Mal das zweifelhafte Vergnügen hatte.«

Nachdem Frida Tuva ins Wohnzimmer begleitet hatte und sichergestellt war, dass sie bequem lag, setzte sie Teewasser auf, bereitete der Freundin eine Kanne ihres Lieblingstees zu. Anschließend verkrümelte sie sich zu Aurora ins Kinderzimmer, um ein paar Runden Memory mit ihr zu spielen. Als Aurora nach vier Runden die Lust verlor, kam Frida eine Idee. Sie würde das Mädchen noch schnell in die Wanne setzen, um Aksel zu entlasten. Sicher wäre er froh, wenn er seine kleine Prinzessin nach dem Essen sofort ins Bett stecken konnte, um ein bisschen mehr Zeit mit Tuva verbringen zu können. Sie strich Aurora über die Wange. »Kannst du dich ein paar Minuten allein beschäftigen? Ich lass dir in der Zeit das Badewasser ein.« Aurora klatschte begeistert in ihre kleinen Hände. »Nimmst du meinen Lieblingsschaum? Den in der rosafarbenen Flasche?«

»Klar«, sagte Frida schmunzelnd. »Verrätst du mir auch, warum du den so gern magst?« Die Kleine sah Frida neunmalklug an. »Na, weil der nicht in den Augen brennt«, erklärte sie breit grinsend und wandte sich ihrem Puppentheater zu. Was Frida die Gelegenheit gab, nach nebenan zu huschen, um alles für die Badezeremonie vorzubereiten und anschließend noch kurz nach Tuva zu sehen. Als sie zurück ins Kinderzimmer kam, war das kleine Mädchen noch immer völlig in ihr Spiel vertieft und als Frida sie aufforderte, mit ins Bad zu kommen, ignorierte sie sie sogar. »Ich bin noch gar nicht fertig«, fing Aurora lautstark an zu quengeln, als Frida ihr die Puppen aus der Hand nehmen wollte, sodass ihr nichts anderes übrig blieb, als nachzugeben, damit Tuva, die im Wohnzimmer eingeschlafen war, nicht aufwachte. Sie setzte sich, sah ein paar Minuten amüsiert zu, wie die Kleine mit einer Prinzessinnen-Handpuppe und einem Kuschelbär das Märchen vom Schneewittchen leicht verfremdete, und klatschte sogar Beifall, als Aurora verkündete, dass das Märchen zu Ende sei. Sie stand auf, sah Aurora mit gespielter Strenge an. »Jetzt aber los, das Wasser wird ja eiskalt. Außerdem soll es eine Überraschung für Papa werden, dass du, wenn er heimkommt, schon bettfertig bist. Du willst doch auch, dass er sich freut oder?« Sie sah Aurora zu, wie sie in Sekundenschnelle aus ihren Klamotten schlüpfte und fröhlich vor der Wanne auf und ab hüpfte. »Kann ich dir mein neues Spielzeug zeigen?«, freute sich das Kind und zeigte auf einen hellgrünen Kasten mit einem Wasserrad, den Aksel mithilfe eines riesigen Saugnapfes an den Fliesen befestigt hatte. »Und was kann das Ding?«, fragte Frida und verzog in gespielter Unwissenheit das Gesicht. Aurora kicherte ausgelassen. »Da ist ein Eimer«, erklärte sie mit ihrer zuckersüßen Mädchenstimme und zeigte auf das Eckregal oberhalb der Wanne, auf dem neben einigen Duschgels und Badezusätzen auch ein knallbunter Spielzeugeimer stand. »Da kann man Wasser rein tun und es in den Kasten füllen. Das Wasser kommt durch das Rad wieder raus.«

Frida, der klar war, dass dieses Spielzeug für kleine Wasserratten das Größte zu sein schien, nahm den Eimer vom Regal und ließ ihn in das warme Wasser fallen. Anschließend hob sie das nackige Kind auf ihre Arme und wollte es gerade in die Wanne setzen, als das Mädchen schmerzerfüllt zusammenzuckte und zu weinen begann.

»Was ist denn, meine Kleine«, fragte Frida erschrocken. Erst jetzt fiel ihr der riesige violett-blaue Bluterguss an Auroras linker Körperseite unterhalb der Achsel auf. Erschrocken deutete sie auf die Verletzung, schluckte hart. »Um Himmels willen«, flüsterte sie. »Wie ist das denn passiert?« Sie sah Aurora an, wartete, dass die Kleine sich beruhigte, rechnete damit, dass sie ihr schließlich erklärte, im Kindergarten gestürzt zu sein. Doch warum hatte die Erzieherin ihr nichts gesagt? Sie schüttelte beunruhigt den Kopf, sah sich die Verletzung aus der Nähe an. »Erzählst du mir, wie das passiert ist?«, fragte sie erneut und bekam wieder keine Antwort. Stattdessen wich das Kind ihrem Blick aus, schluchzte noch immer leise vor sich hin.

»Shhhhh«, säuselte Frida sanft und strich dem Mädchen liebevoll über die tränennasse Wange. »So schlimm kann das doch gar nicht sein. Bist du von der Schaukel gefallen? Oder hat dich etwa eines der anderen Kinder geschubst? Mir kannst du es doch erzählen«, drängte sie und versuchte, mit dem Zeigefinger Auroras Kinn anzuheben, damit sie sie ansehen musste.

»Mami«, sagte das Mädchen schließlich kaum hörbar, sodass Frida sich im ersten Augenblick nicht sicher war, richtig gehört zu haben.

»Hast du gerade Mami gesagt?«, fragte sie nach und

sah das Kind aufmerksam an. Die Kleine tat so, als sei sie plötzlich ganz weit weg, spielte gedankenverloren mit ihrem Wasserrad. Und gerade, als Frida schon aufgeben wollte, sah das Mädchen sie mit weit aufgerissenen Augen an. »Mama war das!«, erklärte sie voller Überzeugung. »Weil sie böse auf mich gewesen ist.«

Frida schüttelte fassungslos den Kopf, ihre Gedanken waren ein einziger wirrer Brei.

Tuva soll das gewesen sein? Das konnte … das durfte nicht sein!

Sie schluckte, rief sich das Gesicht ihrer besten Freundin vor Augen, betrachtete die Verletzung an den Rippen des Kindes. Niemals wäre Tuva fähig, ihrer kleinen Prinzessin so etwas anzutun.

»Du irrst dich bestimmt«, versuchte sie es weiter. »Deine Mami hat dich über alles lieb, niemals würde sie …« Sie brachte es nicht über sich, den Satz zu beenden.

Aurora sah sie weiter einfach nur an, schien sie mit ihrem Blick zu durchdringen. In ihren Augen sammelten sich neue Tränen. Sie stand in der Wanne auf, kam ganz nah zu Frida her, schlang die nassen und schaumigen Arme um ihren Hals. »Ich hab so große Angst«, flüsterte sie ganz dicht an ihrem Ohr. »Angst vor meiner Mama.«

Printed in Poland
by Amazon Fulfillment
Poland Sp. z o.o., Wrocław

72870185R00160